아버지, 안녕히 주무셨어요

아버지, 안녕히 주무셨어요

초판발행일 | 2019년 9월 6일

지은이 | 윤경애
펴낸곳 | 도서출판 황금알
펴낸이 | 金永馥

주간 | 김영탁
편집실장 | 조경숙
인쇄제작 | 칼라박스
주소 | 03088 서울시 종로구 이화장2길 29-3, 104호(동숭동)
전화 | 02) 2275-9171
팩스 | 02) 2275-9172
이메일 | tibet21@hanmail.net
홈페이지 | http://goldegg21.com
출판등록 | 2003년 03월 26일 (제300-2003-230호)

값은 뒤표지에 있습니다.

ISBN 979-11-89205-46-1-03810

아버지, 안녕히 주무셨어요

윤경애 지음

황금알

윤경애 씨의『아버지, 안녕히 주무셨어요』 출간에 즈음하여

윤경애씨의 오빠인 연세대 국문과 윤덕진 명예교수는 나와 인천 제물포고등학교 동기동창이다. 비록 대학을 들어간 후에 인생길이 달라 오랫동안 헤어져 있다가 육십을 넘긴 나이에 다시 만나 어울리게 되었지만, 우리는 관심사나 취향이 비슷하여 다시금 둘도 없는 사이가 되었다. 그런 친구의 간곡한 부탁에, 나설 자리가 아님을 알면서도 몇 자 적어 올린다.

지난 2017년 6월 안타깝게도 부천 지역에서 택시회사를 운영하시던 윤교수의 부친께서 향년 92세로 귀천하셨다. 그해 8월 윤교수 부친의 극락왕생을 기원하는 사십구재가 있었던 날, 윤교수를 찾은 나에게 그가 가제본 형태의 두툼한 원고 뭉치를 건넸다. "이게 뭐지?" 나의 물음에 윤교수가 이렇게 답했다. "부친께서 살아 계실 때 동생과 주고받은 문자메시지를 정리한 건데, 언제든 시간 날 때 한번 훑어봐 줘." 아직 안면은 없지만, 윤교수에게는 누나 한 분과 여동생이 셋 있다는 말을 들은 적이 있다. 윤교수는 그중 대전에 사는 첫째 여동생이 지난 몇 년 동안 부친과 주고받은 문자메시지를 정리한 것이라고 했다.

그렇게 받은 원고 뭉치를 잊고 있다가 올해 초에 서류 정리 과정에 다시금 마주하게 되었다. 친구의 말을 기억에 떠올리고는 가벼운 마음으로 원고를 말 그대로 훑어보기 시작했다. 하지만 어느 사이에 원고를 읽는 나의 마음 자세가 달라지기 시작했다. 부모형제와 함께 살던 어린 시절에 대한 회상에서 사소한 일상의 삶에 관한 이야기에 이르기까지, 또한 부모에 대한 사랑과 염려가 담긴 곡진한 당부의 말에 이르기까지, 윤경애씨의 글에는 읽는 이의 마음을 따뜻하게 하는 무언가가 있었기 때문이다. 아울러, 장거리 운전을 해야 하는 딸네 가족을 걱정하시기도 하고, 딸에게 시어머니를 극진하게 모시고 자식 교육에 정성을 다하라는 당부의 말도 잊지 않으시는 윤교수 부친의 많지 않은 글에도 우리의 마음을 공감으로 이끄는 무언가가 있었다. 이처럼 자식에게 자상하면서도 엄격하셨던 윤교수의 부친께서는 문자메시지에 한자(漢字)를 넣는 법을 딸에게 물을 만큼 높은 춘추에 이르러서도 배움의 뜻을 굽히지 않으셨거니와, 이를 엿보게 하는 글 또한 우리의 눈길을 끈다.

윤경애씨는 부친께서 귀천하신 후 여느 때 그러하듯 새벽에 일어나 무심코 부친께 문자메시지를 보낸다. 그런데 놀랍게도 전화에 답신이 뜬다. 이에 놀란 마음을 전하는 마지막 글에 이르러 나는 코끝이 찡해질 정도로 마음 깊이 아픔을 느끼기도 했다. 이는 부친의 전화에 뜨는 동생의 문자메시지를 보고 부친을 대신하여 윤교수가 보낸 답신이었다.

원고를 다 읽은 뒤에 나는 윤교수에게 나의 소감을 전하고, 우리 시대에도 부친과 자식 사이에 이처럼 오랜 세월 지속적으로 '서신 형태'의 글이 오갈 수 있다는 사실에 놀라움을 표했다. 그리고 글에 담긴 자식과 부모의 마음을 세상의 모든 이가 공유할 수 있도록 출판 교섭을 하자는 제안을 했다. 얼마 후, 이 같은 나의 뜻에 공감한 도서출판 황금알의 김영탁 주간께서 기꺼운 마음으로 출판에 동의해 주셨다. 바라건대, 아버지와 딸 사이에 오고 간 진솔한 마음 나눔의 글을 많은 분이 읽고 내가 그러했듯 따뜻한 공감에 젖기 바란다.

장경렬(서울대학교 영문과 명예교수)

아버지를 향한 그리움의 마음을 담아

시간이 참 빨리도 흘러갑니다. 어느새 아버지께서 돌아가시고 2주기를 맞게 되었습니다. 한동안 아버지와 나눈 문자메시지를 책으로 출판한다니까, 아버지 생각에 가슴이 뭉클해집니다.

어느 날 아버지께서 문자메시지를 보내셨습니다. "아니, 어째 이런 일이! 아버지가 문자메시지를 보내셨네." 놀라워하며 읽어 보니, 이런 내용의 말씀을 담아 보내셨습니다. "내가 이제부터 문자메시지 보내는 법을 배우려 한다. 모두가 적극 협조들 하거라."

아버지께서 귀가 어두워져 잘 안 들리시니까, 통화를 하다 보면 어느 때는 고래고래 고함만 지르다 마시는 적도 있었습니다. 그래서 잘되었다 생각하고는 안부 인사를 겸해 문자메시지를 보내드렸습니다. 그랬더니 이렇게 답신을 주셨습니다. "너는 참 이야기를 재미있게 하는구나. 자꾸자꾸 보내라." 그래서 그때부터 저는 틈나는 대로 아버지께 문자메시지를 보내드리기 시작했습니다. 그러다 보니 그 기간이 아버지께서 돌아가시기 전까지 햇수로 4년이 되더군요. 그동안 아버지께서는 드물게나마 저에게 문자메시지를 보내 주시기도 했고, 제가 보내드린 글을 회사 직원의 도움을 받아 인쇄하셔서 주위 분들께 보이고 자랑하시기도 했다더군요. 어쩌다 문자메시지를 보내 드리지 못하면, 아버지께서는 전화로 "왜 문자메시지가 안 오는 것이냐"라고 큰소리로 호령하시기도 했지요. 그러셨던 아버지가 한없이 그립습니다.

제가 아버지와 주고받은 문자메시지를 정리하여 책으로 출판하는 것이 어떻겠냐는 제안을 오빠가 했을 때, 저는 부끄럽기도 하여 망설였습니다. 그저 스스럼없이 딸의 입장에서 아버지께 말씀 올리듯이 쓴 글인 데다가, 지금에 와서 읽어 보면 마치 저 자신의 일기 같은 느낌도 들었기 때문입니다. 그런 글을 남들에게 보인다고 생각하니 부끄럽지 않을 수 없었던 것입니다. 그러나 아내에게 애처가이셨고 자식들에게 든든한 기둥이셨던 저희 형제자매(언니 경례, 오빠 덕진, 동생 경자와 경희)의 멋진 아버지를 남들에게 자랑하고 싶기도 하고, 또 그런 아버지를 제 나름대로 오래오래 추억하는 방법도 될 수 있다는 생각에 저 자신의 부끄러움쯤은 참기로 했습니다.

부모님의 딸로서, 시댁의 며느리로서, 남편의 아내로서, 영신이와 영실이 두 딸의 엄마로서 세상을 살다 보니, 즐거울 때도 많았지만 힘들고 아플 때도 있었습니다. 그런 때라도 아버지께서 보시고 걱정하실 만한 말을 삼가려 했던 것이 사실입니다. 그런 연유로 자칫 저희 집안이 미화(美化)되어 가식적으로 보이는 부분이 없지 않을 것입니다. 설사 그렇다 하더라도, 독자 여러분께서 부모님을 생각하는 자식의 마음을 깊이 헤아리고 널리 이해해 주신다면 그보다 더 감사한 일은 없을 것입니다.

끝으로 아직 인사조차 드리지 못한 사이임에도 발문을 써 주신 장경렬 교수님, 보잘것없는 글을 책으로 묶어 출간하는 일에 흔쾌히 동의해 주신 도서출판 황금알의 김영탁 주간님, 언제나 이것저것 자상하게 챙겨 주는 오빠, 그리고 만사에 자신 없어 하는 저에게 항상 큰 힘이 되어 주는 남편에게 감사의 인사를 올립니다.

흠뻑 사랑을 받던 둘째 딸 경애가 견딜 수 없는 그리움을 담아 아버지께 이 책을 올립니다.

2019년 6월 25일 아버지 2주기 제사를 맞이하여
윤경애

차례

2013년

2013. 6. 2. (일) 오후 4:18:51

오늘부터 다시 기온이 올라간다는데 그래도 실내는 아직까지는 더운 줄 모르겠네요. 앞으로 기온이 더 올라가면 운동하실 때 땀이 많이 날 텐데요. 그럴 땐 그냥 물을 마시는 것보다 죽염을 조금 물에 섞어 마시면 지치지 않는데요. 땀을 흘리면서 빠져나온 염분을 보충해주기 때문이라네요. 죽염을 조그만 병에 담아 다니시다가 땀을 많이 흘리셨을 때 물에 타서 드세요~

2013. 6. 3. (월) 오후 8:14:56

해가 하루가 다르게 길어지네요. 저녁을 먹고 산책하러 나갔는데 날이 하도 밝아서 내친김에 산에 올라갔다 왔어요. 저녁 산은 낮에 오르는 산하고 또 다른 매력이 있네요. 솔 내음도 더 진하게 나고 새소리도 더 낮은 곳에서 가까이 들려서 발걸음이 절로 가벼워 지더라구요~ 무릎이 안 좋은 어른들은 산에 오르는 것보다 평지를 꾸준히 걷는 게 좋다니까 아버지도 틈 나는 대로 조심히 걸으세요~

2013. 6. 5. (수) 오전 6:38:38

아버지, 안녕히 주무셨어요? 앞산에 안개가 낀 것이 낮엔 제법 햇살이 따갑겠는 걸요. 골프하실 때 선크림은 바르시지요? 자외선 지수가 점점 높아지니까요~ 그래도 아직은 그늘 속은 시원해요. 걷지 못하는 엄마를 생각하면 너무 속상하지만, 꾸준히 운동하시

는 아버지를 보면서 저도 틈나는 대로 열심히 운동할게요~

2013. 6. 6. (목) 오후 7:39:09

아버지께 매일 문자를 보내다 보니 초등학교 때 우리들에게 매일 일기를 쓰게 하시고 검사하시던 아버지 모습이 생각나네요~ 그 덕분에 초등학교 시절엔 글짓기 잘한다고 글짓기대회에 제법 뽑혀 다녔는데요~ 가끔씩 아버지 비번이실 때 글짓기하는 곳에 찾아오시곤 하셨는데 그때 참 자랑스러웠었어요~ 그렇게 다섯 명이나 되는 자식을 다 보듬어 키우셨는데 저는 저 살기 바쁘다고 잘 찾아뵙지도 못해서 늘 죄송해요~ 조만간 찾아뵐게요~

2013. 6. 8. (토) 오전 11:02:32 (아버지)

얘야, 문자 발송하느라고 자모를 찾아 넣다 보면 잘못되어서 지우고, 다시 하려고 하다 보면 또 잘못 되어서 그대로 그냥 끝내고 말곤 한단다.

2013. 6. 9. (일) 오전 7:27:04

무슨 일이든지 연습이나 훈련이 없이 되지를 않아요. 아버지도 자꾸 연습하셔야 익숙해지시니까 틀려도 자꾸 문자 보내세요~ 아버지 연세에 문자 보내는건 대단한 일이고 자꾸 틀리는 건 당연한 일이에요~

2013. 6. 10. (월) 오후 3:25:08

나른한 오후이지요? 밖은 불볕더위로 찜통인데, 저희 집은 산바람이 불어와서 시원하네요~ 아버지 댁도 시원하지요? 이런 날은 낮잠을 자는 게 건강에 오히려 좋다네요~ 낮잠 후에 아버지 좋아하시는 팥빙수 한 그릇 드시면 어떤 더위도 물리칠 수 있지요~

2013. 6. 12. (수) 오후 2:24:51

소리 없이 비가 내리네요. 어느새 활짝 핀 밤꽃이 비가 와서 날이 어두워 보이니까 오히려 더 화려해 보이네요. 산 위에 융단을 깔아 놓은 거 같아요~ 비 때문에 주춤했던 더위가 다시 기승을 부릴 거라네요. 땀 흘리는 거만큼 수분 보충하는 게 중요하니까 물 많이 드세요~ 죽염 탄 물이요~

2013. 6. 14. (금) 오전 6:09:55

아버지, 안녕히 주무셨어요? 다음 주부터 장마가 시작 된대요~ 그러려고 그러는지 오늘도 날이 잔뜩 흐렸네요. 오늘도 아침 운동 나가셨나요? 걸으실 때 호흡 길게 하시는 거 잊지 마세요. 쥐는 수명이 3~7년이고 바다거북이는 길게는 200년을 사는데 평생 호흡하는 숫자는 같다네요. 거북이는 호흡을 길게 하니까요. 전에도 말씀 드렸듯이 내쉬는 숨을 길게 하세요~

2013. 6. 14. (금) 오후 3:32:00

영신 아범이 인천에 볼 일이 생겼다고 해서 별안간 따라나서서 엄마 뵙고 내려가요~ 엄마가 얼굴에 생기가 돌고 말소리도 또렷해져서 돌아가는 발걸음이 가벼워요~ 아버지는 골프 가셔서 못 뵈어 섭섭하지만 조만간 또 뵈러 갈게요~

2013. 6. 16. (일) 오후 6:35:24

아버지 대단하세요~ 제 친구들 중에도 사진 전송 못 하는 애들이 수두룩한데 아버지는 이렇게 잘하시니 정말 짱!이에요~ 저녁 진지는 잡수셨어요? 저희는 밥 먹었어요. 이제 저녁 운동 하러 나가려구요~

2013. 6. 17. (월) 오후 4:27:40

오늘부터 장마가 시작이라더니 아직 비는 안 오는데 비가 오려고 하는지 후텁지근하네요~ 내일은 중부지방에 집중호우가 예상된다는데 혹시 골프 가시는 날 아닌지 모르겠네요. 조심하세요~

2013. 6. 19. (수) 오후 5:20:23

장마 중에 해가 나면 유난히 더 더운 거 같이 느껴지는 건 공기 중에 수분이 많아서 습도가 높기 때문이지요. 오늘이 그런가 봐요. 집에선 잘 모르겠는데 밖은 후텁지근한 게 덥네요. 아버지는 더

위를 많이 타셔서 에어컨 많이 트시는데, 직접 바람 너무 많이 쐬지 마세요~

2013. 6. 21. (금) 오전 6:21:51

아버지, 안녕히 주무셨어요? 아침에 눈을 뜨니 온갖 새소리가 귀를 행복하게 하네요~ 저는 지금 오일풀링을 해요. 아침에 일어나자마자 오일풀링을 하고 양치를 하고 나면 밤새 텁텁했던 입안이 개운해지고 식욕이 돌아서 무얼 먹든지 맛있게 느껴져요. 사람들이 나이를 먹으면 입맛도 없어지고 맛도 잘 느끼지 못한다는데, 이럴 때도 오일풀링은 크게 도움이 되는 거 같아요~

2013. 6. 22. (토) 오후 3:58:45

저희 집 앞에는 산기슭에 밭을 일궈서 농사짓는 사람들이 여럿 있어요. 요새가 하지감자를 캘 때라서 여기저기 감자 캐면서 떠드는 소리에 나가서 한 상자 팔지 않겠냐고 물어보니 그러라고 해서, 한 상자 사 와서 쪄먹으니 참 맛있네요. 그렇지만 저희들 어렸을 때 엄마랑 시장에 가서 감자 한 관 사 와서 둘러앉아 숟가락으로 껍질 벗겨 쪄먹던 그 맛엔 비기지 못해요. 그땐 참 맛있었는데요~ 그때 감자 벗기기 싫어서 꾀부리던 것도 추억이라고 생각하니까 웃음이 나오네요~

2013. 6. 23. (일) 오후 4:02:59

아버지 이제는 사진 아주 잘 보내시네요♡ 오늘은 비도 오고 해서 분갈이를 했는데 한꺼번에 여러 개를 하니까 힘들어서 이제 그만 해야겠어요. 다음에 또 해야지요. 우리들 어렸을 때 아버지가 유도화랑 큰 선인장이랑 기르시면서 분갈이하시던 걸 봐서 그런지, 겁도 없이 큰 화분 분갈이도 쓱쓱 잘해요~

2013. 6. 25. (화) 오전 6:22:30

아버지, 안녕히 주무셨어요? 사람이 나이가 들면 잠이 없어진다는 말이 맞는 거 같아요. 그렇게 아침잠이 많아서 애썼는데 이젠 알람을 안 맞추어 놓아도 새벽에 눈이 떠지니 말이에요~ 어떤 사람이 '사람이 나이가 들면 좋은 점'에 대해서 말했는데 여러 가지 중에 잠이 없어지는 것도 그 중 한가지에요. 그런데 아버지는 젊은 시절부터 부지런하셔서 늘 새벽에 일어나셔서 아침에 운동을 하셨는데, 왜 저는 그런 거 안 닮았는지 모르겠어요~ 마른장마라 비는 안 오고 무덥다네요~ 더위에 건강 조심하세요~

2013. 6. 26. (수) 오후2:00:01 (아버지)

네가 보내준 문자 잘 읽어보고 있다. 요새 와서 아침에 일찍 일어난다고 하니까, 늦게까지 자던 것이 너였는데 많이 개선되었다는 생각이 든다.

2013. 6. 26. (수) 오후 4:13:18

네, 맞아요. 영신 아범도 요새는 새벽 5시만 되면 일어나서 책 보고 운동한 뒤 출근해요~ 부지런해졌죠? 아버지 본받아서 근면하게 살겠어요~

2013. 6. 26. (수) 오후 6:30:10 (아버지)

조반석죽하니 생각이 나서 옛날 살아온 이야기를 한 토막 하려고 한다. 아침밥 먹고 남겨서 두었다 먹어야지 점심은 말뿐이지 없었단다. 구체적인 이야기는 다음에 만났을 때 하기로 하자.

2013. 6. 28. (금) 오후 4:04:04

어제는 온종일 비바람이 치더니 오늘은 온종일 날이 맑네요. 아버지, 프로폴리스 잘 드시고 계시죠~ 프로폴리스를 지속적으로 복용하면 패혈증은 절대 안 걸린대요~ 프로폴리스는 천연항생제로 면역력 증강에도 좋아서 감기 예방에도 좋아요. 엄마랑 꼭꼭 챙겨 드세요~

2013. 6. 30. (일) 오후 1:48:33

휴대전화에선 계속 비 예보 신호가 오는데 날은 너무 화창하네요~ 오전에는 아범하고 코스트코에 다녀왔는데 오전인데도 차창에 비치는 햇살이 제법 따갑더라구요. 영실이 데리고 산에 가려다

햇볕이 따가워서 그냥 산을 바라만 보고 있네요~

2013. 6. 30. (일) 오후 3:44:35 (아버지)

여기가 어딘고 하니, 송도 신도시에서 10㎞ 이상 해변을 매립한 곳이다. 시민을 위한 오락 시설과 공원 조성이 아주 잘 되어 있는 곳이라 경희를 데리고 와서 보는 중이다.

2013. 7. 1. (월) 오후 1:15:38

비 예보는 그제부터 있었는데, 비는 안 오고 습도가 높아서 불쾌지수가 높다네요~ 그런데 오늘은 정말 비가 오려나 봐요. 날도 흐리고 새소리도 바빠졌어요. 기온의 변화나 지각변동 같은 것이 일어나기 전에 인간은 느끼지 못하는 미세한 변화를 동물들은 먼저 느낀다잖아요~ 어제 아버지가 보내주신 사진으로 볼 때는 엄마가 좋아 보이시던데, 엄마 아프셨다면서요? 자주 못 뵙고 말로만 전해 들으니 아프셨단 말 들으면 아무것도 해드리지 못하고 안쓰러운 생각에 잠을 설쳐요~

2013. 7. 2. (화) 오전 8:53:24

그렇게 뜸을 들이더니 드디어 비가 오네요~ 저희 집이 산하고 아주 가깝잖아요? 그래서 비 오는 날이면 나뭇잎에 떨어지는 빗소리가 어떤 음악보다 좋아요~ 후두둑후두둑 떨어지는 빗소리를 들으며 산을 보고 있자면, 모든 것 다 내려놓고 가뿐해진 마음이 내가 가고 싶은 곳으로 막 날아가요~ 아버지께도 가지요~ 훨훨 날아서~

2013. 7. 3. (수) 오후 8:38:02

저녁 먹고 산책 다녀왔어요~ 저는 수요일에 논어 공부를 하러 다녀요. 선생님은 77세 된 할아버지 선생님이신데, 어린 시절 학당에서 공부하시고 명리학과 주역에 모두 밝으신 분이죠. 그 선생님 말씀이 철부지는 원래 마디 절, 아니 불, 알 지~ 이렇게 쓴다네요. 때를 제대로 알지 못한다는 말이지요. 아직 매미가 울 때는 아닌 거 같은데 오늘 저녁 산책길에 난데없이 매미 소리가 나길래, 우리 선생님 말씀이 생각났어요. 때도 모르는 매미가 울고 있구나 하고요~ 매미가 울기 시작하면 본격적인 더위가 시작된다지요~

2013. 7. 6. (토) 오전 8:35:13

어제 대전에는 비가 아주 많이 왔어요. 비 온 뒤 해는 유난히 더 빛나지요. 그래서 오늘은 더 환한 것 같네요. 어젠 온종일 어두컴컴했거든요. 어머니는 변비가 심하신데, 함초가 좋다고 해서 함초를 사서 말리고 환을 만들고 있어요. 며칠 바빴어요. 금요일엔 주역 공부를 하러 가는 날이라 바쁜 와중에 공부도 갔다 오고~ 아버지 말씀대로 부지런히 잘살고 있지요?

2013. 7. 8. (월) 오후 1:20:04

아버지, 점심식사 맛있게 드셨어요? 함초환이 다 돼서 보내 드리려고 하는데 비가 너무 와서 좀 주춤해지길 기다리고 있어요~ 변비에는 함초환도 좋지만 아침마다 하는 오일풀링도 효과가 아주 좋다고 해요. 오일풀링 잘하고 계시죠? 함초환을 드시면서 하시면 정말 좋을 거예요~

2013. 7. 8. (월) 오후 4:38:24

아버지, 함초환 보냈어요~ 엄마 입맛 없어 하신다고 해서 엄마가 잘 드시는 대전 족발도 함께 보냈어요~ 함초 드시고 아버지는 변 잘 보시고 엄마는 족발 드시고 입맛 돌았으면 좋겠어요. 함초의 효능은 참 다양해요. 변비는 물론 고혈압, 당뇨, 피부질환, 치매 예방 등등. 복용법은 아침저녁으로 한 번에 20~30알 정도 드시면 돼요. 식사와 상관없이 드세요. 공복에 먹으면 더 좋다고도 하더라구요~ 나머지 궁금한 것은 올케보고 인터넷을 찾아서 알려 달라고 하세요~ 내일 받으시면 받았다고 답 주세요~

2013. 7. 11. (목) 오후 4:12:13

날이 무척 덥네요~ 함초는 드실 만하지요? 효과는 며칠 더 드셔야 알 수 있을 거예요. 전에도 말씀드렸듯이 오일풀링 하면서 함초를 먹으면 효과가 훨씬 좋으니까 오일플링도 거르지 말고 꼭 하

세요. 엄마도 카톡을 잘하시네요~ 두 분 모두 새로운 것에 도전하는
것, 저희들을 비롯해서 손주들 모두 본받아야 될 일이에요~ 두 분
모두 대단하세요~

2013. 7. 13. (토) 오후 12:13:28 (아버지의 편지)

해가 가고 달이 가며 하루하루를 지루하게 보내며 늙어가
는 몸에다가 아무것도 하는 것 없이 그날그날을 보내기 위해 애쓰는
늙은이보다는 그래도 괜찮게 보내는 쪽이다.

2013. 7. 13. (토) 오후 1:44:53

그럼요 ~ 아버지는 노년을 잘 보내시고 계신 거예요~ 저
희 집에서 공주는 가깝잖아요~ 공주 산골짜기에 중국집이 있는데
조금만 늦으면 번호표를 받고 기다려야 겨우 자리를 차지할 수 있는
곳이에요. 영신이가 내려와서, 어머니 모시고 가서 점심 먹고 왔어
요. 아버지도 언제 대전 오시면 모시고 갈게요~ 신선한 재료로 푸짐
하게 해주니까 입소문이 나서 사람들이 몰리는 것 같아요. 언제나 정
직하고 성실하게 살면 그처럼 누구에게나 인정받는 게 세상이치인
거 같아요~

2013. 7. 13. (토) 오후 8:45:30 (아버지)

진작부터 칭찬하려고 했는데, 할머니를 잘 모시고 효도하

는 것 말이다. 그렇게 하는 것이 사람으로서 도리를 다 하는 것이고, 그렇게 해야 영원히 복 받고 살게 된다.

2013. 7. 14. (월) 오전 7:10:28 (아버지)

죽어야 되겠다고 하는 소리를 요새 와서 두 번째 듣고 있다. 너의 어머니 말이다. 한번 나서 한번 죽는 게 인생이고 언제 죽어도 죽는 것인데, 왜 그러는지 듣기가 싫다.

2013. 7. 14. (월) 오전 7:20:43

엄마가 요새 몸이 안 좋으시다고 하더니 마음도 같이 아프신가 보네요~ 늙어도 여자에겐 남편이 최고예요. 아버지의 따뜻한 말씀이 엄마한테는 무엇보다 좋은 약이에요~ 아버지 같은 애처가가 없는데… 그런데 자기 마음대로 몸을 움직일 수 없으니 얼마나 답답하시겠어요~ 아버지가 엄마 때문에 마음 많이 상하셨나 보네요~ 카톡에도 좋은 글 많이 보내드리고♡ 다음 주 아버지 생신 때 가서 엄마 많이 웃게 해 드릴게요~

2013. 7. 15. (월) 오전 6:00:26

아버지, 안녕히 주무셨어요? 어제 비가 많이 오더니 오늘은 공기가 유난히 상쾌하게 느껴지네요~ 오늘 가래 때문에 병원 가신다는데 병원에서 치료받으시면서 병행하면 좋은 것은 발목 펌프

그리고 대나무봉으로 목 밑의 가슴을 치는 것이에요~ 오늘 치료 잘 받으세요~

2013. 7. 16. (화) 오후 9:35:11

낮엔 불볕더위이던 날씨가 저녁이 되니 바람이 서늘해서 절로 잠이 올려 하네요~ 지금쯤은 함초 효과가 있을 텐데 어떠신지요? 어제 병원에서 가래 때문에 약도 지으셨다던데, 펌프와 대나무봉도 함께 해보세요~

2013. 7. 19. (금) 오전 7:02:50

오늘은 아침부터 더운 기운이 느껴지는 게 엄청 더우려나 보네요. 올해는 9월까지 이렇게 더울 거라는데 노인분들 건강이 걱정되네요~ 이렇게 더운 날도 골프 가시나요? 땀 흘리시는 거만큼 물 많이 드세요~ 소금물이요~

2013. 7. 20. (토) 오전 10:25:31

모든 게 빨라지는 세상이 되어 그런가, 8월 중순이나 돼야 들리던 쓰르라미 소리가 벌써 들리네요~ 매미 소리도 제대로 못 들은 거 같은데요~ 제가 수요일과 금요일에 한학 공부를 하러 다니는데 천변을 따라서 가게 돼요~ 그런데 벌써 코스모스가 활짝 피었어요~ 저희들 어렸을 때는 가을소풍으로 송도 유원지에 가면 그때 만개한 코스모스를 봤던 거 같은데요~ 모든 게 변하니 계절의 변화까지도 시대의 흐름에 따라 변하나 봐요~ 경희가 아버지와 엄마 방 습도가 높다고 걱정하던데요~ 높은 습도는 노약자에겐 아주 치명적인 해를 끼칠 수 있어요~ 보일러를 돌리거나 에어컨을 틀어서 습기를 없애야 되는데 요샌 제습기 좋은 게 많으니까 제습기 설치하시는 게 좋을 거예요~

2013. 7. 22. (월) 오전 6:47:15

아버지, 안녕히 주무셨어요? 어제 저희는 잘 내려왔어요. 오늘이 진짜 생신날인데 정말로 축하드려요♡♡ 어제 경희가 말했듯이 아버지는 가족들뿐만 아니라 일가친척들에게까지 많은 사랑을 베푸셔서 집안을 편안하게 이끌고 계시니 참 대단하신 거 같아요~ 제가 결혼해서 애들을 키우면서 특히 영실이 몸이 안 좋아 마음 졸일 때 누구의 부모로 사는 것이 얼마나 힘든 것이며 아버지 자식으로만 살았을 때 얼마나 행복했던 건지 알았거든요~ 앞으로도 더 건강하세요~ 아버지 사랑해요♡♡♡

2013. 7. 23. (화) 오전 8:20:56

오늘은 일 년 중 가장 무더운 대서에요~ 그런데 중부지방에 비가 많이 와서 더위는 그다지 심하지 않을 거 같아요. 여기는 밤새 비가 많이 왔다가 지금은 흐리기만 한데 새들 울음소리가 짧고 바삐 왔다갔다하는 걸 보니까 곧 또 비 올 거 같네요. 절기가 하나씩 지나갈 때마다 느끼는 계절의 변화같이 볼 때마다 변하는 부모님 모습이 걱정스러워야 하는데 볼 때마다 건강해 보이시는 아버지, 전보다 나아 보이시는 엄마~ 내려오면서 그냥 뭔지 모르지만 '감사합니다~'라고 말하게 되더라고요~ 아버지, 엄마, 건강하세요~

2013. 7. 25. (목) 오후 7:57:27

아버지~ 저녁 진지 잡수셨어요? 날이 습해서 당분간은 저녁 산책도 쉬기로 했어요~ 아버지도 더울 때는 운동 쉬어가면서 하세요~ 건강을 지키기 위한 운동이 건강을 해치면 안 되니까요~

2013. 7. 29. (월) 오후 8:55:35

장마가 아래 지방으로 내려갔다 다시 중부지방으로 올라왔다네요. 그래서 그런지 오전엔 비 왔는데 비 그치고 나니까 습도가 높아서 그런지 더 더운 것 같네요~ 하지만 해가 지고 나니 풀벌레 소리가 더위를 다 가져가는 것 같네요~ 그래도 올해는 9월까지 덥다니까 아직 2개월이나 남았으니 한참 더 더울 텐데 덥다고 찬물 너무 많이 드시지 마세요. 장이 편안해야 변비 증상도 없어지지요~

2013. 7. 31. (수) 오후 9:13:39

아버지~ 저녁 진지 맛있게 드셨어요? 낮엔 그렇게 무덥더니 밤이 되니 어느새 온갖 풀벌레 소리가 더위를 다 밀어내는 것 같네요~ 나이가 먹는다는 건 이렇게 들리지 않던 자연의 소리를 들을 수 있고 보이지 않던 자연의 아름다운 모습을 볼 수 있는 눈을 뜨는 것이니 나쁘지만은 않지요? 좋은 것만 보고 좋은 것만 들을 줄 아는 그런 어른으로 나이 먹어가고 싶어요~ 그래서 누구에게나 너그러운 어른이 되겠습니다~ 오늘 풀벌레 소리가 너무 좋으니까 전에도 이렇게 좋았었나 하면서 새삼 나이를 생각하게 되네요~ 아버지 앞에서 나이 이야기를 하니까 우습지요?

2013. 8. 6. (화) 오전 5:44:09

오늘도 아침부터 기온이 높네요~ 일사병 위험지수가 높아서 노인분들 조심하라네요. 이렇게 더울 때도 필드에서 공을 치시나요? 물을 많이 드세요~

2013. 8. 7. (수) 오전 8:13:24

오늘이 입추라는데요~ 절기상으로 오늘이 입추인데 오늘 또 한낮 최고기온 기록경신을 할 것 같은데요~ 벌써 움직이는 대로 땀이 솟아서 청소하다 말고 쉬는 중이네요~ 오늘 같은 날 덥다고 너무 찬 음식 많이 드시지 마세요~ 참, 함초는 효과가 있는 거 같은가요?

2013. 8. 9. (금) 오후 4:15:28

참 더운 날이네요~ 일사병으로 쓰러지는 사람들이 많다네요~ 중고등학교 시절 체육 시간에 운동장에서 빈혈로 잘 쓰러져서 부모님 걱정 많이 시켜드렸던 생각 나네요~ 그때 비하면 지금은 참 건강해진 것 같지요? 오늘은 오전에 한학 공부하고 왔어요~ 제가 공부하는 장소가 복지관인데 에어컨을 어찌나 시원하게 틀어주는지 우리나라도 이렇게 복지정책이 자리 잡혀가는 건가 하는 생각이 드네요~ 그래서 이렇게 더운 날에도 공부 잘하고 왔어요~

2013. 8. 12. (월) 오전 7:50:59

연일 폭염이 기승을 부려서 기온이 열대성으로 바뀌네 어쩌네 해도 절기를 따라 변하는 자연의 소리는 여전하네요~ 봄부터 며칠 전까지는 아침에 일어나면 새소리 천지였는데 입추가 지나면서부터는 신기하게도 풀벌레 소리가 온 산에 가득하네요~ 절기 따라 우리 몸에도 변화 일어나는 것 아세요? 철 바뀔 때 머리카락이 자꾸 빠지는 것은 때에 맞는 머리카락이 나느라 그런 거라네요~ 날이 더워지면 머리카락이 성글게 나고 추워지면 저절로 빽빽하게 나서 우리 몸을 보호한다네요. 오늘 말복인데 삼계탕 드시고 더위 물리치세요~

2013. 8. 13. (화)오후 3:36:21

뜨겁게 달구어진 땅이 밤새 식지도 않았는데 또 달구어지고 그렇게 반복되니 기온은 더 오른다고 하지만, 역시~ 때가 있는 것 같아요. 바람이 달라요~ 오늘은 햇볕은 따갑지만 바람이 서늘해서 한결 낫네요~ 9월 중순까지 더위가 갈 거라고 하지만 지난주가 고비였던 거 같네요~ 흰머리가 자꾸 나와서 염색을 했어요. 그러고 보니까 항상 검게 염색한 머리를 단정하게 빗어 넘기고 다니시던 아버지 머리가 언제부터 은색으로 변했는지, 잘 모르겠네요~ 그런데 은색 머리가 아버지에게 더 잘 어울리고 멋져요~

2013. 8. 14. (수) 오후 5:05:34

오늘은 논어 수업을 듣고 나서 어머니가 인견 잠옷을 사고 싶어 하셔서 잠옷 사고 그러다 보니 저녁때가 다 되었네요~ 아버지가 문자 기다리신다고 생각하니까 마음이 바빠지네요~ 아무리 좋은 천을 많이 만들어내도 우리 선조들이 예로부터 철에 맞게 옷 지어 입었던 걸 못 따라가는 거 같아요. 여름에 인견 옷을 입으면 다른 걸 못 입는다네요~ 내년 여름엔 아버지 인견 잠옷 사다 드릴게요~

2013. 8. 15. (목) 오후 8:47:24

오늘은 영신 아범하고 일찌감치 농수산 시장에 가서 열무와 오이를 사 와서 종일 김치를 담갔어요~ 오늘같이 다 같이 모여 식사를 하는 날은 아버지와 엄마께서 잠깐 다녀올 수 있는 거리에 살면 좋겠단 생각이 드네요~ 열무김치 오이김치 담그고 저녁 해먹고 씻고 그러고 나니 지금이네요~ 예전에 엄마가 하시던 큰살림에 비할 수 없는 살림인데 이렇게 힘든 걸 보면 엄마는 얼마나 힘드셨을까요. 그런 생각하니 꾀부리고 엄마 심부름도 잘 안 하던 게 생각나서, 죄송하네요~ 안녕히 주무세요~

2013. 8. 16. (금) 오후 4:21:03

바람이 솔솔 부네요~ 밖엔 햇볕이 아직 따가운데 그늘에 들어서면 시원한 것이 습기가 많이 걷힌 탓인가 봐요~ 이렇게 따가운 햇살 받으며 곡식들이 여물어 가겠지요~ 엄마 생신 때나 뵙게 될 줄 알았더니 사촌동생 봉진이의 결혼식이 곧 있다지요? 그때 뵙겠네요~ 일부러 가뵙진 못해도 이렇게 인천 갈 일 생기면 공연히 맘 설레요~ 대전 온 지 25년 되었는데도 아직도 인천 갈 땐 애들 같이 신나요~ 아버지와 엄마가 계시기 때문일 거예요~

2013. 8. 18. (일) 오전 9:03:05 (아버지)

워낙 늙은 몸이라, 어디가 좋지 않아 약을 먹어도 쉽사리 안 듣는구나. 그렇지만 네가 보내준 약은 괜찮은 것 같다. 거의 다 되어 가는데 더 준비해주었으면 좋겠다.

2013. 8. 20. (화) 오후 9:15:58

　　내일이 백중이라 그런지 달이 휘영청 밝으네요. 너무 더워서 하지 못했던 저녁 운동을 며칠 전부터 시작했는데 낮엔 그렇게 더워도 저녁엔 바람이 하루가 달라요~ 오늘은 둥그런 달을 보면서 바람 맞으며 걸으니 가을이 성큼 다가온 느낌이 들더라구요~ 그래도 아버지 골프는 한낮에 하시는 거라 아직은 더위 때문에 힘드실 거 같은데요~ 햇볕에 팔뚝을 너무 오래 내놓지 마시고요, 물도 많이 드세요~

2013. 8. 23. (금) 오전 6:33:05

　　아버지~ 안녕히 주무셨어요! 여기는 밤새 비가 오더니 바람이 아주 시원해졌어요~ 낮 동안에도 계속 비가 온다니까 이 비 그치고 나면 이제 더위는 한풀 꺾이겠지요~ 오늘이 처서에요~ 그래서도 이젠 그만 덥겠지요? 오늘도 즐거운 하루 보내세요~

2013. 8. 24. (토) 오전 9:15:07

　　처서에 비가 오면 그해 농사 망친다고 했다는데 올 처서에 내린 비는 날이 워낙 가물어서 보약이라네요~ 그래서 그런지 오늘 햇살은 유난히 반짝반짝 빛나네요. 아버지~ 오늘은 드릴 말씀 있어요~ 엄마 생신날에 대한 이야기인데요~ 아버지께서 생신날을 주말에 당겨서 하는 것을 마땅치 않아 하시는데요~ 이번 엄마 생신이 목요일이에요. 그날 경희는 본교로 수업하러 내려가는 날이고, 강 서방은 학기 시작하는 첫 주라 올라올 수가 없다네요~ 저희도 영신 아범 반차 내고 올라가면 되지만 밤에 내려와서 다음날 출근해야 하니까 힘들고요, 또 민지도 모처럼 와서 할머니 생신에 참석하면 좋을 텐데요. 경희는 그냥 경희네 가족만 빠지면 되니까 아버지 뜻을 따르자고 하는데요~ 주말에 오크벨리 가는 걸 다음으로 미루고 엄마 생신 당겨서 하면 모두 편하게 모일 수 있을 거 같아서, 아버지 생각은 어떠신지 여쭤봅니다~

2013. 8. 27. (화) 오전 6:42:10

아버지~ 안녕히 주무셨어요? 이젠 아침저녁 기온이 완전히 가을 날씨네요~ 낮엔 덥고 아침저녁은 서늘해서 감기 걸리기 쉬우니까 감기 조심하세요~ 아버지와 엄마는 연세가 그렇게 드셨는데도 서로 많이 사랑하시는 것 같아서 보기가 좋아요~ 마음대로 움직이지 못하는 엄마가 짜증 마음대로 내시는 것도 아버지가 뒤에서 든든히 받쳐주시기 때문이니까요~ 부모님 뵙고 오면 한동안 마음이 푸근해요~ 아버지가 건강하게 잘 버티고 계셔야 해요~

2013. 8. 28. (수) 오후 7:00:43

아침엔 거실에 나가니까 썰렁하더니 낮이 되니까 햇볕이 따갑네요~ 뉴스 들으니 불볕더위라는 말이 오늘로 끝일 거라고 했는데 오늘 날씨 보니 그럴 것 같지 않은 걸요~ 저희 집은 남서향이라 지는 해가 집 깊숙이 들어와서 겨울엔 난방 안 해도 따뜻해서 좋은데 여름엔 해질녘은 좀 더워요~ 해가 다 떨어지고 나니 금방 바람이 차지네요~ 감기 안 걸리게 조심하세요~ 밤벌레소리가 듣기 좋은 저녁이에요~

2013. 8. 31. (토) 오전 9:05:04

요즘 기상청이 예보하는 게 안 맞는다고 사람들이 비난을 많이 했는데 이번엔 기상청 예보가 맞았네요~ 그제 비 오고 나더니 기온이 많이 떨어졌어요~ 오늘은 창문을 다 닫고 잤는데도 아침에 일어나니 추워서 영실이 이불을 바꿔서 덮어주었어요~ 저희도 오늘 저녁부터는 이불을 바꿔 덮어야 할까 봐요~ 그래도 낮 기온은 아직은 높은 편이라 오히려 감기 걸리기 쉬운 때가 지금이에요~ 조심하셔요~ 다음 주에 오크벨리에 모일 때쯤은 지역적으로도 그곳이 기온이 낮은 곳이고 시기적으로도 지금보다 더 낮아질 거라 아마 낮에도 활동하기 좋지 않을까 생각되네요~ 모처럼 부모님과 함께하게 될 나들이라 엄청 기다려지네요~

2013. 9. 1. (일) 오후 8:55:07

바람이 정말 달라졌어요. 밤에 창 꼭 닫고 주무세요~ 전에 환절기 아침이면 엄마가 재채기를 하시는 통에 그 소리에 잠 깨곤 했는데 제가 엄마 닮았나 봐요~ 환절기에 바람 바뀌면 재채기가 나오는 바람에 콧물 눈물범벅이 되고 식구들은 시끄럽다고 좀 참을 수 없냐고 하는데 사랑하는 마음과 기침은 감출 수가 없다고 하잖아요. 하물며 재채기를 무슨 수로 참을 수 있겠어요? 좀 전에도 해가 지고 저녁 바람이 부니까 재채기가 나와서 눈물 훔치면서 아버지께 문자 올리고 있어요~

2013. 9. 4. (수) 오전 7:40:34

이젠 하루가 다르게 바람이 차지고 있어요~ 수요일은 분리수거하는 날이라 쓰레기 들고 나갔더니 공기가 싸한 게 제법 춥게 느껴지네요~ 태풍의 영향이 일부 지역에 있을 거라는데 금요일에 남부지방과 동부지방에 비가 올 거라는 예보가 있어서 좀 걱정이 되네요~ 오크벨리가 강원도 쪽이라 혹시 비 오게 되면 엄마 차 타고 내리실 때 고생하실 테고 기온도 많이 내려갈 거 같아서요~ 오늘은 아침에 분리수거도 해야 되고 공부 갈 준비도 해야 해서 서둘렀더니 오히려 시간이 남아서 이렇게 여유롭게 아버지께 편지도 올리네요~ 일교차 심하니까 감기 조심하세요~

2013. 9. 5. (목) 오후 5:53:09

오늘은 과학관에 공부하러 가는 날이라 공부하고 왔는데 날이 쌀쌀해서 긴 옷 입고 또 덧옷을 입었는데도 덥지 않더라구요~

아버지~ 다시 오크벨리에서 엄마 생신파티를 하기로 했다는데 속상해요~ 어머니께 주말에 엄마 생신 때 간다고 말했다가 안 가게 되었다고 하고, 어머니 모시고 근처로 바람 쐬러 가기로 했어요. 그런데 다시 간다고 말 못 하겠어요~ 게다가 올케가 자기 친정어머니 돌아가시기 전에 두 딸과 여행 한번 못 한 게 한이 되셨다고 해서 일부러 우리를 위해서 만든 자리라고 하는데 참석 못 하게 되니 더 속상하네요~ 이래저래 저는 항상 친정행사에서 소외되는 거 같아서 서글프네요~

2013. 9. 5. (목) 오후 6:11:01 (아버지)

그렇게만 생각하지 말아라. 형편 때문에 그랬던 것인데, 네가 못 오게 되어서 안 되고 섭섭한 것은 너의 아버지와 엄마란다. 그렇지만 그전에도 말했듯이 외롭게 지내시는 그쪽 할머니 모시고 어디를 간다니 좋은 일이라고 생각한다. 잘 모시기 바란다. 그리고 복 받으시라는 말씀 전해드리기 바란다. 그 대신 목요일 어머니 생일날 어떻게 해서든 올 수 있도록 해라.

2013. 9. 6. (금) 오후 8:42:45

아버지~ 비가 와서 날씨도 춥고 을씨년스럽지요? 어제 올케가 할머니께 잘 말씀드리고 갈 수 있도록 해보라고 하기도 했고, 아까 엄마가 전화하셨는데 엄마 목소리 들으니까 나도 모르게 가겠다고 하고는 조심스럽게 어머니께 말씀드렸더니 흔쾌히 다녀오라고 말씀하시네요. 내일 일찍 출발할게요~ 이렇게 가게 될 줄 모르고 어제는 공연히 심통이 나서 아버지께 투정부려서 죄송해요~ 내일 가서 아버지, 엄마 즐겁게 해드릴게요~

2013. 9. 9. (월) 오전 8:10:16

하루 못 본새 앞산에 삐쭉 올라온 미루나무가 노랗게 변했네요~ 강원도보다 단풍이 먼저 온 거 같네요~ 아버지~ 피곤하시지요? 우여곡절 끝에 떠난 여행이었지만 즐거우셨죠? 아버지와 엄마가 즐거워하시는 모습을 보니 저희도 덩달아 즐거웠어요~ 저희 어렸을 때부터 아버지는 엄마 사랑하시는 마음을 행동으로 잘 표현하시는 걸 보고 부부는 다 그런 줄 알다 결혼해서 시부모님 사시는 걸 보고 우리 부모님과 달라서 역시 우리 아버지가 애처가시구나 하는 걸 느꼈어요. 그리고 이번 여행에서도 두 분의 사랑하며 사시는 모습을 보고 느낄 수 있어서 더 좋았어요. 여행을 다녀오면 마음이 새로워지니까 사람들이 힘들고 지칠 때 여행을 하나 봐요~ 아범도 출근했고 저는 이제 새로운 기분으로 밀린 집안일을 하기 전 아버지께 편지 올려요~ 오늘도 즐거운 하루 보내세요~

2013. 9. 11. (수) 오후 9:20:13

지금쯤 해가 쨍쨍해야 곡식도 여물고 과일도 익을 텐데 연일 비 오고 후텁지근하네요~ 이제 겨우 비가 멎었는데 또 비 예보를 알리는 알람이 계속 울어대네요~ 제 전화기는 비 예보하는 기능이 있어 그런지 비 오려고 하면 시끄럽게 삐삐대요~ 다음 주가 추석 명절이라 오늘은 공부하러 나갔다가 차례상에 놓을 물김치 하려고 장을 봐서 들어왔어요~ 경기가 안 좋다고 해도 시장에 가니까 명절밑이라 그런지 북적거리는 게 명절 분위기가 나더라구요~ 어렸을 때 엄마가 명절이 없었으면 좋겠다고 하시면 이렇게 좋은 명절을 왜 싫어하시나 했는데, 차례 준비에 그 많은 손님들 먹을 음식 준비가 만만치 않으니까 그러셨던 걸 결혼하고 나서야 알았지요~ 저녁을 먹고 물김치 담그는 거 마무리했어요~ 이젠 집에서 송편도 안 만들고요~ 그러고 보면 어렸을 때 작은 엄마들이랑 작은 아버지들까지 둘러앉아서 송편을 만들며 오빠는 장난치느라 거북이 모양도 만들고 저는 토끼 모양 만들고, 그리고 쪄진 다음에 자기가 만든 거 찾아서 먹곤 했던 때가 그립네요~ 이젠 저희가 어른이 되었으니 애들에게 추억을 만들어 주어야 하는데 이다음에 애들이 커서 명절에 대해 어떻게 추억할지 염려돼요~ 멎었던 비가 다시 오네요~ 비 오면 기온이 내려가니까 침대 따뜻하게 하고 주무세요. 아버지~ 안녕히 주무세요~

2013. 9. 12. (목) 오후 4:40:28

오늘 엄마 생신날 저녁 모임에 참석 못 해요~ 오크벨리에서 엄마 생신 축하한 거로 우린 끝내야겠어요~ 차를 가져가자니 밤에 비가 온다고 해서 그렇고, 버스는 인천에서 유성으로 오는 건 시외버스가 돼서 저녁에 8시 30분이 막차예요~ 그러니 밥 먹다 말고 일어서게 생겨서 저희는 오늘 참석 못 하네요~ 핑계를 대서라도 일부로 부모님 뵈러 가야 하는데, 이렇게 명분이 뚜렷한 날도 못 가 뵈니 좀 안타깝네요~ 명절엔 늘 길이 막혀서 못 움직이고~ 명절 지나고 찾아뵐게요~ 오늘도 즐겁게 지내세요~

2013. 9. 14. (토) 오전 9:19:28

아버지~ 안녕히 주무셨어요? 밤새 천둥번개가 쳐대며 비가 쏟아지던 게 아직까지도 쏟아지고 있네요~ 볕이 뜨거워서 곡식과 과일이 익어야 하는 때에 이렇게 며칠씩 흐리고 비가 와대서 어쩌나 걱정이네요~ 비가 오면 휠체어에서 내리실 엄마 걱정이 앞서요~ 요즘 아파트들은 지하에서 그냥 올라가니까 비가 와도 걱정이 없는데요~ 어렸을 때부터 제사상엔 숙주나물은 고사리와 함께 꼭 올리는 걸 봤길래 저도 숙주를 꼭 올렸는데 강의를 듣다 보니 숙주는 조선시대 단종 복위를 꿈꾸다 죽은 사육신을 배반한 신숙주 때문에 잘 상한다 하여 숙주나물을 올리지 않는다는 집도 있다네요. 그런데 정말로 숙주나물은 다른 나물에 비해서 잘 쉬어요. 저희도 이번 차례상엔 숙주나물 대신 다른 나물을 올릴까 봐요~ 저희는 지금 코스트코에 명절 지낼 장 보러 가는데 앞이 안 보이게 비가 오네요~

2013. 9. 16. (월) 오전 7:23:21

오랜만에 아침 햇살이 퍼지는 아침이네요~ 며칠 만에 햇빛을 보는 거라 반갑기까지 하네요~ 저 햇살 때문에 낮에는 좀 더울 거라네요~ 그래서 일교차도 심할 거라네요~ 저는 엄마 재채기 소리에 잠 깨곤 했던 생각에 엄마 닮아 그런가 했더니, 아버지가 재채기를 더 심하게 하신다니 아버지를 닮은 거 같네요~ 이렇게 일교차가 심한 날은 증상이 더 심해서 콧물 닦느라고 일을 할 수가 없어요~ 가을이 되면 바람이 먼지도 잘 쓸어 간다네요. 그래서 가을 하늘은 유난히 더 맑고 가을 공기는 더 깨끗하게 느껴지나 봐요~ 맑은 가을 공기 많이 마시세요.

2013. 9. 17. (화) 오후 8:24:36

아버지~ 저녁 진지 잘 잡수셨어요? 저녁을 먹고 산책을 다녀왔어요~ 바람이 제법 싸늘해서 오히려 걷기가 좋더라구요~ 낼모레가 보름이라 달도 제법 차올라 밝게 빛나고 산에서는 온갖 벌레가 울어대니 가을이 점점 깊어가는 걸 느끼겠어요~ 영신이도 지금 기차 타고 내려오고 있고 내일은 저희도 차례 음식 준비하느라 집에서 기름 냄새 좀 풍기겠지요? 어느 해인가 추석 음식 먹고 탈이 나서 토하고 설사하고 그래서 혹시 콜레라 걸린 거 아닌가하고 걱정을 시켜드린 적도 있었지요~ 제가 그러고 보면 몸이 약해서 걱정 꽤나 시켜드렸던 거 같아요~ 낼모레 보름달을 보고는 아버지 엄마 건강하

시길 기원할게요~ 아버지, 안녕히 주무세요~

2013. 9. 20. (금) 오후 5:37:32

어제는 진짜 둥근 달이 훤히 비추었어요~ 달 보면서 아버지와 엄마를 비롯해 우리 가족 모두의 건강을 기원했어요~ 날이 덥고 어쩌고 해도 추석이 되면 가을인 거 같아요~ 하늘은 높고 맑고~ 위로 올라가는 길은 막혀도 요 근처 가까운 곳은 길이 안 막히니까 어머니 모시고 서산에 있는 해미읍성에 다녀왔어요~ 저희 집에서 한 시간 정도 걸리는데 명절이라고 다양한 행사를 해서 볼거리도 있고 그 앞에는 유명한 곰탕집이 있어서 점심도 맛있게 먹고 돌아왔어요~ 코스모스를 끝이 안 보이게 심어놓아서 가을의 정취도 한껏 느낄 수 있어서 좋았어요~ 인천에서는 서해안 고속도로를 타고 가시면 쉽게 갈 수 있으니까 나중에 오빠네와 함께 가보세요~ 휠체어로 다니기도 좋아요~ 명절 연휴 기간에는 올라가는 길이 시도 때도 없이 막히니까 명절 연휴 끝나고 한가한 때에 찾아뵐게요~

2013. 9. 22. (일) 오전 10:09:38

긴 명절 연휴의 마지막 날이네요~ 오늘은 바람도 살랑살랑 불고 하늘은 맑고 책을 손에 들면 절로 읽어질 거 같은 날씨이네요~ 그동안 명절 지낸 음식을 계속 상에 놓았더니 식구들이 지겨워하는 거 같아서 오늘은 좀 새로운 음식을 해서 먹으려는데 뭘 할까 궁리 중이에요~ 낮에는 소면을 멸치육수 양념해서 말아 먹고 저녁엔 식구들이 먹고 싶단 걸 해야 할까 봐요~ 저희들 어렸을 땐 할머니가 큰 두레반상에다 긴 홍두깨로 칼국수를 밀어 큰 가마솥에 가득 칼국수 해서 먹었던 기억이 나요~ 이렇게 옛날 일을 생각하면 어린 시절로 돌아가고 싶어요~

2013. 9. 23. (월) 오후 4:32:43

오늘은 추분이에요~ 학교에서 춘분과 추분은 밤과 낮의 길이가 같다고 배웠는데 실제는 낮의 길이가 좀 길다네요. 해가 지고 난 다음에도 어느 정도 빛이 남아있기 때문이라네요~ 그렇지만 저녁 먹으면서 창밖을 보면 9월이 되면서부터 어둠이 성큼성큼 내려오는 게 느껴져요~ 이제 추분도 지나면 정말 가을이 무르익어서 나뭇잎들이 예쁜 색으로 물들겠지요~ 내일은 전국적으로 비가 온다네요~ 그러고 나면 일교차도 덜 나게 될 테고 일 년 중 가장 활동하기 좋은 때라고 하네요~ 아버지도 이렇게 좋은 때에 운동 많이 하시고 요즘 가장 좋은 먹거리가 버섯이라니까 버섯요리도 많이 잡수세요~ 버섯전골, 버섯구이, 버섯볶음 등등이요~

2013. 9. 27. (금) 오전 11:03:49

오늘은 아침에 창을 여니 공기가 아주 싸하더라구요~ 별안간 기온 내려가니까 감기 안 걸리게 조심하세요~ 저는 지금 주역

공부 하러 왔다가 쉬는 시간이예요~ 아버지 생각났어요~

2013. 10. 1. (화) 오전 6:38:31

아버지, 안녕히 주무셨어요? 그제 화원에 가서 국화꽃이랑 오색마삭줄이라는 화초를 사다 분갈이해서 놓았더니 집안에 국화꽃 향기가 그윽하네요~ 요새는 덥지도 춥지도 않아서 걷기 좋은 때이지요~ 그래서 어제는 영실이와 산에 오르는 대신 동네 길을 걸었어요~ 물들기 시작한 가로수와 예쁜 집들이 줄지어 서 있는 주택가~~ 한없이 걸을 수 있을 것 같더라구요~ 이렇게 좋은 때에 아버지도 운동 많이 하세요~ 걸으실 때는 내쉬는 호흡을 길게 하세요~

2013. 10. 3. (목) 오후 3:56:57

이제 정말 가을이네요~ 햇볕은 따갑고 바람은 맑고 상쾌하고요~ 집에서 멀지 않은 곳에 영평사라는 절이 있는데 그곳 주지스님이 구절초를 조금씩 심기 시작하면서 구절초 축제를 하기 시작했는데, 지금이 바로 그 축제 기간이에요. 그래서 점심을 먹고 무심히 나섰어요. 그런데 절에서 멀리 떨어진 곳에서 이미 교통 통제를하고 있어서 그냥 되돌아서 집으로 왔어요~ 처음엔 조출하게 시작했지만, 축제 기간에 그곳에서 대접하는 국수와 김치가 맛있다고 소문이 나서 이제 사람들이 모여 길게 줄까지 서는 진풍경이 벌어지고 있다네요~ 전국에 입소문이 나고, 그곳이 세종시로 되면서 주변 인구도 늘어나는 바람에 이제 휴일에는 갈 엄두도 못 내겠네요~ 꽃도 날로 번져서 절 주변 산이 온통 하얗게 뒤덮여 너무 예쁘거든요~ 이렇게 무엇이든 꾸준히 하게 되면 뭐가 되도 되는데 빨리빨리 이루어야 직성이 풀리는 요새 사회풍토에 병들어가는 우리 애들이 저런 걸 보고 마음의 여유를 찾는다면 더없이 좋을 것 같아요~ 평일엔 사람들이 좀 덜하니까 내일 낮에 공부 끝나고 절에 가서 국수 얻어먹어야겠어요~ 내일 사진도 찍어 보내드릴게요~

2013. 10. 4. (금) 오전 11:40:46 (아버지)

휴대전화가 안 되어 문자를 보낸다. 가래가 심해서 그러는데, 그쪽 한방 관계 잘 알면 알아봐 줘라. 콧물에서 기인된 것이 아니고 기관지 계통에 문제가 있는 것이니까, 여기에 무슨 약이 있나 알아보아라.

2013. 10. 4. (금) 오후 1:44:29

영실이 치료해준 선생님께 여쭤보았는데요~ 엄마가 하고 계신 펌프를 엄마같이 계속하시고요, 영실이도 먹었는데 유황콩으로 몸에 있는 독소를 빼내면 효과가 좋을 거래요~ 그리고 우리 어머니도 가래가 심했는데 매일 은행 7알씩을 밥에 넣어서 해서 드리고 제가 효소를 만들어 드렸더니 많이 좋아지셨어요. 며칠 있다가 시간을 내서 효소와 유황콩 갖고 갈게요~ 우선 매일 펌프를 하세요. 그리고 은행을 잡수세요~ 그리고 운동을 하시랍니다. 그런데 펌프가 제일 중요하다니까 펌프 꼭 하세요. 아버지가 혼자 하실 때 숫자 세주는 펌프도 사고 갈게요~

2013. 10. 6. (일) 오전 9:30:42

며칠 전에 텔레비전을 보니까 환절기 알레르기성 비염은 비타민 디가 부족해서 그렇다네요~ 비타민 디는 약으로 보충해도 되지만 햇볕만 잘 쐬어도 충분하다네요~ 저도 일부러 햇볕을 쐬기 위해 어젠 볕이 좋은 낮에 산에 다녀왔지요. 아버지도 햇볕 많이 쐬세요~ 주문한 유황콩과 펌프가 어제 왔으면 오늘 갖고 가려고 했는데 안 왔네요~ 아마 내일 올 것 같아요~ 마침 9일은 쉬는 날이니까 아범하고 같이 갖고 갈게요~

2013. 10. 8. (화) 오전 8:21:04

태풍의 영향이라고 비가 오네요~ 그런데 후텁지근한 것이 마치 여름비 오는 것 같네요~ 오늘은 24절기 중 하나인 한로예요~ 국화꽃이 만발하고 오곡이 무르익어서 옛날 선조들은 추석에 미처 제물 준비를 잘못해서 차례를 올렸다면 다시 한로에 제대로 상을 차려서 제를 지냈다고 하네요~ 올해 유난히 농작물이 풍작을 이루었다는데 태풍 때문에 거두기 전에 피해 입을까 걱정이네요~ 나이가 드니까 걱정 안 되는 게 없어요~ 이렇게 비 오는 날은 아무래도 몸을

덜 움직이게 되니까 이럴 땐 펌프를 더 많이 하시는 것도 좋아요~

2013. 10. 11. (금) 오전 6:50:56

아버지~ 안녕히 주무셨어요? 그제 갔을 때 뵙고 약 드시는 거 설명도 자세히 해 드리고 했어야 하는데~~ 이 약을 드시면 명현반응이 심해요. 그러니, 처음엔 아침저녁 공복에 5알씩 씹어 드시고 물을 드세요~ 괜찮은 거 같으면 8알씩 드세요~ 효과는 당장 안 나타난다 해도 가래는 물론 변비나 심장 대장 등 여러 군데 호전반응이 나타날 수 있는데, 몸살 기운도 있을 수 있어요~ 몸의 변화를 잘 살피세요~ 그리고 펌프를 아침저녁으로 꼭 하세요~ 여러 가지 많은 변화가 생길 거예요~

2013. 10. 11. (금) 오후 7:10:05 (아버지)

문자를 보내는데 한참 잘 되다가 뭔가 잘못되어 끊어지고 말았다. 네가 가지고 온 약을 먹고 있는데, 그 약의 이름이 무엇이고? 가래 때문에 약을 먹는 것인데, 가래의 대해서는 설명서에 나타나 있지 않구나. 그래서 묻는다.

2013. 10. 11. (금) 오후 7:44:14

쥐눈이콩과 유황으로 만든 약인데요, 가래뿐만 아니라 다른 증상도 호전될 거라고 해요~ 그런데 명현반응이 심하게 나타날 수도 있어요~ 가래가 더 심해질 수도 있고 몸살 기운이 있을 수도 있어요~ 일주일 정도 지나서 괜찮으면 약을 7~8알로 늘리셔요~ 공복에 씹어 드시고 물 드세요~

2013. 10. 15. (화) 오전 8:00:14

아버지, 안녕히 주무셨어요? 오늘은 하늘이 잔뜩 흐리네요. 서해안 쪽으로 비가 온다는 예보가 있네요. 약을 드시고 명현반응이 나타나지 않나요? 공통적으로 몸살 기운 같은 게 나타난다고들 하던데요. 그리고 가래가 더 심해질 수도 있어요. 펌프도 가래뿐 아니라 다른 기능도 다 좋아지는 데 큰 역할 할 거예요~

2013. 10. 20. (일) 오후 5:03:48

유황콩을 드시고 혹시 명현반응 때문에 힘들지 않으신지요~ 이젠 8알 정도로 늘려 드셔도 될 텐데요~ 가래가 더 심해져도 놀라지 마세요~ 그게 명현반응이고 명현반응이 심할수록 치료 효과는 좋다고 하니까요~ 펌프도 잘하고 계시지요? 귀찮으시더라도 펌프 꼭 하세요~

2013. 10. 21. (월) 오전 11:28:19

영실이는 명현반응이 심하게 와서 고생했었어요~ 이제 열흘 정도 지났으니까 지금 괜찮으시면 아마 다 드실 때까지 괜찮으실 거예요~ 이제 2병만 더 드시면 확실하게 효과 나타날 거예요~ 이렇게 날씨 좋은 날엔 햇볕도 많이 쐬시고요~

2013. 10. 23. (수) 오전 9:00:23

아침 진지 드셨어요? 오늘은 상강이라는데 날씨가 그리 차지 않아 서리가 내렸나 모르겠네요. 상강에 내린 서리를 맞은 무와 배추는 김치를 하면 아삭거리고 맛있다네요~ 요샌 온상에서 나온 배추들도 많다니까 정말 노지에서 서리를 맞은 건지 잘 알아보고 사야 되겠어요~ 아직도 명현반응이 없으세요? 명현반응이 없이 그냥 지나가는 사람들도 있다니 그런가 보네요~ 전에 주문한 곶감용 감이 어제 와서 오늘은 공부하러 못 가고 감을 깎아 널어야겠어요~

2013. 10. 25. (금) 오전 11:33:28

아버지~ 오늘 운동가셨다면서요? 별안간 기온이 떨어져 걱정되지만, 낮에 햇살 퍼지면 운동하시기 정말 좋은 날씨지요~ 이렇게 아버지는 건강하게 운동 다니시고 엄마는 뜨개질하신다는 말을 듣고 얼마나 마음이 좋은지 모르겠어요~ 뜨개질은 젊은 사람들도 코수 맞추기가 어려워서 잘못하는 사람들이 많은데 엄마가 하신다는 건 정신이 좋다는 거고~ 뜨개질을 하면 손끝 말초신경을 자극해서 뇌세포 운동 활발하게 해서 더없이 좋거든요~ 이번 간병인이 간병도 잘하지만 그런 것도 잘 유도하는 것 같아요~ 그런데 아버지께서 간병인을 내보낸다고 말씀하셨다는데, 그렇게 되면 엄마는 또 온종일 골방에서 텔레비전이나 보게 될 거고, 그러면 전 같이 또 침 흘리고 우울증이나 치매증세 보이는 일이 순식간에 일어날 거예요~ 그리고 올케가 요새 어깨 아파서 치료받는다고 하던데 만일 올케가 엄마 옮기다가 놓치기라도 하면 큰일 나요~ 돈 때문에 아줌마를 내보내야 한다면 주방에서 일하는 아줌마를 내보내는 게 맞는 것 같아요~ 그렇지만 올케도 나이 들고 했으니까 지금같이 두 아줌마 다 쓰면 모두가 편하지 않을까요? 돈하고 사람하고 바꿀 수 없을 만큼 사람이 더 소중하고, 우리에겐 부모님 두 분 모두 너무 소중한데 두 분 다 편안한 노후 보내셨으면 좋겠어요~ 아버지도 엄마 뜨개질하는 모습 보기 좋으시지요?

2013. 10. 26. (토) 오후 9:17:55

아버지~ 저녁 진지 잘 드셨어요? 이제 저녁 바람은 제법 서늘해요~ 그래도 아범이 담배를 끊고 난 후 배가 자꾸 나와서 저녁 먹은 후에 운동을 열심히 해요~ 아버지 새로운 운동 가르쳐 드릴게요~ 발뒤꿈치를 모으고 양쪽 엄지발가락 앞에 불쑥 나온 부분을 부딪치는 거예요~ 어떤 아저씨가 어느 날 골프를 치고 오다 차에서 내리는데 다리에 기운이 빠져서 주저앉고 말았다고 해요~ 그런데 양쪽 발끝 부딪히기를 처음엔 200번도 힘들게 했는데 시간이 지나면서 1,000번 이상씩 하게 되었고, 그러면서 다리에 힘도 생기고 골프 칠 때 공도 더 멀리 날아갈 만큼 힘도 생기더래요~ 그 외에 심장도 좋아지고 눈도 밝아지더래요. 시간을 일부러 내지 않아도 텔레비전 볼 때 그냥 하는 거예요~ 200번, 1000번 하면 많은 숫자 같아도 시간은 10분 정도밖에 안 걸려요~ 많이 할수록 좋다니까 숫자 생각하지 마시고 10분이고 20분이고 그냥 해 보세요~ 그 아저씨는 요샌 수시로 하다 보니 하루에 7,000번도 한대요~ 아버지도 제가 갖다드린 펌프와 발끝 부딪히기를 꾸준히 해 보세요~

2013. 10. 29. (화) 오후 8:18:45

오늘은 아범이 회식이라 늦는다니까 혼자 나가기가 싫어 저녁 운동을 안 나가고 일찍 저녁밥을 먹고 대신에 텔레비전을 보면서 발끝 부딪히는 운동과 펌프를 했어요. 이렇게 저녁에 아버지께 편지를 쓰니까 어렸을 적 매일 일기를 써서 아버지께 검사받던 일이 생각나네요~ 그래서 방학이 끝나면 일기장 잘 썼다고 뽑혀서 전시되곤 했었죠~ 아버지께서는 저희들이 큰 다음에도 니들이 무슨 생각을 하는지 알아야 된다고 하시면서 저희들 일기장을 막 뒤져보셨죠. 그래서 일기장을 몰래 감추던 기억도 나네요~ 가을 황사가 심하다네요~ 되도록 야외 나가지 마시고, 밖에서 돌아오시면 양치하고 손 꼭 닦으세요~

2013. 10. 31. (목) 오전 10:48:08

일주일이 시작되었나 싶으면 어느새 주말이 낼모레이네요

~ 오늘 벌써 목요일이니 말이에요~ 아버지 혹시 가래가 더 심해지지 않으셨어요? 그럼 그건 아주 좋은 명현반응인데요~ 제 친구 친정에 좋은 은행이 있다고 해서 저희도 주문하고 아버지께도 보내드리게 주문해 놓았어요~ 다음 주에 보낸다고 했으니까 하루에 7~8알씩 계속 드시면 가래 치료뿐 아니라 혈액순환에도 좋다니까 드셔보셔요. 오늘도 즐거운 하루 보내세요~

2013. 10. 31. (목) 오후 7:48:56 (아버지)

보내준 약 계속해서 먹고 있는데, 가래는 약간 줄어든 것 같다. 어쨌든 더 먹어보고 이야기하자. 네가 많이 애써 지어 보낸 약이니까, 잘 나을 것이라고 믿는다.

2013. 11. 4. (월) 오전 7:53:01

아버지, 안녕히 주무셨어요? 중국에서 날아온 미세먼지 때문인지 기온 탓인지 앞산에 안개가 잔뜩 끼어서 운치를 더하네요~ 밖에서 돌아오시면 양치하시고 손 닦으세요~ 또다시 한 주가 시작되네요~ 오늘 저녁부터 기온이 크게 떨어질 거라네요~ 이제 11월이니 추위가 성큼성큼 다가오겠지요~ 감기 조심하세요~

2013. 11. 9. (토) 오전 7:45:39

정말로 시간이 빨리 가네요~ 벌써 주말이네요~ 입동도

지나고 이제 겨울인데 살림하는 여자들은 김장을 해 놓아야 비로소 겨울 맞을 준비를 다 해 놓았다는 생각에 마음이 편해지지요~ 저희는 20일에 김장하기로 했어요~ 세상이 좋아져서 김치냉장고에 보관하면 일 년을 두고 먹을 수 있으니까 양념에 엄청 신경을 쓰지요~ 어렸을 때 김장날이면 엄마가 기계같이 채 써시는 걸 해 보고 싶어서 엄마 자리 비우실 때 살짝 해보곤 하던 생각이 나네요~ 지금 우리 애들에겐 김장이 어떤 추억으로 남을지 모르겠네요~ 유황콩은 우리 몸속의 독소를 빼내면서 몸의 안 좋은 부분을 개선시키는 효과가 있다고 했는데, 3병 정도는 드셔 봐야 될 거라고 했어요~ 아직 약 남아 있으면 계속해서 드시고 펌프가 또한 아주 중요하다고 했는데 펌프도 병행하시고 은행도 드세요. 그러면 좀 나아지실 거예요~

2013. 11. 12. (화) 오후 8:55:31

아버지 저녁 진지 잘 드셨어요? 날씨가 많이 차졌어요~ 다음 주에 김장을 하려니까 이거저거 준비하고 정리할 게 많아서 종일 종종거리네요~ 은행은 잘 드세요? 은행을 까서 냉동실에 얼른 넣어야 마르지 않기 때문에 은행을 까다, 아버지는 잘 드시나 생각났어요~ 꾸준히 드시면 분명 효과 있을 거예요~ 어젯밤 꿈엔 엄마가 걸어 다니셨어요~ 잠에서 깨어 이게 꿈이 아니면 얼마나 좋을까 했어요~ 그렇지만 아버지도 엄마도 지금처럼만 저희들 곁에 늘 계신 그것만도 좋아요~ 아버지, 안녕히 주무세요~

2013. 11. 15. (금) 오후 4:31:23

햇볕이 참 좋은 오후이네요~ 영신이가 내려온다고 해서, 이불껍데기를 씌워 잘 자리를 준비해놓고 영신이가 좋아하는 음식을 뭐할까 궁리 중이에요~ 전에 제가 영종에 있을 때 주말에 집에 오면 엄마가 해주시는 음식이 그렇게 맛있었던 걸 생각하면서, 영신이도 그럴 거라는 생각에 마음이 바빠지네요~ 오늘 경희 생일인데 다들 흩어져 사느라 같이 모여서 밥 한 끼 나누지 못하는 게 영 아쉽네요 ~

2013. 11. 18. (월) 오전 7:26:25

날이 흐릴 거라는 예보가 있었는데 밤에 비가 온 것 같기도 하고, 공기가 싸한 것이 기온이 많이 내려간 것 같네요~ 이맘때쯤 창을 열면 추워서 팔에 소름이 돋았는데, 아버지는 아침 일찍 운동을 다녀오셔서 집안 공기가 탁하다고 창문을 다 열어놓고 환기를 시켜야 한다고 하셨지요~ 이젠 제가 창을 열고 다니면서 추우면 일어나서 몸을 움직여라, 옷을 입어라고 하는 등 아버지가 저희들에게 했던 거같이 하곤 하지요~ 애들이 저보고 목소리를 낮추라고 하는데 아버지 닮아서 목소리가 커서 잘 안 돼요~ 수요일에 김장을 하려고 배추를 주문했는데, 날이 흐리지 않았으면 좋겠어요~ 이제 오늘부터는 김장준비로 바빠요~ 김장만 해 놓으면 한동안 여유로울 거예요~ 김장해 놓고 아버지 댁에 놀러 갈게요~

2013. 11. 25. (월) 오전 6:36:52

아버지, 안녕히 주무셨어요? 아직 어둠이 가시지 않았는데요~ 아버지는 젊은 시절 참 부지런하셔서 이 정도 시간이면 벌써 아침 운동을 다녀오셨죠. 다녀오셔서 길게 대문의 벨을 누르시면 아버지 벨 소리에 서둘러 일어나곤 했었지요~ 아버지가 운동을 다녀오셨는데도 일어나지 않았으면 큰소리로 저희들을 깨우셨지요~ 일요일도 예외가 없으셔서 일요일에 늦잠 자는 애들을 부러워하곤 했었죠~ 나이 드니까 아침잠이 저절로 없어져서 요새 일찍 일어나요~ 오늘은 스모그 현상이 심하다니까 밖에서 들어오시면 손 잘 닦으세요~

2013. 12. 2. (월) 오전 7:37:36

아버지, 안녕히 주무셨어요? 저희 동네는 산이 가까이 있어서 공기가 좋은 반면 기온도 좀 낮은 편이에요. 여름에는 시원해서 좋은데 겨울이 되면 다른 동네 비 올 때 우리 동네는 눈이 오고 다른 동네는 눈이 다 녹았는데 우리 동네는 눈이 하얗게 그대로 있곤 해요. 재작년 겨울에 눈길에서 미끄러져서 손목을 다친 적이 있어서 이젠 눈 오면 아예 밖엘 안 나가지요. 오늘 월요일이라 아범도 일찍 출근하고, 그동안 아버지께 문자로 인사도 잘 못 올려서 오랜만에 아침에 인사 올려요~ 참~ 아버지도 전화번호가 바뀌겠네요~ 번호 알려주세요~

2013. 12. 5. (목) 오후 4:58:31

종일 하늘이 뿌옇게 흐렸네요~ 예전엔 안개 끼면 운치 있다고 좋아했는데 이젠 운전하기도 불편하고 미세먼지 농도가 높다고 하니까 밖에 나가는 것도 꺼리게 되네요. 이제 김장도 했고 제가 공부하러 다니는 수업의 종강도 머지않았어요. 조만간 뵈러 갈게요.

2013. 12. 7. (토)오후 8:19:27

오늘이 절기상으로 대설이에요~ 24절기 중 21번째이지요~ 그래서 눈이 오려나 찌뿌둥하더니 이내 해가 나는 하루였네요~ 대신 중부지방은 미세먼지 농도가 높아서 노약자분들은 특히 외출을 자제하고 호흡기 질환 걸리지 않도록 밖에서 돌아오시면 손 닦고 가글하는 것 잊지 마시라네요~ 아버지는 특히 운동하고 돌아오시면 신경 많이 쓰세요~

2013. 12. 9. (월) 오전 9:07:43

비가 와서 날이 어두워서 새로운 주가 시작되는 월요일 아침인데도 기분이 가라앉네요~ 아침 청소를 하려다 창밖을 보니 앞산에 물안개 피어오르는 것이 문득 엄마한테 가고 싶다는 생각이 드는데 저희 집에도 노모가 계시다 보니 모든 게 자유롭지 못해서 마음뿐이네요. 참, 얼마 전 엄마가 뜨신 노란 조끼를 입으신 아버지의 모습이 너무 멋스러워 친구들에게 자랑을 막 했어요~ 오늘은 길도 미끄럽고 눈 예보도 있고 해서 공부도 안 가고 집에서 온종일 밀린 일을 했어요~ 앞산으로 해가 들어가면 요새는 금방 어둠이 내려와요~ 올해 인푸루엔자균이 발견되었다네요~ 감기 조심하셔요~

2013. 12. 17. (화) 오후 1:40:15

요새는 날씨도 춥고 해서 외출도 잘 안 하는데 주부들은 집에 있으면 더 바빠지기 때문에 아버지께 문자 보내는 것도 자꾸 빼먹네요~ 눈에 띄는 게 다 일이니까요~ 저희는 8가지 곡식을 가루로 만들어서 아침에 우유에 타 먹는데 만들어 놓은 가루가 얼마 안 남아서 오늘은 잡곡 씻어서 볶고 말리느라 정신이 없네요~ 힘들어서 잠시 쉬는 시간이에요~ 한번 해놓으면 한참 먹는데 대신할 때는 바쁘고 정신 없어요~ 지난 토요일은 오빠 생일이라 다 같이 모여 식사했다는데 저는 당일 아침에 들어서 못 갔어요~ 미리 알았더라면 아범도 시간 조절해서 갔었을 텐데~ 따로 시간 내어 뵈러 갈게요~ 모레부터는 기온이 또 내려간다니까 감기 안 걸리게 조심하세요~

2013. 12. 19. (목) 오전 7:52:33

어제는 몸살 기운이 있어서 종일 누워서 잠을 잤네요~ 전날 무리하게 일을 해서 탈이 났나 봐요~ 하루 푹 쉬었더니 오늘은 거뜬하네요~ 밤새 눈이 내렸네요~ 그래도 기온이 별로 안 낮아 그런지 다 녹아서 길엔 눈이 잘 안 보일 정도예요~ 오늘은 과학관 수업 종강하는 날이에요~ 다시 눈발이 날리는데 걱정이네요~ 제가 눈 길에서 넘어진 뒤로 눈 오면 밖에 나가기가 너무 겁나거든요~ 인천에도 눈 예보 있던데요, 눈 오는 날 나가지 마시고 엄마 손잡고 창밖으로 보이는 눈 내리는 풍경 구경하세요~ 왜 요새는 문자 연습 안하세요? 틀려도 괜찮으니까 문자 보내세요~

2013. 12. 22. (일) 오전 10:15:50

오늘은 22번째 절기 동지에요~ 옛날 전통사회에서는 동지를 태양이 새롭게 싹 트는 시기라고 해서 작은 설날이라고 했다네요~ 오늘은 팥죽을 쑤어 먹는 날이지요~ 저희는 미리 쑤어 먹어서 오늘은 안 먹어요~ 날씨가 많이 추운지 나무에 내린 서리가 그대로 얼어붙어서 눈꽃이 핀 것 같네요~ 이렇게 도심에서 자연을 벗하여 살고 있음에 늘 감사드려요~

2013. 12. 29. (일) 오후 8:36:42

아버지~ 저녁 진지 잘 드셨어요? 요즘 연말이라 아범 쪽 회식이 잦아서 저녁 산책하러 잘 못 나가다 오늘 오래간만에 저녁 산책을 다녀왔더니 몸이 한결 가벼운 것 같네요~ 날이 추워도 시간이 되면 계속 저녁 산책을 해야 하는데 추우니까 자꾸 안 나갈 구실을 찾게 되네요~ 아버지같이 꾸준히 운동해야 하는데 말이에요. 엄마가 뜨개질하시면서 여러 가지로 많이 좋아지시는 거 같아요. 엄마가 원래 총기가 있으셨지만 뜨개질하시는 거 보니까 예전과 별반 다르지 않으신 거 같아 마음이 좋아요~ 아버지, 엄마~ 안녕히 주무세요~

2013. 12. 31. (화) 오전 8:10:22

아버지, 안녕히 주무셨어요? 날에 의미를 두지 말고 하루 하루를 열심히 살라고 하던데 그래도 오늘이 한 해의 마지막 날이라고 생각하니까~ 아버지께 인사라도 올려야 할 것 같아서요~ 아침마다 라디오를 틀어놓고 일을 하는데 아나운서들도 실수한다더니 방금 시간을 잘못 알려주는 아나운서 실수 때문에 깜짝 놀라서 시계를 다시 쳐다보았네요~ 아마 지금쯤 방송국에선 난리가 났겠지요~ 이렇게 실수가 절대 용납되지 않는 곳에서도 실수는 일어나네요. 어른이 될수록 아랫사람의 실수를 너그럽게 봐주고, 똑같은 실수를 되풀이하지 않도록 이끌어 주어야 하는데, 저는 아직 우선 화부터 내서 상처를 주곤 합니다. 새해부터는 더 너그러운 어른이 되겠습니다~ 아버지와 엄마, 새해에는 더 건강해지셔서 대전에도 놀러 오셨으면 좋겠어요~

2014년

2014. 1. 3. (금) 오전 7:17:28

아버지, 안녕히 주무셨어요? 일기 예보에 따르면 날씨가 봄날과 같다네요~ 하지만 독감경보가 내려서 최소한 한 달은 조심해야 된되요~ 날씨 따뜻해도 옷 잘 챙겨 입고 다니세요♡

2014. 1. 5. (일) 오후 1:03:52

아버지~ 오늘은 24절기 중 23번째 소한이예요~ 대한이 소한 집에 와서 얼어 죽었다고 할 정도로 추위가 매서운 날이라는데 봄날같이 포근하네요~ 올해는 갑오년인데요~ 제가 공부하러 다니는 학당의 선생님 말씀이 '갑'은 윗사람이고 '오'는 아랫사람이라 올해는 무슨 일을 할 때 윗사람이 아랫사람의 말에 귀를 기울여 하면 나라도 가정도 별 탈 없이 잘 이끌어 갈 수 있을 거라네요. 아버지께서도 아랫사람들 말에 귀 기울여 들으시어 평안한 한 해 보내세요~

2014. 1. 6. (월) 오전 10:18:28

아버지~ 지금쯤 출근길에 계시겠네요~ 차일피일 미루다 어제서야 고추장을 담고 하룻밤 묵혀서 오늘 아침에 항아리에 담아 베란다에 내놓았어요~ 여자들은 이렇게 저장 음식을 잔뜩 해 놓았을 때 아주 뿌듯해요~ 이제 겨울 햇볕에 맛있게 익기만을 기다리면 되지요~ 오래된 장맛이라는 말을 나이가 들어가면서 실감하게 돼요 ~ 기억도 마찬가지고요~ 우리 어렸을 적 기억이 저를 힘 나게 해요

~ 오늘도 즐거운 마음으로 지내세요~

2014. 1. 8. (수) 오전 8:28:48

가늘게 눈이 내리면서 날은 잔뜩 흐려서 낮이 돼가는 건지 밤이 돼가는 건지 분간이 안 되네요~ 수요일은 아침에 재활용품 분리수거하는 날인 데다 논어 공부 하러 가는 날이라 바쁜데, 오늘은 선생님 개인 사정으로 휴강하게 돼서 아침이 좀 여유롭네요~ 아범 출근시키고 쓰레기 버리고 들어와서 집안일 하기 전에 아버지께 문안인사 올려요~ 어버지~ 차 타고 가실 때나 텔레비전 보실 때~ 손톱 윗부분을 다른 손 손톱 끝으로 꼭꼭 눌러주세요~ 그런데 넷째 손가락은 하지 마셔요~ 각 손가락마다 우리 몸과 연계된 부분이 있어서 여러 가지 효능이 있지만 넷째 손가락은 그게 없다네요~ 생각나실 때마다 손톱 끝으로 누르세요~

2014. 1. 10. (금) 오전 6:43:15

아버지~ 안녕히 주무셨어요? 아침 공기가 아주 차네요~ 이럴 때 감기 조심해야 하는데~ 감기는 등위 부분으로 들어온다고 하니까 목도리로 목 따뜻하게 하시고 엄마가 떠준 조끼로 등 따뜻하게 하세요~ 머리에 모자 꼭 쓰시고요~

2014. 1. 16. (목) 오전 8:01:23

아버지~ 안녕히 주무셨어요? 여기만 그런가 날이 잔뜩 흐렸네요~ 라디오에서는 오늘 미세먼지 농도가 2배 이상 된다고 노약자는 밖 출입을 자제하고 나가더라도 밖에 장시간 있지 말라고 하네요~ 요즘 가래는 어떠신지요~ 은행은 꾸준히 잘 들고 계시지요? 양약과 달라서 민간요법에 의한 치료는 꾸준히 했을 때 효과를 보게 되니까 손톱 주무르기 발끝 부딪히기, 펌프, 은행 먹기, 이런 것들을 생활화해야 해요~ 아버지는 연세에 비해 건강하신 편이니까 그 건강이 잘 유지될 수 있도록 운동 열심히 하세요~

2014. 1. 20. (월) 오전 8:53:46

아버지~ 안녕히 주무셨어요? 밤새 눈 오고 지금도 가늘게 눈이 오고 있네요~ 하늘이 잔뜩 흐려서 마치 밤이 되려는 거 같아요~ 주말에 생일이라고 영신이도 다녀가고 기분도 좀 들뜨고 했었는데, 이번 주 금요일엔 아버님 제사라 이젠 맘 잡고 제사 준비해야겠어요~ 전에 아버지, 엄마, 시아버지, 시어머니 육순, 환갑 그랬을 때 모두들 아주 어른 같았는데 제가 이제 그 나이가 되고 보니, 우리 애들도 우리를 그리 생각할까 하는 생각이 드네요~ 마음은 아직도 아버지와 엄마의 딸이고만 싶은데 누구의 아내, 엄마, 며느리 등등 그러다 보니 매 역할마다 하는 일이 달라 나이를 먹는 건 시간의 흐름에 따라 할 일이 더 많아지는 것 같아요~ 몸으로 하는 일 뿐 아니라 마음의 짐도 져야 하니까요~ 이런 힘든 짐들 다 지시고 여기까지 오신 부모님이 존경스러워요. 모쪼록 저희들 더 나이 들어가는 거 지켜보시면서 건강하게 사셔요~

2014. 1. 28. (화) 오후 2:09:09

아버지~ 점심은 맛있게 잘 드셨어요? 날씨가 마치 봄날 같아요~ 오전에 장을 봐놓고 점심을 먹고 잠시 쉬면서 창밖을 보니 앞산이 봄이 오는 듯이 나무에 물오른 것 같아 보이네요~ 전에 명절 장을 볼 때면 춥고 길이 미끄러워서 조심스러웠는데 올해는 땅이 다 녹아서 비 온 듯 젖기까지 했네요~ 명절날은 길도 막히기도 하지만 그래도 명절인데 어머니 혼자 두고 친정으로 가기가 마음 편치 않아 올해도 저희는 명절 지내고 다음 주말에 세배 갈게요~ 새해는 더 건강하시고 엄마랑 손잡고 대전에도 놀러 오시고 그랬으면 좋겠네요~

2014. 2. 4. (화) 오전 8:28:14

아버지~ 안녕히 주무셨어요? 오늘은 한해 새로 시작하는 입춘이예요~ 실제 한해는 입춘부터 시작이라네요. 큰 추위가 있을 거라고 예보했었는데 이제 입춘까지 온 걸 보면 올겨울은 예보와 달리 큰 추위 없이 지나갈 것 같네요~ 저희는 토요일에 세배하러 갈게요~ 요즘 감기가 유행이라니까 특히 조심하세요~ 토요일에 봬요~

2014. 2. 10. (월) 오전 6:32:58

아버지~ 안녕히 주무셨어요? 여긴 밤새 하얗게 눈이 왔어요~ 일기 예보가 잘 안 맞는다고 사람들이 투덜댔는데 또 이렇게 잘 맞을 때도 있네요~ 눈이나 비가 오면 엄마 병원 다녀오시느라 차 타고 내리느라 고생하실 것이 걱정되고, 그 때문에 마음이 편치 않아요~ 영실이가 저보고 60이 넘어서도 부모님께 세뱃돈을 받는 행복한 사람이라고 하네요~ 내년에도 후년에도 또 쭈욱~ 세뱃돈 받고 싶어요~ 건강하셔요~♡♡

2014. 2. 13. (목) 오전 8:48:52

아버지~ 지금 출근 준비하고 계시겠지요? 아흔이 다 되어서도 출근을 하시고 육십이 넘은 자식들에게 세뱃돈을 주시는 아버지가 자랑스러워요~ 사람에게 세 가지의 여유로움이 있다는데 하루의 여유로움은 저녁에 있고 한 해의 여유로움은 겨울에 있고 인생의 여유로움은 노년에 있대요~ 아버지는 젊은 시절 열심히 사신 덕분에 정말로 여유로운 노년을 보내고 계신 것 같아요~ 저도 아버지같이 편안한 노후를 보내야 할 텐데~ 날이 많이 포근하네요~ 그래도 감기가 기승을 부리니 조심하셔요~

2014. 2. 17. (월) 오전 7:52:18

아버지~안녕히 주무셨어요? 또 새로운 한 주가 시작되네요~ 2월도 벌써 중순이네요~ 지난주 가서 뵀을 때 아버지와 엄마 모두 좋아 보이시니 내려와서도 마음이 편안해요~ 앞산엔 안개가 잔뜩 끼어 있거든요~ 안개 낀 날은 낮에 날이 화창할 거라고 했는데 일기 예보에서 오늘은 날이 종일 흐릴 거라네요~ 이제 날이 풀리면서 중국에서 불어오는 황사 먼지가 기승을 부릴 텐데 걱정이 앞서네요~ 물을 자주 드시는 것도 몸의 혈액순환을 도와주는 거라니까 물도 자주 드시고요~~ 오늘도 편안한 하루 보내세요~

2014. 2. 19. (수) 오전 7:06:32

아버지~ 안녕히 주무셨어요? 동해 쪽엔 눈이 와서 대형 사고들이 일어나고 있는데 우리 앞산을 보니 봄의 느낌이 느껴지며 평화로운 게, 조그만 땅덩이에서도 이렇게 달라도 너무 다른 날씨를 보며 범접할 수 없는 자연의 힘이랄까 그런 걸 느끼네요~ 그리고 보면 대전은 자연재해가 거의 없는 지역인 거 같아요~ 아침에 오일풀링을 하면서 아버지께 안부 인사 올려요~ 오늘도 평안한 하루 보내세요~

2014. 2. 21. (금) 오전 6:31:06

아버지~ 안녕히 주무셨어요? 엊그제 대동강 물도 풀린다는 우수였지요. 올해는 이제 추위가 더 없으려는 건지 새벽 공기도 그다지 차게 느껴지지 않네요~ 요새 저는 현미 효소를 만드는 재미에 빠졌어요~ 현미 효소는 쌀겨로 만드는데, 쌀눈과 쌀의 좋은 성분들이 버려지는 걸 효소로 만드는 거지요. 현미효소를 먹으면 당뇨와 고혈압은 물론 변비에도 탁월한 효과가 있다고 해요~ 아버지, 엄마도 드셔 보시라고 보내드릴게요~ 식사 후 한 숟가락씩 씹어드세요~

2014. 2. 23. (일) 오전 7:35:01

아버지~ 아침 공기가 정말 상쾌하네요~ 안녕히 주무셨어요? 제가 보내드린 현미효소 드셔 보셨어요? 식사하신 후 한 숟갈을 물 없이 씹어서 드시는 건데요, 너무 빡빡하면 물을 조금 드시면 금방 녹아요~ 엄마도 자꾸 감기 걸리시는데 현미효소는 면역력을 증강시키는데도 효과가 좋다고 하니까 잊지 말고 드셔요~ 드시고 효과가 있으면 또 보내 드릴게요~ 변비는 일주일 안에 효과를 보실 거예요~

2014. 2. 26. (수) 오전 6:51:28

아버지~ 안녕히 주무셨어요? 엄마가 병원에 계시니까 허전하시지요? 노인들이 열이 나면 패혈증에 걸릴까 봐 걱정들 하는데 전에도 말씀드렸듯이 프로폴리스를 꾸준히 드시면 패혈증은 안 걸린다고 해서 걱정은 덜 되었어요~ 하지만 고열이 날 때 몸이 얼마나 괴로우셨을까 생각하면 마음이 아파요~ 앞으로도 프로폴리스 꼭 드세요~ 현미효소도 잘 드시고 계시지요? 미세 먼지 농도가 극에 달

해서 온통 뿌여네요~ 마스크하고 밖에 나가세요~ 미세 먼지용 마스크요~ 엄마가 빨리 퇴원하셨으면 좋겠어요~

2014. 2. 28. (금) 오전 6:19:18

아버지~ 안녕히 주무셨어요? 엄마가 주말쯤 퇴원 하실 거 같다고 하던데 얼른 퇴원하셔서 집에 가셨으면 좋겠어요~ 이럴 땐 멀리 사는 게 많이 불편해요. 마음뿐 가볍지 못하니까요~

2014. 3. 3. (월) 오전 6:25:42

아버지~ 안녕히 주무셨어요? 영실이가 복학을 해서 오늘부터 개강이라 어제 짐을 챙겨 함께 서울에 갔었어요. 그 김에 아버지와 엄마를 뵈려 집에 갔었어요. 마침 아버지는 산책하러 가시고 안 계셔서 전화를 드렸지만 전화연결도 안 돼서 못 뵙고 왔네요~ 아범이 강원도에 출장 갔다 전날 돌아온 데다 오늘 또 출근해야 하니까, 길 막히기 전에 내려오느라 어쩔 수가 없었네요~ 아버지는 참 대단하세요~ 그렇게 몸관리를 꾸준히 하시니~ 아버지 정신을 닮도록 노력할게요~ 현미효소 잘 드시고 계신다니 곧 변비 증세 완화될 거예요~ 엄마도 얼굴이 좋아 보여서 다행이라 맘 편히 내려왔어요~ 오늘도 평안한 하루 보내세요.

2014. 3. 3. (월) 오전 10:44:27 (아버지)

날이 가고 해가 갈수록 달라지는 몸을 주체하느라 네가 온 것도 못 보고 말았구나. 그런데 잘 갖춰진 좋은 대중교통 수단을 놔두고 장거리를 운전하고 다니는 게 영 마땅치 않다. 여하간 집에서 노모 잘 모셔라. 노모를 모시느라 수도하는 것 좋은 일이다. 더욱더 잘 보양해서 복 받고 잘 살도록 해라.

2014. 3. 3. (월) 오전 10:59:18

세종시가 생기면서 서울이나 인천 가는 길이 아주 좋아졌어요~ 유성에서 인천 가는 건 시외버스밖에 없는데 그건 가다가 청사도 들리고 그러다 보면 시간이 너무 많이 걸려요. 그리고 짐도 싣고 가야 하니까 차를 가지고 가게 되네요. 걱정하시지 않게 조심해서 잘 다닐게요~ 어제 가서 뵈니 엄마가 그만하신 것도 다행이라고 하면서도, 아버지 산책하실 때 엄마랑 같이 손잡고 다니시면 얼마나 좋을까하는 생각이 드네요~ 아버지가 이렇게 긴 문자로 힘주시니 힘내서 잘 살겠어요~ 아버지같이 근면성실하고 부지런하게 살게요~ 아버지, 엄마~ 사랑해요~♡

2014. 3. 6. (목) 오전 7:53:26

아버지~ 안녕히 주무셨어요? 오늘이 개구리가 겨울잠 끝내고 나온다는 경칩인데 별안간 기온이 뚝 떨어지니 사람들도 놀라겠지만, 개구리가 나오다 놀래서 다시 들어가게 생겼네요~ 오늘은 과학관에서 듣는 강의가 다시 개강하는 날이에요~ 거기엔 퇴직한 선생님들이 주로 많이 오는데 아버지하고 연세 비슷한 분들도 더러 계세요~ 그분들 보면 아버지 생각이 나서 차도 따라드리고 탐방 가면 자리도 양보해 드리고 하지요~ 이렇게 날씨가 들쑥날쑥 고르지 못하면 감기 걸리기 쉬운데 현미효소는 면역력 증강에도 효과가 좋아서 감기 예방에도 좋아요~ 엄마하고 같이 잊지 말고 잘 챙겨 드세요~

2014. 3. 11. (화) 오전 7:00:12

아버지~ 안녕히 주무셨어요? 아범은 출장 가고 영실이도 복학해서 학교로 가서, 어머니와 둘이 맞는 한가로운 아침이네요~ 환절기가 되면 알레르기가 심한 저는 재채기를 하느라 아침만 되면 정신이 없는데, 현미효소를 먹으니 이번 환절기엔 재채기를 한 번도 안 하고 지나가네요~ 음식으로 못 고치는 병은 약으로도 못 고친다더니 우리가 먹는 게 얼마나 중요한지는 영실이를 치료하면서 알았지만, 또 한 번 실감하게 되네요~ 영실이는 1년 반 동안 현미에 흰콩을 섞어서 밥을 해먹이고 현미효소를 꾸준히 먹었는데 현미밥은 씹기가 좀 힘들어서 그렇지 씹을수록 고소하고 맛이 좋아요~ 영실이는 이젠 흰밥은 싱거워서 못 먹겠다네요~ 특히 엄마같이 당뇨가 있는 분들은 반드시 현미밥을 먹어야 하는데 여의치 않을 때 이 현미효소를 먹으면 현미밥을 먹는 것과 같은 효과를 본다네요. 제가 다른 음식은 해 드릴 수 없지만, 이제 이렇게 현미효소 만드는 걸 배웠으니 떨어지지 않게 보내드릴 거니까 두 분이 꼭 챙겨 드세요~ 외식하실 땐 할 수 없지만 집에서 식사하실 때는 점심에도 꼭 드세요~ 영실이를 치료하면서 먹거리가 얼마나 중요한지 알게 되어 주부가 가족의 건강을 책임지는 막중한 임무를 가진 사람이라는 걸 새삼 느꼈어요~ 엄마가 저희들 키우실 때 저희들에게 해주셨던 것처럼 이제 저희들이 부모님께 해드려야 하는데~ 멀리서 이렇게라도 할 수 있는 게 생겨서 기뻐요~ 아버지, 요즘 일교차가 심하니까 특히 건강 조심하셔요~

2014. 3. 14. (금) 오전 7:07:18

아버지, 안녕히 주무셨어요? 대전에는 어제 그제 이틀 동안 봄비가 제법 많이 내렸어요. 그동안 무척 가물어서 농사 시작하는데 지장이 있을까 봐 걱정들을 하더니 아마 이번 비로 다 해갈된 거 같아요. 저의 집 앞산에는 새순들이 돋기 시작했었는데 이번 비로 인해서 물오른 것을 한눈에 알아볼 수 있게 변하네요. 산을 바라보노라니, 누군가 사람이 태어난 이유가 무엇이냐 묻던 것이 생각나네요. 하늘과 땅은 말을 하지 못하기 때문에 그걸 대변하기 위해서 태어난 거라네요. 그걸 제일 잘하는 사람이 공자, 석가모니, 예수이기 때문에, 사람들이 그들을 믿고 그들의 말을 공부하고 배우는 거라네요. 하지만 그들보다 저에게 더 소중한 분은 날 낳아주신 부모님이지요~ 하지만 부모님 연세가 높아지시니 날로 걱정도 늘어갑니다~ 오늘

도 건강하게, 그리고 즐겁게 하루를 보내세요~~♡

2014. 3. 21. (금) 오전 6:38:01

아버지~ 안녕히 주무셨어요? 오늘은 24절기 중 경칩과 청명 사이의 춘분이에요. 춘분엔 농부들이 종자를 골라서 농사지을 준비를 하는 때라네요~ 그런데 춘분 때 봄바람에 장독 깨진다고 하더니, 어제는 바람이 어찌나 세게 부는지 몸을 가누기가 힘들 지경이더라고요~ 송도는 원래 바다였던 곳이라 바람이 많이 불거라던데 괜찮으셨는지 모르겠네요~ 현미 효소 드시고 변비 증상은 좀 나아지셨는지요? 빼놓지 말고 꼭 챙겨 드세요. 무엇보다 꾸준히 드시는 게 중요하니까요~ 아범은 출장 잘 다녀왔어요. 전에는 한번 탐사 나가면 보통 20일이 걸렸는데 이젠 장비가 좋아져서 이렇게 빨리 다녀오네요~ 봄철엔 황사로 늘 뿌옜는데 올해는 슈퍼황사가 올 거라고 해서 걱정이네요~ 밖에 나가실 때 황사마스크 꼭 하세요. 오늘도 즐겁게 지내세요~

2014. 3. 26. (수) 오후 4:34:55

어제저녁부터 봄비가 내리기 시작하더니 오후가 되니까 날이 환하게 개어 덥기까지 하네요~ 비가 그치자 기다렸다는 듯이 꽃들이 벌어지기 시작하네요~ 아침까지 봉오리였던 목련은 금세 활짝 벌어져 화려한 자태를 뽐내네요~ 오늘은 논어 수업하는 날이에요. 천변을 따라서 학당으로 가는 길은 늘 마음을 행복하게 해줘요~ 이번 주는 내내 날씨가 평년을 웃도는 기온이 될 거라네요~ 저도 이번 주말에는 겨울 먼지 다 털어내는 청소를 해야겠어요~

2014. 3. 30. (일) 오전 6:30:39

아버지, 안녕히 주무셨어요? 어제부터 내리기 시작한 비가 오늘 아침까지 내리네요~ 올 봄 가뭄이 심해서 농사짓는 데 지장이 있을까 걱정된다더니 이번 비로 완전히 해갈된 것 같아요~ 봄비 맞으며 나온 새순 때문에 저희 집 앞산은 온통 수채화(水彩畫)를 그려놓은 듯 아름답네요~ 오후에 비가 그친다니까 점심 먹고 산에 다녀와야겠어요~ 아버지가 현미효소의 효능에 대해 궁금해하셔서 우리들 공동으로 대화하는 채팅방에 써 놓았으니까 올케가 알려드릴 거예요~ 기온이 예년보다 많이 높아서 서울 기준으로 개화(開花) 시기가 보름 이상 빨라졌다고 하네요~ 저희 동네는 대전의 다른 지역에 비해 기온이 좀 낮은 편이라 아직 꽃이 많이 피지 않았지만, 연구단지 쪽은 만개(滿開)하여 온통 꽃동네예요~ 날 좋은 때 엄마랑 대전 나들이 한번 하세요~

2014. 4. 6. (일) 오후 7:16:10 (아버지)

네가 보내는 문자 잘 받아보고 있다. 그런데 한자는 어떻게 해서 보내는 것이냐? 지금 가르쳐다오.

2014. 4. 6. (일) 오후 7:20:09

오늘 한식(寒食)인데 성묘는 다녀오셨어요? 저희는 어제 영신이도 오고 해서 어제 다녀왔어요~ 그거는요, 글씨 쓰는 자판을 새로 깔아야 해요~ 올케한테 가르쳐주고 해드리라고 할게요~

2014. 4. 7. (월) 오전 11:14:51

어제 올케한테 한자(漢字) 쓰는 방법 가르쳐줬는데 아버지도 배우셨어요? 전에 하던 것과 좀 다를 수 있는데 자꾸 해 버릇 하시면 곧 익숙해질 거예요~ 저한테도 한자로 문자 보내보세요~

2014. 4. 11. (금) 오전 6:33:03

아버지, 안녕히 주무셨어요? 어제는 마치 여름이 된 것 같이 날이 덥더니. 오늘은 비가 오려나 잔뜩 흐리네요~ 새소리가 낮은 곳에서 들리는 걸 봐도 그런 거 같고요~ 아버지, 엄마 결혼기념일엔 저녁 시간이라 참석하지 못했어요~ 아무래도 평일 날 저녁 모임은 참석이 힘들어요~ 긴 세월 변함없이 사랑하시며 사시는 두 분같이 저희들도 서로 사랑하며 잘 살겠습니다~

2014. 4. 15. (화) 오전 6:47:51

아버지~ 안녕히 주무셨어요? 날이 갈수록 신록(新綠)이 빛나는 봄이에요~ 전엔 오월을 신록의 계절이라고 했는데 올해는 사월이네요~ 어젠 저녁 먹고 아범과 산책하는데 둥근 보름달이 훤히 길을 비춰주더라고요~ 어렸을 땐 달이 나를 따라오는 것 같아 참 신기했었는데, 아파트 주위를 돌다 보니 달이 성큼성큼 떠오르는 것을 볼 수 있었어요~ 왜 날 따라오는 것 같지 않을까 생각해보니 전엔 그만큼 많이 걸어 다녔기 때문이었던 것 같아요~ 늘 걸어서 어딘가를 갔지요~ 요즘은 일부러 걸어야 할 만큼 시대가 많이 변한 거지요~ 오월 중순까지 날이 따뜻할 거라지만 일교차가 심하데요~ 심한 일교차는 한파보다도 건강에 해롭다네요~ 건강 조심하세요~

2014. 4. 18. (금) 오전 6:03:27

아버지~ 안녕히 주무셨어요? 어제 비가 와서 그런지 창을 여니 새소리가 유난히 시끄럽게 울어대네요~ 비 온 뒤 산에 올라가면 좋은데 오늘은 주역 공부하러 가는 날이라 공부 다녀와서 올라가야겠어요. 그제는 아범을 따라 빈계산이라는 데를 올라갔는데, 매일 저녁 한 시간씩 걸으면서 단련을 한 탓인지 힘들지 않게 잘 갔다 왔어요. 갔다 와서, 뭐든지 꾸준히 하면 이렇게 좋은 효과가 있구나 생각했어요. 아버지는 젊은 시절부터 체력 관리를 잘하셔서 연세에 비해 건강해 보이시죠~ 저희도 열심히 운동해서 건강 잘 지키겠어요~ 오늘은 날이 좋을 거라네요~ 참, 바다에 빠진 아이들 빨리 구조해야 할 텐데, 걱정이 크네요.

2014. 4. 21. (월) 오전 5:48:10

또 새로운 한 주가 시작되는 월요일이네요~ 안녕히 주무셨어요? 어제는 24절기 중 6번째 곡우(穀雨)였어요~ 이때 비가 와서 논에 물을 대는 때라고 하는데~ 올해는 봄 가뭄이 심해서 비가 많이 와줘야 한다는데~ 요새 같아선 궂은 날씨가 걱정이네요~ 오늘은 날씨가 어떨지~ 어젠 바람이 많이 불어 걱정이더니~ 오늘도 편안한 하루 보내세요~

2014. 4. 25. (금) 오전 6:02:02

아버지~ 안녕히 주무셨어요? 이른 아침, 새소리에 눈이 떠질 만큼 새들이 짝을 찾느라 분주하네요. 요새가 운동하기 딱 좋은 때인 거 같아요~ 어제 아버지 목소리 들으니 아직도 감기 기운이 있으신 거 같던데 괜찮으신 거죠? 어제 말씀하신 조기는요, 지난주로 끝나고 가을에나 다시 나온데요. 그런데 저장해서 먹기가 좋지 않은 9월 조기와 달리, 11월 조기가 살도 단단해 저장해서 먹기 괜찮대요~ 그리고 꽃게는 매스컴에서는 많이 잡힌다고 하는데 실제는 작년보다 덜 잡히고 있대요~ 그래서 가격이 3만 원이 넘지 않을 때 살 수 있도록 연락해 달라고 했어요. 조금만 기다려주세요~ 오늘도 날씨는 화창할 거 같네요~ 걷기만큼 좋은 운동이 없다니까 많이 걸으세요~ 엄마도 같이 걸으실 수 있으면 얼마나 좋을까요~

2014. 4. 28. (월) 오전 5:58:29

아버지~ 안녕히 주무셨어요? 어제 종일 비가 내리더니 아직까지 비가 오네요~ 농사에 아주 단비라는데 바다에 있는 애들 찾는 데는 큰 장애라고 하네요~ 이렇게 무슨 일이든지 완전히 좋기만 한 일은 없는 것 같아요. 한쪽이 좋으면 한쪽은 나쁠 수 있으니 말이에요~ 저희 동네는 엊그제부터 앞산에서 송홧가루가 날라 오기 시작해서 집안이 온통 노란가루 투성이였는데 비가 와서 다 씻겨 내려갈 거라니 그건 좀 다행이고요. 어제는 잘 내려왔어요~ 다행히 길도 조금밖에 안 막혀 저녁을 집에 와서 먹었어요. 엄마도 별 탈 없이 잘 계시다 곧 퇴원하실거고 저는 어제 경희 빼고 모두 만나보아서 좋았어요~ 아버지가 늘 엄마를 잘 관찰하시니 조기에 조치를 할 수 있어서 얼마나 다행인지요~ 엄마는 몸이 아프시지만 늙도록 아버지 사랑을 받으시니 참 행복하고, 그런 부모님이 계시니 저희도 행복해요~ 엄마 옆에 안 계셔서 허전하시겠지만 조금만 참으세요~~

2014. 5. 1. (목) 오전 5:34:59

새들이 분주하게 울어대는 새벽이네요~ 안녕히 주무셨어요? 일어나서 오일풀링을 하면서 아버지께 편지를 쓰노라면 저희들 어렸을 적 생각이 많이 나요~ 신발 바로 놓아라. 문 조용히 닫아라. 손님 오시면 밖에까지 배웅해라. 이처럼 말로 가르치고 몸으로 보여 주신 덕분에 어디 가서 버릇없다는 소리는 안 들었는데 제가 애들을 키우자니 애들 가르치는 게 보통 일이 아니네요~ 제가 몸이 약해서 어렸을 때 걱정을 많이 시켜드렸는데 영실이가 아프면서 마음고생을 하면서 부모님 생각을 많이 했어요. 자식이 아플 때 부모는 마음으로 더 많이 아프다는 것을 알았으니까요~ 부모님이 편찮으실 때 또한 자식들 마음이 안쓰럽게 느껴지는 건 연로하신 모습 때문이고요~ 연세 드셔서도 약해 보이지 않는 아버지의 당당함이 참 좋아요~ 오늘도 즐겁게 지내세요~

2014. 5. 7. (수) 오전 7:56:37

긴 연휴가 끝나고 각자 직장으로, 학교로 돌아가는 날이네요~ 연휴 동안 어머니 생신도 있었고 초파일도 있었고 해서 애들도 다 내려와 있었어요. 이렇게 가족이 모두 모이면 주부는 먹거리 해대느라 바빠요~ 꽃게 크기가 아버지 마음에 안 드셨나 봐요~ 보내 놓고는 가게 주인이 아주 큰 게 있다고 하더라고요. 진작 말했으면 그런 걸 보낼 건데~~ 그렇지만 물에 담가놓거나 톱밥에 넣어 놓은 게 하고는 살이나 맛이 달라요. 게장 담가 먹어도 삶아 먹어도 맛이 있었어요~ 내년엔 단단히 일러서 아버지께는 제일 큰 게가 가도록 할게요~

2014. 5. 8. (목) 오전 6:06:24

오늘은 어버이날이에요~ 여기는 비가 오네요~ 전국적으

로 비가 온다는 예보가 있었는데 오늘 같은 날은 일기 예보가 좀 안 맞아도 좋으련만~ 혹시 식구와 외식하러 가실 때 비가 오면 휠체어 타고 내리시느라 엄마가 힘들잖아요~ 저희도 낮에는 어머니 모시고 점심을 먹으러 갈 거예요~ 일요일에 뵈러 갈게요~ 저희들 낳아주시고 잘 길러주셔서 고맙습니다^.^~~♡

2014. 5. 11. (일) 오후 8:33:32

아버지~ 저녁 진지 잘 드셨어요? 저희는 대전에 잘 돌아 왔어요. 아버지께서 중환자실에 계시다는 말을 듣고 치료를 위해서 그런 거라고 하는데도 얼마나 놀랍던지요. 하지만 아버지를 뵙고 나니까 마음이 놓였어요~ 그런데 경자를 오랜만에 보니까 할 이야기가 많아서 떠들다 아버지 심기를 불편하게 해드리고 말았어요~ 앞으론 아버지 말씀대로 남의 말 잘 귀 기울여 듣겠어요. 여자들은 결혼하고 나면 친정 식구들에게 느끼는 보이지 않는 끈끈한 정을 주체하지 못하죠. 그런데 저는 대전에 따로 떨어져 있으니까 자주 못 보잖아요. 식구들 만나면 그저 좋아요. 아버지, 엄마, 언니, 오빠, 동생들~ 그렇게 싸우면서 지냈던 때가 늘 그리워요~ 내일 검사하고 나서 간단히 시술만 하게 되면 좋겠어요~ 비가 많이 오네요~ 편안히 주무세요, 아버지~

2014. 5. 14. (수) 오전 8:00:16

아버지 아침진지 잘 드셨어요? 전화 드렸더니 연결이 안 되네요~ 오늘 퇴원하신다니 오늘부터는 편안한 잠자리에서 쉬시겠네요~ 가까이 있으면 가서 뵙고 좋을 텐데, 이럴 때 마음이 안 좋아요~ 다음에 집으로 뵈러 갈게요~

2014. 5. 15. (목) 오전 6:12:25

아버지~ 편안히 주무셨어요? 큰 병이 아니더라도 병원에 계신다면 공연히 마음이 불안하고 걱정이 되는 건 가족 누구나 똑같을 거예요~ 아버지께서 근처 호수공원을 전엔 한 바퀴씩 도셨는데 이젠 반 바퀴밖에 못 도신다고 하셨지요? 이젠 시술받으셨고 통원치료받으시고 나면 다시 전같이 한 바퀴 도실 수 있을 거예요~ 운동 못 하시는 동안 다리에 힘이 빠지면 그것 또한 힘 드실 테니까, 운동 못 나가시는 동안 발목펌프와 발끝 부딪히기를 꾸준히 하셔서 다리에 힘을 기르셔요~ 다음에 아버지 뵈러 가면 아버지 모시고 같이 산책하고 싶어요~ 오늘도 편안한 하루 보내세요~

2014. 5. 16. (금) 오전 7:03:30

아버지~ 안녕히 주무셨어요? 연세 드셔서 병을 앓고 나면 누워계시는 동안 다리에 힘 빠지는 게 제일 문제이니까 다리에 근력 기르는 데에 신경 많이 쓰세요~

2014. 5. 18. (일) 오전 6:33:46

아버지~ 안녕히 주무셨어요? 어느새 뻐꾸기가 우는 시절이 되었네요~ 뻐꾸기 울음소리에 잠에서 깼어요~ 뻐꾸기는 울음소리가 아주 커서 온산을 울리는 게 마치 아버지 같아요~ 항상 큰 목소리로 온 가족을 제압하시잖아요~ 아버지께서 집에서 쉬실 줄 알았더니 여느 때같이 활동하신다니 너무 좋으네요~ 오늘은 일요일인데 엄마와 함께 밖에 나가셔서 햇빛을 받으세요~ 매일 30분 이상 햇볕을 받는 게 면역력 증강에 아주 좋대요~ 오늘도 편안한 하루 보내세요~

2014. 5. 20. (화) 오전 7:30:54

이런 말씀드리면 버릇없다 하시겠지만, 시간이 쏜살같이 지나가네요~ 어느새 5월도 하순으로 치닫고 있으니 말이에요~ 오늘은 비 예보가 있더니 잔뜩 흐리네요~ 송홧가루 터지는 거 보셨어요? 산이 가까우니까 송홧가루가 터지는 걸 직접 듣고 보게 되는데, 그 소리가 마치 폭탄 터지는 것 같고, 그 모양은 연막탄 터트린 것 같아요. 온 산이 뿌예져요~ 오늘 비 오고 나면 이제 다음 차례인 밤꽃이 피겠지요~ 사람이 세상에 태어난 이유는 말을 못하는 천지(天地)의 뜻을 대변하기 위해서라고 하는데, 나이를 먹어서야 자연의 변화하는 모습이 눈에 보이는 걸 보면 왜 나이 드신 어른을 존경해야 하는지 알 것 같아요~ 천지의 뜻을 나이가 들어야 알 수 있기 때문이지요~ 그래서도 아버지와 엄마를 존경합니다~ 저도 애들한테 존경받는 어른이 되도록 책 많이 읽고 넓은 마음을 가지려 애써요~ 오늘도 편안한 하루 보내세요~

2014. 5. 21. (수) 오전 8:25:37

오늘은 유난히 일찍 일어났어요~ 아버지와 엄마처럼 저녁엔 일찍 잠 오고 아침에는 일찍 눈이 떠지네요~ 오늘은 모성(母性)이 가득한 소만(小滿)이에요~ 만물이 풍성해지는 시기에 유독 대나무 잎은 누렇게 변하는데 새로 나오는 죽순에게 영양분을 다 주다 보니까 그렇게 되는 거라네요~ 생각이 없는 것 같은 식물도 새끼를 위해서는 자신을 버리는 걸 보면 짐승만도 못한 놈이라는 욕이 얼마나 치욕적인 것인지 알 것 같아요~ 오늘은 논어(論語) 수업이 있는 날이에요. 선생님의 좋은 말씀을 듣고 오면 마음을 다스리는 데에 큰 힘이 생겨요. 내 마음을 잘 다스릴 줄 알아야 남도 보듬을 수 있는 마음의 여유가 생긴다네요~ 그런 마음으로 오늘도 평안한 하루 보내세요 ~~

2014. 5. 26. (월) 오후 2:38:08

또 한 주가 시작되는 월요일이네요~ 이번 학기에 영실이가 졸업을 하게 되면 건강이 완전히 회복될 때까지 집에 내려와 있으면서 취업 준비를 해야 하니까, 방 정리를 좀 해주어야 할 것 같아요. 그래서 이것저것 정리를 하다가 아버지 자서전을 보게 되었어요. 바닥에 주저앉아서 아버지 지나오신 길을 찬찬히 다시 살펴보았어요 ~ 제가 기억하는 건 소년교도소 교도관으로 계실 때부터의 아버지 모습이지요~ 성실하신 아버지 덕분에 고생 모르고 이제까지 편하게 살아온 것 같아서, 울타리도 없는 인생길을 혼자 헤쳐오신 아버지를 생각하니 가슴이 뭉클해졌어요~ 아버지, 고맙습니다~

2014. 5. 29. (목) 오전 7:08:02

아버지~ 안녕히 주무셨어요? 미세먼지 농도가 높다는 예보가 있었지만, 아침에 일어나니 앞산이 뿌옇네요. 오늘 특히 중부지방은 웬만하면 창문을 열지 말라고 하네요~ 아버지도 오늘 웬만하면 야외활동을 자제하시고, 나갔다 오셔서도 가글 하시고 손도 꼭 닦으세요~ 참, 아버지, 일기 쓰시지요? 일기를 쓰시더라도 오늘 일기 말고 어제의 일기를 쓰세요. 그게 치매 예방에 좋다니까, 아침에 잠에서 깨시면 어제의 일을 꼼꼼히 되짚어 생각해내시는 일을 생활화하세요~ 자, 어제 뭘 하셨는지 잘 생각해보세요~ 미세먼지의 농도 높아도 살짝 열은 창틈으로 들어오는 바람은 상쾌하네요~

2014. 6. 2. (월) 오전 8:24:03

아버지~ 안녕히 주무셨어요? 비 예보가 있더니 날이 잔뜩 흐렸네요~ 오늘은 5월 단옷날이에요~ 음력 5월이 되면 비도 많이 와서 습해지니까 전염병도 생기고, 그걸 예방하고자 쑥떡도 해 먹고 술도 담가 먹었던 거라네요~ 창포물에 머리 감고 그네 타는 풍습도 도시에서 자란 저희들은 책이나 텔레비전으로 보기만 했지요. 하지만 나이가 들면서 이런 날들의 의미를 다시 생각하게 되네요~ 장손 홍인이가 한 과정을 잘 마치고 돌아온다니 기쁘시지요? 아이들이 하나씩 과정을 거쳐나가는 걸 보면 참 대견하다는 생각이 들어요. 내일 모레면 오빠 내외와 홍인이가 같이 돌아온다니 집안이 시끌벅적하겠네요~ 어버지는 늘 사람이 북적거리는 걸 좋아하시고 엄마는 조용한 걸 좋아하셨죠? 그런데 주부 입장이 되고 보니까 엄마를 이해할 수 있어요~

2014. 6. 5. (목) 오전 5:45:08

아버지~ 안녕히 주무셨어요? 어제 하루 휴일을 보내고 나니 월요일 같은 목요일이네요~ 이렇게 한 주에 휴일이 두 번 있으면 일주일이 금방 지나가지요~ 그제 인천에 갔었는데 아버지를 못 뵙고 와서 좀 서운하네요. 대신 엄마가 많이 좋아지신 모습을 뵙고 와서 기분이 아주 좋았어요. 그런데 가서 보니까 엄마가 아침저녁으로 하시던 펌프를 안 하시더라구요~ 간병인에게 자세히 설명은 해주고 왔는데, 그래도 누군가 옆에서 참견을 좀 하면 좋을 것 같네요~ 아버지께서 아침저녁으로 펌프하는지 좀 살펴봐 주세요. 엄마같이 활동을 못 하는 환자한테 펌프는 온몸의 氣를 순환시키는 아주 좋은 방법이거든요~ 아버지도 하시면 좋을 텐데요~ 어제 홍인이가 와서 아

주 좋으시지요? 홍인이 보시고 흐뭇해 하시는 아버지 모습이 눈에 선하네요~

2014. 6. 6. (금) 오전 8:40:19

아버지~ 아침진지 드셨어요? 어제 무엇을 하셨는지 생각해보셨어요? 저도 어제 일을 생각해보면 잘 생각나지 않을 때가 있어요~ 아침에 눈을 뜨시면 어제 일을 잘 생각해보는 습관을 들이셔요~ 오늘은 24절기 중 9번째인 망종(芒種)이에요~ 망종에는 보리를 거두어들이고 모내기를 하는 시기지요~ 수확과 씨 뿌림이 함께하는 때지요~ 아무리 좋은 씨도 나쁜 땅에 뿌려지면 좋은 열매를 얻지 못하지만 좀 부실해 보이는 씨를 좋은 땅에 심어서 잘 가꾸면 쓸 만한 열매를 거둘 수 있다네요~ 사람도 마찬가지로 좋은 어머니에게서 훌륭한 인물들이 나온다니 딸아이만 둘 있는 저는 애들 인성교육에 더 관심을 가져서 애들이 좋은 밭이 될 수 있는 어머니가 되도록 해야겠다는 생각을 하게 되네요. 엄마는 저희들을 엄하게 가르치시어 잘 키워주셨는데. 저는 부모님께는 착한 딸이라는 소리를 들었지만, 애들에게 좋은 엄마는 못 되는 것 같아 책도 더 많이 보고 정신 수양도 더 하려 노력하고 있어요.

2014. 6. 7. (토) 오전 6:23:59

시끄러운 새소리에 눈이 떠져 밖을 보니 온 산에 밤꽃이 하얗게 피었네요~ 이렇게 때에 따라 꽃피고 새우는 것은 말없이 천지(天地)의 운행(運行)이 이루어지고 있기 때문이지요~ 어제는 무슨 일이 있었나 생각해보셨어요? 잘 생각나시면 그제는 뭐 했더라 생각해보시는 것도 좋구요~ 아버지는 아직 사회활동도 하시면서 여러 사람을 만나시니까 걱정이 덜 되는데 한정된 공간에서 매일 똑같은 일상을 반복하는 엄마는 좀 걱정돼요~ 엄마와 함께 어제 있었던 일을 얘기하시는 것도 좋을 것 같아요. 이렇게 두 분이 해로(偕老)하시니 저희들 마음이 든든합니다~

2014. 6. 9. (월) 오전 7:32:25

아버지~ 안녕히 주무셨어요? 연휴 지난 월요일은 뭔가 새로운 기분으로 하루를 시작할 수 있을 것 같다는 느낌이 들기도 합니다. 그래 그런가 아범은 오늘은 다른 날보다 좀 일찍 출근했네요. 어젠 호박을 볶아서 만두를 만들었어요. 한창 호박이 맛있을 때라 갖은 야채와 양념을 섞어 만두를 만들었더니 어제 쪄놓아 식었는데도 맛이 좋네요. 가까이 살면 아버지와 엄마에게도 맛을 보여드리고 싶네요. 어렸을 적 만두 빚는 날은 신나는 날이었지요~ 다 같이 둘러앉아 밀가루 반죽을 하고 주전자 뚜껑으로 만두피를 찍어내고, 엄마는 큰 다라이에다 만두 속을 잔뜩 만드셨지요. 그리고 서로 예쁜 모양으로 만두를 만들고~~ 생각할수록 그리워지는 추억이지요~ 그래도 저희들에겐 이런 추억이라도 있는데 우리 애들에겐 어떤 추억이 가슴에 남을까 하는 생각도 하게 되네요. 당분간 기압이 불안정해서 소나기가 자주 올 거라네요. 산책하러 나가셨다가 소나기 만나지 않게 조심하셔요.

2014. 6. 12. (목) 오전 7:25:41

아버지~ 안녕히 주무셨어요? 날씨가 고르지 못하네요~ 일교차도 심하고 흐렸다 개었다 소나기 오고~ 뉴스에 보니 인천엔 우박도 내렸다던데~ 생활환경이 많이 변해서 날씨 변화가 생활하는 데는 큰 지장이 없긴 하지만, 노인분들은 기온이 고르지 못하면 몸이 기온의 변화에 빨리 적응하지 못해서 병이 생기기 쉽다니, 그게 걱정이지요. 그런데 잦은 소나기 덕분에 미세먼지가 다 씻겨 내려가 공기가 깨끗하다네요~ 해 날 때 가볍게 산책하시면서 햇빛 받으세요~

2014. 6. 17. (화) 오전 6:42:13

아버지, 안녕히 주무셨어요? 날이 잔뜩 흐렸네요~ 뉴스를 보니 오늘부터 제주도를 시작으로 장마가 시작된다네요~ 예전에 시험문제로 자주 내던 문제가 장마 기간이었거든요~ 정답은 6월 말부터 8월 초까지에요. 그런데 올해는 더위도 일찍 시작하더니 아직 6월 중순인데 벌써 시작되는 걸 보니 장마도 역시 빨리 시작하네요~ 앞으로 비도 많이 오고 하면 아무래도 밖에서 활동하시는 데 지장이 있을 텐데 그럴 때 실내에서 맨손체조도 하셔서 신체 리듬이 깨지지 않게 하세요~ 여긴 곧 비가 쏟아질 것 같은 날씨에요~

2014. 6. 19. (목) 오전 7:39:33

안녕히 주무셨어요? 장마가 시작되었지만 이번 장마는 그냥 비가 오기보다는 소나기가 내리는 게 특징이라네요~ 산책하러 가실 때 우산을 챙겨서 다니시는 게 좋을 것 같아요~ 매주 수요일마다 논어를 공부하러 다녔는데 일주일에 한 번 2시간씩 공부하여 3년 만에 끝내고, 이번 주부터는 맹자를 공부하기로 했어요~ 맹자는 성선설(性善說)을 주장하신 분으로 사람은 태어날 때 모두 착한 마음으로 태어난다고 했어요~ 살아가면서 사욕(私欲)이 생기다 보니까 나쁜 마음도 먹게 되어 남에게 해로운 일을 하게 되는 거지요~ 이 세상에서 가장 무서운 사람은 욕심이 없는 사람이라네요~ 욕심이 없는 사람은 두려울 게 없기 때문에 거칠 것이 없으니까요~ 저도 매주 좋은 글을 읽고 배우면서 배운 대로 마음을 잘 닦아서 애들한테 존경받는 어른이 되려 애써요. 저 또한 제일 존경하는 분은 제게 이런 글을 가르쳐주시는 선생님과 아버지입니다~ 저희들에게 아버지는 늘 고맙고 존경스러운 분이지요~ 오늘도 즐거운 하루 보내세요~

2014. 6. 22. (일) 오후 5:57:47 (아버지)

생일날이면 해마다 너희가 모이는데, 외부손님 찾아오듯 하는 것이 몹시 보기 안 좋아. 그러니 이제부터는 자식들이 먼저 한두 시간 전에 집으로 와서 만나고, 그런 다음에 함께 어느 장소로 가는 게 옳지 않을까 생각한다. 그리고 먼 거리를 운전하고 다니는 것이 걸린다. 지금은 대중교통 수단이 훌륭한데, 그걸 이용하는 게 좋겠다.

2014. 6. 22. (일) 오후 8:55:27

네~ 잘 알겠어요~ 영실이가 학업을 다 마치고 이제 8월에 졸업만 남겨 놓았는데 건강을 완전히 회복할 때까지 집에서 건강 관리하면서 취업 준비하려고 짐을 다 싸서 내려왔어요. 아이 짐 정리하느라 문자 보내신 거 이제야 봤어요. 아버지 걱정 안 하시게 대중교통 수단을 이용해서 다닐게요~ 종일 무덥더니 저녁이 되니 천둥 번개가 치고 비가 쏟아지는데 소나기에요. 비가 오면 밖의 활동을 잘 못하실 텐데 이럴 때 종아리를 주무르면 심장의 혈액순환도 원활하게 하고 면역력 증강에도 좋다니까 틈날 때마다 종아리를 주무르세요. 그게 귀찮으시면 펌프하는 막대기로 종아리를 문지르셔도 좋아요. 오늘 주무시기 전에 한번 하시고 주무세요. 아버지, 어제오늘 뭐 했나 잘 생각하시면서 안녕히 주무세요.

2014. 6. 24. (화) 오후 8:00:56

오늘 하루도 잘 마무리되어가고 있네요~ 저녁을 먹고 산보 가려는데 또 소나기가 내리는 바람에 못 나갔어요. 이번 장마의 특징인 소나기가 시도 때도 없이 내려 일기 예보도 소용이 없어요. 저녁 진지 잘 드셨어요? 하지가 지나면서 집 앞 산기슭에 감자 농사를 지은 사람들이 하지감자를 캐서 자기네 먹을 거 남기고 나머지는

팔아서, 밭에서 금방 캔 감자를 사서 삶아 먹었어요~ 도심 한가운데
가 아니고 변두리에 사니 요런 재미도 있어요. 다시금 함께 모여 숟
가락으로 감자 껍질을 벗긴 다음 솥 하나 가득 삶아서 먹던 어린 시
절 생각을 했지요~ 늘 그리운 시절이지요~ 이제 머잖아 아버지 생
신에 모두들 만날 생각을 하면 벌써부터 마음이 설레요~ 이번에는
아버지 말씀대로 미리 가서 집에 있다가 밥 먹는 장소로 갈게요. 주
무시기 전에 발끝도 부딪히시고 종아리도 주무르시고, 또 어제오늘
어떤 일이 있었나 생각하신 다음 주무세요~ 안녕히 주무세요~

2014. 6. 27. (금) 오후 7:12:44

아버지~ 오늘은 날도 화창한데 새들이 유난히 더 많이 지
저귀더라구요~ 날이 더 더워지기 전에 짝을 찾으려니 바쁜가 봐요~
아범은 어제 20일간 출장을 떠났어요~ 독도 주변의 바닷속 탐사 나
갔어요~ 일본과 예민하게 대립하고 있는 지역이라 문제가 생겼을
때 능숙하게 대처할 수 있는 경험 많은 책임자가 있어야 한다고 해서
아범이 가게 되었대요. 퇴직할 때가 다 돼서 웬만하면 이젠 배 타는
일은 없을 거라고 하다 배를 타니 세월호 일도 있고 해서 공연히 걱
정되네요. 그렇지만 아범 말이 원칙을 잘 지키면 배가 자동차보다 안
전하다고 걱정 말라고 하네요. 아범의 연구소 배는 출항하지 않을 때
는 진해항에 정박해서 있거든요~ 방금 전에 독도를 향해 출항했다
네요~ 날씨나 좋아서 얼른 일 끝내고 돌아왔으면 좋겠어요. 이젠 맑
은 날에는 자외선 조심을 하셔야 할 거예요. 모자 꼭 쓰시고 선크림

도 잘 바르시고요~ 오늘도 하루 잘 마무리하시고 편안한 저녁 보내세요~

2014. 6. 30. (월) 오전 9:55:54

아버지~ 아침부터 햇살이 따갑네요. 저희 집이 남서향 집이다 보니까 여름이 되면 뒤쪽으로 되어있는 안방엔 이른 아침부터 햇살이 방안으로 들어오지요~ 그래서 그런지 아범이 이쪽 집으로 이사 온 후에 일어나는 시간이 빨라져 예전에 늦게 일어나는 이미지를 완전히 벗어버렸어요. 새벽이면 일어나서 한 차례씩 공부하고 출근하거든요~ 세상이 좋아져서 전에는 출장 가면 육지가 가까워져야 연락이 되고 그렇지 않으면 비싼 위성전화를 해야 했는데 요새는 섬마다 통신기지국이 서서 배가 섬 가까이 가면 수시로 전화 연락이 가능해요. 하지만 이번엔 워낙 동떨어진 곳에 가다 보니 연락이 잘 안되네요~ 다행히 날씨가 좋아서 걱정이 덜 되네요~ 이렇게 더운 날엔 햇볕은 약도 되고 독도 되니까 조심해서 운동하시고, 즐거운 하루 보내세요~

2014. 7. 6. (일) 오후 9:03:46

날씨가 정말로 고르지 못하네요~ 하루는 덥고 하루는 춥고~ 오늘은 추워서 창문을 다 닫고 있었어요. 태풍 '너구리'가 올라오고 있대요~ 아범은 그제 동해항으로 피항했는데 내일 새벽에 다시 진해항으로 피항한다네요~ 날이 좋아야 얼른 일을 끝내고 올 텐데. 다음 토요일에 아버지 생신 모임을 한다고 올케가 연락했어요. 아버지 생신이 금요일이라 속으로 좀 걱정했는데~ 아범도 없는데 영실이는 아직 음식 조심을 해야 해서 못 갈 것 같고 영신이도 못 가게 되는 게 아닌가 하고요~ 다행히 토요일에 하게 되면 영신이도 갈 수 있으니까요. 토요일 아침에 영신이 데리고 일찍 출발하겠어요~ 아버지 말씀대로 집으로 갔다가 같이 식당으로 이동할게요. 토요일이 기다려지네요~ 안녕히 주무세요~

2014. 7. 7. (월) 오전 9:57:03

태풍이 올라오고 있어서 그런지 햇볕이 따가운데도 바람이 시원하네요~ 창문을 훌쩍 열어놓았더니 소름이 돋을 정도로 시원하네요~ 지금쯤 아버지는 출근을 하고 계시겠지요? 늘 한결같으신 아버지를 존경해요~ 오늘은 소서(小暑)예요~ 본격적으로 더위가 시작되는 때지요~ 이때 농부들은 제일 바쁜 때라네요. 김매주고 약도 주고~~ 벼와 과일들이 한창 익기 시작하는 때지요~ 이때 밀가루 음식은 더위도 날려주고 햇밀이 나오는 때라 맛도 좋다네요. 햇감자와 호박을 넣고 끓인 수제비나 칼국수가 잘 어울리는 음식이라네요~ 오늘 낮엔 멸치육수에 감자 넣고 끓인 칼국수를 드시는 게 어떠세요?

2014. 7. 14. (월) 오전 5:47:30

아버지~ 안녕히 주무셨어요? 장마 기간인데 비가 오지 않아 마른장마가 계속되어 농사에 큰 지장을 주고 있다니 걱정이네요~ 오늘도 비 예보는 없지만 잔뜩 흐려 있는데 비가 올지 모르겠네요~ 아버지 말씀도 있고 해서 이번 생신 때는 좀 천천히 있다 오려고 했는데 배가 아픈 영신이가 얼른 집에 갔으면 해서 또 일찍 내려왔어요~ 그래도 편안해 보이시는 두 분 부모님 뵙고 또 오랜만에 홍인이도 보아 좋았어요~ 홍인이가 젊은 청년들이 가장 가고 싶어 하는 직장에 몸담게 되었다니 기특하고 특히 아버지께서 얼마나 기뻐하실까 생각했는데, 좋으시지요? 제가 가르쳐 드린 대로 종아리 마사지 좀 해보셨어요? 심장혈관을 튼튼하게 해서 심장에 좋고 면역력을 길러 줘서 건강에 아주 좋다니까 틈나는 대로 하세요~ 영실이가 면역력이 떨어져서 회복하는 데 2년 이상 고생하고서야, 면역력이 얼마나 중요한지 알았어요~ 아버지와 엄마가 지금같이 우리들 곁에 오래오래 계셨으면 좋겠어요. 오늘도 즐거운 하루 보내세요~

2014. 7. 15. (화) 오전 6:49:43

아버지~ 편안히 주무셨어요? 부모님이 편찮으실 때 얼른 가보지 못할 때 마음이 제일 불편해요. 어제 시술이 잘 되어서 오늘 집으로 돌아가실 수 있으셨다니까 마음이 좀 놓여요~ 저희 어머니도 허리가 아프다고 하시더니 어제는 일어서지를 못하셔서 모시고 병원에 다녀야 해서, 가 뵙지 못했어요~ 오늘 집에 가시면 이제부터 종아리 근육 주무르는 거 꾸준히 하세요. 저희들이 부모님을 얼마나 사랑하고 염려하는지 아시지요?

2014. 7. 17. (목) 오전 7:19:51

아버지~ 안녕히 주무셨어요? 마른장마로 가물어서 걱정이라더니 단비가 내리는 아침이네요~ 아범은 일 잘 마치고 어제 돌아와서 좀 전에 출근했어요~ 그동안 많은 출장을 다녔지만 이번엔 세월호 사고 때문에 다른 때와 달리 노심초사(勞心焦思)했어요. 하지만 무사히 잘 다녀와서 다행이에요~ 오늘 오크벨리로 여행 가신다고 들었는데 즐거운 여행하고 오세요~

2014. 7. 23. (수) 오후 8:20:07

저녁 진지 잘 드셨어요? 오늘 일 년 중 제일 덥다는 대서(大暑)에요~ 이름 있는 날만큼 제법 더웠지요? 그래도 해가 지자 어느새 밤벌레 울음소리가 마치 가을이 가까이 온 것 같은 느낌이 드네요~ 제법 바람도 시원하고요~ 오늘은 친구가 연잎을 따다 줘서 오전에는 공부하러 갔다 와서 오후 내내 연잎을 찌고 말려서 연잎차를 만들었어요~ 연잎차는 피를 맑게 해주는 등 여러 가지 좋은 효능을 갖고 있다네요~ 보내드리면 경자가 회사에서 아버지께서 꾸준히 드시도록 해드린다고 했어요~ 넉넉히 보내드릴 거니까 집에서도 엄마와 같이 드시고 그러세요~ 주무시기 전에 종아리 마사지도 하시고 어제는 무슨 일이 있었나 생각도 하시고 주무세요~ 안녕히 주무세요~

2014. 7. 27. (일) 오전 6:46:11

아버지~ 안녕히 주무셨어요? 그제는 밤새 바람이 어찌나 세게 부는지 바람 소리 때문에 뒤척이느라 잠을 설쳤는데~ 송도는 바닷바람이라 더 했겠지요? 잠을 설치지는 않으셨는지요? 올해는 유난히 인천에 비가 많이 오는 것 같아요. 저희가 대전에 온 지 27년이 되었는데 살아보니까 대전은 위치가 우리나라 중심 부분에 있어서 어딜 가더라도 교통이 편하지요. 게다가 자연재해도 적은 편이고 농촌과 접해 있어서 생활물가도 싼 편인데다가 공기도 좋고 살기는 좋은 도시 같아요~ 그래도 뉴스를 보든지 운동경기를 보든지 할 때도 인천 소식이 나오거나 인천팀이 나오면 자연스레 귀를 기울이게 되고 또 저절로 응원하게 되지요~ 요즘도 운동 열심히 하시지요? 심장이 안 좋은 사람은 종아리 근육을 주무르는 것이 좋다고 말씀드렸죠? 또 주무시기 전에 물을 한 컵 드시고 소변보시고 주무시면 밤새 심장운동에 큰 도움이 된다네요. 오늘부터 주무시기 전에 물 한 컵 꼭 드시고 주무세요~ 잠자기 전에 할 것도 많지요?

2014. 7. 30. (수) 오전 9:51:45

아버지~ 지금쯤 출근 중이시겠네요~ 어제는 비가 많이 내리고 날씨도 선선했는데 오늘은 아침부터 후텁지근하네요~ 쓰르라미가 울면 여름 더위가 기울어가는 거라던데 매미 소리도 못 들은 거 같은데 어느새 쓰르라미가 울어대네요~ 하긴 중복도 지났으니 그럴 만도 하지요~ 늘 말복 전에 입추(立秋)가 있더니 올해는 말복과 입추가 같은 날이네요~ 어제 제가 만든 연(蓮)차를 보냈는데 연차는 혈액을 맑게 해주고 고혈압과 당뇨에도 좋다고 해요~ 연잎은 물속에 있는 미생물을 먹고 자라서 그런지 식물이지만 육식 식물이라고 하네요~ 그래서 일반적으로 녹차는 성질이 차서 소화기관이 안 좋은 사람들은 많이 마시는 게 안 좋지만 연차는 속을 따뜻하게 해주어 많이 마셔도 해가 없으니까 집에서나 회사에서 꾸준히 드셔요~ 아직 장마가 안 끝나서 습도도 높고 하니까 무리한 운동은 삼가시고 종아리 근육 마사지 수시로 하세요~

2014. 8. 4. (월) 오전 9:57:45

아버지~ 출근 중이신가요? 태풍이 서해안 쪽으로 올라오고 있다고 해서 걱정했는데, 다행히 남부지방 쪽에서 소멸되었다네요. 하지만 미국 기상청에서 슈퍼태풍이라고 할 정도로 큰 태풍이 또 우리나라에 영향을 미칠 거라니 걱정되네요~ 인천은 바다가 가깝고 게다가 송도는 바로 바다 앞이기 때문에 염려되네요~ 그래 그런지 날이 많이 습하네요~ 이럴 때 노약자분들은 호흡이 곤란할 수가 있는데 따뜻한 차를 많이 마시면서 숨을 길게 길게 내 쉬세요~ 입을 미소 짓는 것 같이 옆으로 벌리고 길게 내쉬면 훨씬 오래 숨을 내뱉을 수 있어요~ 연(蓮)차는 변비에도 좋은 효과가 있다니까 오늘 같은 날에는 따뜻하게 차를 많이 드세요~

2014. 8. 6. (수) 오후 8:46:00

아버지~ 저녁 진지 잘 드셨어요? 밤벌레소리가 정겨운 저녁이에요. 날도 더운 데다 습도가 너무 높아 저녁 산책을 며칠째 못 나가고 있네요. 그래서 집에서 종아리 근육 마사지하기, 자전거 타기를 하면서 걷기 운동을 대신하고 있어요. 나이가 들수록 걷기 운동은 매우 중요하다고 해요. 제가 걷기 운동의 중요성에 대해서 읽은 글을 아버지께 보내드릴게요. 내일이 말복이자 입추예요~ 한학 공부를 하면서 절기에 대해 자연스레 눈 뜨게 되니 자연의 이치에 순응하게 되어 햇볕이 뜨거우면 이제 곡식이 잘 익겠지만 덥겠구나 하게 되니 더위도 마음으로 이겨낼 수가 있게 되더라구요. 이제 얼마 안 남은 더위 잘 이겨내세요~♡ 물 많이 드세요~

2014. 8. 8. (금) 오전 11:45:28

어젯밤엔 날씨가 추워서 자다 말고 침대에 불을 넣고 잤어요~ 아직 더위가 많이 남았는데 아마 일본 쪽으로 비껴간 태풍 때문인가 봐요~ 주말엔 비도 많이 올 거라네요~ 아버지는 더위를 많이 타시기 때문에 에어컨을 자주 트셔서 엄마랑 방도 따로 쓰시고 찬 것도 많이 드시는데 그렇게 더위를 많이 타는 사람들은 속이 오히려 차다고 하네요~ 그래서 배탈도 잘 나고 그러는데 연잎차는 그런 속을 따뜻하게 만들어주어서 변비 증세도 없애준다니까 제가 보내드린 연잎차를 수시로 드세요~ 오늘은 해가 났는데도 바람은 차네요~ 마치 초가을 날씨 같아요. 그래서 저도 따뜻한 차를 마시면서 아버지께 편지 올리네요~ 점심 맛나게 드세요~

2014. 8. 11. (월) 오전 6:37:35

아버지~ 안녕히 주무셨어요? 쾌청한 가을날이라는 말이 딱 어울리는 날씨이네요~ 어제가 백중(百中)이었지요~ 이번 백중 달은 '슈퍼 문'이라고 해서 달 중 최고로 큰 달이라고 했지만, 잘 때까지도 구름에 가려 잘 안 보여 그냥 잤어요. 그런데 새벽녘에 영실이가 달빛이 방에 환히 비추어 깼다고 하며 깨우기에 일어나서 달을 보니 정말로 그렇게 크고 빛나는 달은 처음 본 것 같아요~ 저절로 두 손을 모으고 부모님을 비롯한 우리 가족 모두 건강하게 해달라고 기원했어요~ 제가 달을 보고 기원한 것과 같이 모두 모두 건강하기를 바랍니다~ 오늘도 즐겁게 많이 웃는 하루 보내세요~

2014. 8. 13. (수) 오후 7:46:50

아버지~ 저녁 진지 잘 드셨어요? 저녁 늦게나 올 거라던 비가 낮에 별안간 쏟아져서 길이 온통 물바다가 돼서, 공부하러 갔다가 집에 돌아오는 데 얼마나 애를 먹었는지 몰라요~ 예전엔 입추(立秋) 전엔 기우제(祈雨祭)를 지내고 입추가 지나면 기청제(祈晴祭)를 지냈다네요~ 벼가 익을 시기에 볕이 따가워야 하는데 비가 오면 여물지 못하니까요~ 올해 장마 기간에도 마른장마라고 해서 비가 안 와 걱정이더니 오늘같이 또 비가 오면 농사에 큰 지장을 줄 것 같네요~ 저녁을 먹고 나니 비는 그치고 대신 시원하고 맑은 바람이 불어와서 얼른 산책하러 나가야 되겠어요~ 하루에 30분씩 꾸준히 걸으면 심장병 예방뿐 아니라 치료 효과도 볼 수 있다네요~ 다리 근육의 힘을 기르면 면역력 증강에도 좋다니까 힘드시더라도 조금씩 꾸준히 걸으세요~ 주무시기 전에 종아리 근육 풀어주시고 주무세요~

2014. 8. 17. (일) 오전 6:57:24

아버지~ 안녕히 주무셨어요? 일기가 고르지 못하네요~ 그제 아범 친구들 모임이 인천에서 있어서 모임 참석도 하고 아버지와 엄마도 뵐 겸 집에 들렀는데 아버지는 골프 치러 가셔서 못 뵙고 왔어요. 서운하긴 했지만 그렇게 운동도 가셨다니까 마음이 좋았어요~ 이제 조금 있으면 엄마 생신이니까 그때 뵈면 되니까요~ 더위가 다 간 것 같다고 해도 어제는 저녁 먹고 산책하는데 땀이 많이 날

정도로 습하고 덥더라고요~ 오늘은 아침부터 온갖 풀벌레 소리가
온산에 가득하네요~ 마치 산 가운데 앉아 있는 것 같아요~ 오늘도
활기차게 하루를 보내세요~

2014. 8. 20. (수) 오전 7:09:18

아버지~ 안녕히 주무셨어요? 앞산의 나뭇잎들이 어느새
누렇게 변하기 시작하네요. 마치 장마철처럼 습도가 높고 연일 비 소
식이 있어서 몸이 자꾸 무거워지는 느낌이에요~ 이럴 때 노인분들
은 여러 가지로 호흡기질환이 생길 수 있데요. 이럴 땔수록 제가 전
에 가르쳐 드린 호흡법이 도움이 될 거예요~ 숨을 길게 길게 내쉬는
거예요~ 들이마시는 건 내놓은 만큼 저절로 들이마셔지니까 신경
쓰지 마시고 길게 내쉬기만 하세요~ 걸으실 때도 그렇고 아무 때고
생각나는 대로 하시다 보면 습관이 돼서 나중엔 저절로 될 거예요~
오늘은 호흡에 신경 쓰시는 날~~

2014. 8. 22. (금) 오전 5:57:28

아버지~ 안녕히 주무셨어요? 창문을 여니 벌레 소리가 온
산에 가득하네요~ 자연의 소리이지요~ 봄엔 새들과 짐승들이 짝짓
기 위해 짝을 찾는 울음소리~ 여름엔 천둥번개 치는 소리~ 가을엔
벌레울음소리~ 겨울엔 추위를 알리는 바람 소리~ 이렇게 때가 되면
저절로 변하는 자연의 소리가 신비롭지요? 요즘 장마철보다 비가 더

많이 오지요. 아마 일 년에 내릴 비의 양은 정해져 있는데 장마철에 안 와서 대신에 오는 건가 봐요~ 안개가 낀 걸 보니 오늘은 개이려나 보네요~ 오랜만에 해 나면 햇볕 좀 쏘이세요~

2014. 8. 24. (일) 오전 7:16:46

아버지~~ 안녕히 주무셨어요? 어제는 24절기 중 14번째인 처서(處暑)였어요~ 이북 속담에 까치 머리가 벗겨질 만큼 덥다는 속담이 있을 만큼 처서 더위가 심하다던데, 그래 그런가 어제는 참 무더웠어요~ 그렇지만 처서가 지나면 모기입이 삐뚤어진다는 말도 있듯이 이제 더위는 한풀 꺾이겠지요~ 오늘은 일요일인데 뭐 하세요? 덥기는 해도 바람은 한여름 바람과 많이 달라요~ 낮에 햇볕 좋을 때 공원 산책하시며 햇볕 쬐세요~

2014. 8. 27. (수) 오전 6:38:20

아버지~안녕히 주무셨어요? 자연에 눈뜨고 나니 자연의 소리가 이처럼 좋은지 이제야 알았어요. 이것 또한 나이가 들어야 들을 수 있는 소리인 거 같아요~ 창을 열면 풀벌레 소리가 귀를 즐겁게 해주네요~ 이젠 부모님 계신 친구보다 안 계신 친구가 더 많아요~ '아버지'—이렇게 부를 아버지가 곁에 계시다고 어느 친구가 저를 부러워하네요. 요즘 어머니 허리 아프신 게 심하셔서 치료받으셨는데 약물 부작용으로 많이 편찮으셔서 신경 쓰느라, 아버지께 편지도 뜸했어요. 하지만 늘 머릿속은 아버지와 엄마 두 분으로 가득 차있어요. 아버지, 사랑해요, 오래 건강하세요~

2014. 8. 29. (금) 오전 6:21:37

아버지~ 안녕히 주무셨어요? 가을장마라더니 오늘 날씨가 또 흐리네요~ 그래도 주말엔 날씨가 좋을 거라니까 다행이에요~ 부산에 물난리가 난 걸 보니까 저희가 주안8동에 살았을 적에 2번이나 집이 물에 잠겨 고생했던 생각이 나요. 그래서 부산의 물난리가 남의 일 같지 않고 또 그 사람들 마음을 이해할 것도 같아요~ 사람이 살면서 어려웠던 적 일을 잊지 않고 가슴에 새기며 살면서 어려웠을 때 함께한 사람을 함부로 하지 않으면 그것이 바로 '인(仁)'을 행(行)하고 사는 거라고 하네요~ 그래서 옛말에 어려운 때를 함께한 친구와 부인은 절대 함부로 해선 안 된다고 하는 당나라 어느 대신의 일화가 전해져서 '조강지처(糟糠之妻)'라는 말을 우리가 흔히 쓰잖아요~ 아버지가 저희들에게 늘 하시던 말씀이기도 하고요~ 이렇게 옛 성현들의 말씀을 배우면서 아버지께서 저희들을 그런 말씀으로 길러주신 거 늘 감사하게 생각하고 있어요~ 저도 애들을 잘 가르치겠어요~ 오늘도 즐거운 하루 보내세요~

2014. 8. 30. (토) 오전 6:59:58

아버지~~ 오늘은 날씨가 화창하네요~ 어제 무더워서 예보와 달리 비가 오려나 했더니 모처럼 아침부터 화창하네요~ 오늘 같이 볕이 좋은 날 햇볕은 보약과도 같으니까 많이 쬐세요~ 이제 추석 명절이 일주일밖에 안 남았으니까 주부들은 김치도 담그고 장도 미리 봐야 하고 분주해지기 시작하는 때지요~ 오늘은 물김치를 담 그려고 어제 장을 다 봐왔어요. 일을 하면서도 내일 인천에 가서 부모님을 비롯해 모두들 만날 생각하니까 절로 웃음이 나와요~ 어머니도 허리는 아프시지만 약 드시던 걸 그만두니까 괜찮아지셨어요~ 내일 일찍 떠날게요. 그런데 영신이가 엄마를 위해 침대에서 쓰기 편한 탁자를 샀는데 그게 부피가 커서 아무래도 차를 갖고 가야 할 거 같아요. 조심해서 갈 테니까 걱정하지 마세요. 내일 봬요~~

2014. 9. 2. (화) 오전 6:23:49

아버지~ 안녕히 주무셨어요? 일교차가 아주 심하네요~ 환절기가 되면 아침마다 재채기를 심하게 해서 식구들의 아침잠을 다 깨 놓곤 했는데, 현미 김치를 먹으면서 그게 없어졌어요. 그런데 일교차가 워낙 심해서 그런지 요즘은 시도 때도 없이 재채기가 나오네요~ 그래도 전보다는 훨씬 덜 한 걸 보면 현미 김치가 좋긴 좋은 거 같아요~ 올케도 만들기 시작했으니까 아버지도 꾸준히 드시면 여러 가지로 좋아지는 걸 느끼실 거예요~ 그리고 연잎차가 변비에도 효과가 좋은데 경자가 잘 챙겨드린다니까 안심이에요~ 특히 주무시기 전에 한 잔의 물이 심장에도 좋을 뿐 아니라 다리에 쥐나는 것도 예방한다니까 주무시기 전에 물 한 잔 꼭 드시고 주무세요~ 오

늘부터 내일까지 많은 비가 올 거라는데 고르지 못한 날씨에 건강 조심하셔요~

2014. 9. 3. (수) 오전 7:48:17

오늘은 비가 많이 내리네요~ 앞산의 나뭇잎에 떨어지는 빗소리가 참 듣기 좋은데 쌀쌀해진 날씨 때문에 창을 활짝 못 열어 소리가 은은하게 들리네요~ 영신이가 늦었다면서도 자기가 쓰고 다니던 우산을 찾네요~ 우리들 어렸을 땐 우산도 귀했었는데 하면서 다른 우산을 줘서 보냈어요~ 오늘 같이 비 오는 날은 앉아계시는 시간이 많으니까 차도 많이 드시고 손톱 위도 누르시고 종아리 마사지도 하세요~ 그리고 좋아하는 노래도 들으시고요~ 오늘 공부 가는 날인데 비가 와서 좀 서둘러야 되겠어요~ 오늘도 즐거운 하루 보내세요.

2014. 9. 3. (수) 오후 8:35:33

저녁을 먹고 걸을 겸 길 건너 슈퍼마켓에 다녀왔더니 후텁지근하네요~ 비가 더 오려나 봐요~ 주무시기 전에 물 한 잔 잊지 마세요~ 그리고 제가 손톱 위를 눌러 드렸을 때 가운데 손톱 위를 누를 때 아파하셨잖아요~ 가운데 손톱 위에 자극이 오는 것은 난청이나 이명증상이 있을 때 그렇다네요~ 특히 가운데 손톱 위를 많이 자극하세요~ 난청에 도움이 될 거예요~ 물 한 잔 드시고 종아리 마

사지 하시고 그러세요~ 안녕히 주무세요~~♡

2014. 9. 9. (화) 오전 7:12:12

아버지~ 안녕히 주무셨어요? 어제는 추석이면서 24절기 중 15번째 백로(白露)였어요~ 백로가 되면 밤에 이슬이 내리고 밤 기온이 내려간다네요~ 어젠 추석인데도 날씨가 여름날 같아서 성묘 다녀오는데 땀을 흠뻑 흘릴 정도였어요~ 오늘부터 예년 기온이 될 거라던데 절기 따라 변하는 기후는 아무도 못 막지요~ 백로에서 추분(秋分)까지를 3등분해서 처음 5일은 초후(初候)라고 해서 기러기가 오고, 다음 5일은 중후(中候)라고해서 제비가 강남으로 날아가고, 다음 5일을 말후(末候)라고해서 새들이 식량을 저장하는 시기라고 옛사람들은 말했다지요. 시절이 변하니 때가 돼도 강남으로 돌아가지 않는 제비도 있다 하고 아범 연구소 앞 하천에 청둥오리는 사철 그냥 거기서 사는 걸 봐요. 어제 전화했었는데 아버지는 통화하시는 거 불편해하셔서 엄마하고만 통화했는데, 우리만 **빼고** 다들 웃고 이야기하는 소리에 가고 싶은 마음이 들었어요~ 추석 연휴 지내고 다녀갈게요~ 오늘은 길 안 막히는 충청도 근처에 어머니 모시고 바람 쐬러 가기로 했어요. 날씨 좋으니까 햇볕 많이 쬐세요~ 백로에는 포도가 제철이라니까 포도도 많이 드세요~

2014. 9. 11. (목) 오전 8:14:03

긴 연휴가 끝나고 월요일 같은 목요일이네요~ 이제 올해 큰 행사는 다 지낸 것 같네요~ 앞산의 잎새들이 푸른 기(氣)를 잃고 대신 예쁜 색으로 물들려고 준비 중인 거 같네요~ 같은 햇볕인데도 가을볕은 유난히 밝고 빛나지요. 그걸 알아볼 수 있는 눈도 나이 먹지 않곤 뜨이지 않지요~ 오늘은 아침부터 유난히 가을빛이 고와 보이네요~ 그제는 큰외삼촌 돌아가셨다는 소식 듣고 다녀왔어요~ 아버지는 모두 함께 강화에 가셨다고 해서 빈소에만 들렀다가 그냥 내려왔어요. 제가 학교 가기 전에 외갓집에서 지냈잖아요~ 큰외삼촌이 어린 저를 데리고 외국영화도 보러 다니고 예쁜 신발도 사주고 했던 생각이 났어요~ 그러고 보니 저는 어렸을 때도 가족과 떨어져 지냈네요~ 집에 가고 싶어서 혼자 서림초등학교 앞에까지 갔다가 로타리에서 어디로 가야 할지 몰라 길을 잃었을 때 이모가 저를 찾으러 왔던 기억이 나네요~ 지금은 시절이 변해서 차만 타면 금방 갈 수 있는데도 어머니도 계시고 해서 형편이 안 되니까 잘 못 가게 되니 더 그리워하는 것 같아요~ 그래서 만나면 더 반가운 것 같아요~ 늘 그리운 울 아버지, 엄마~~♡ 가을볕은 보약이에요~ 볕 많이 쬐세요~~

2014. 9. 15. (월) 오전 9:52:58

새롭게 한 주를 시작하는 월요일이에요~ 지금쯤 아버지는 출근을 하고 계시겠지요~ 아흔이 다 되셔서도 변함없이 출근하시는 우리 아버지는 참 대단하신 분이세요~ 저는 집안 정리하고 이젠 좀 한가한 시간이네요~ 어젠 고추 닦고 꼭지를 따고 했더니 허리가 좀 뻐근해서 오늘은 다른 일 하지 말고 쉬어야겠어요~ 계절이 바뀔 때마다 똑같은 일이 반복되지요~ 이제 고추장 담고 김장하고 그러면 겨울준비가 끝나는 거죠~ 일을 하면서 저는 우리 식구 것만 하는데도 이렇게 힘든데 엄마는 많은 식구들 먹을 거 하고 또 다른 사람들 나눠줄 것까지 많은 양을 하시면서 얼마나 힘드셨을까 생각하게 되지요~ 엄마가 아버지와 손잡고 대전에도 오시기를 늘 기도해요~ 오늘도 즐겁게 지내세요~

2014. 9. 19. (금) 오후 7:54:10

아버지~ 저녁 진지 잘 드셨어요? 벌써 어둠이 깔려 앞이 산인 저희 집은 창밖이 새까맣네요. 밥 먹고 설거지 끝내고 산책하러 나가려다 아범이 조금 있다 가자고 해서 책을 보다 아버지 생각이 났어요~ 사람이 죽을 때까지 해야 할 것 중에 하나가 무엇이든 새로운 것을 배우고 공부하는 것이라고 했는데, 아버지는 아흔이 되셔서도 문자하는 것 배우셔서 이렇게 딸이 보내는 편지도 받으시고 하는데 주변에서 보면 교장선생님으로 퇴임하신 분들도 문자하는 것을 노인대학에서 배우면서도 잘못 하시더라구요~ 제가 아버지께 문자로 인사드린다고 하면 아버지가 계셔서 부럽고 문자 보내면 읽어주시니 부럽다고 하네요~ 아버지를 본받아서 새로운 것 배우기를 게을리하지 않고 공부도 꾸준히 하겠어요~ 요즘 종아리 쥐나는 건 어떠세요? 종아리는 제2의 심장이라고 하네요~ 제가 가르쳐드린 종아리 마사지하는 거 시간 나는 대로 하세요~ 손톱 위도 자꾸 누르시고요~ 그리고 주무시기 전에 물 한 컵 꼭 드시고요~ 저는 이제 나가서 걷고 들어오겠어요. 아버지, 안녕히 주무세요~

2014. 9. 22. (월) 오전 6:15:55

한 주가 시작되는 월요일이네요~ 안녕히 주무셨어요? 요새는 햇볕이 하도 좋아서 뭐든지 널어놓으면 잘 마르니까 뭐든지 널고 싶어져요~ 그래도 내일부터 태풍 영향으로 많은 비가 올 거라니까 오늘은 빨래를 해야겠어요~ 요즘은 젊은이들 필독도서라고하는 삼국지(三國志)를 다시 읽기 시작했어요~ 한학 공부하는데 역사적 배경을 잘 알면 좋으니까요~ 나이 들어 읽으니 전에 읽을 때하고 또 다른 느낌이에요~ 사람과의 관계가 얼마나 중요한지를 알겠어요~ 아버지는 가정이나 회사나 어디서든 가장 높은 곳에 계시니 아버지께 잘 보이고 싶어 하는 사람도 있을 테고 남을 음해(陰害)하는 말을 하는 사람도 있을 텐데, 남의 말 하기를 좋아하는 사람을 눈여겨보시면 그 사람의 됨됨이를 잘 아실 수 있을 거예요~ 수많은 명장(名將)들이 아랫사람들의 진정한 간언(諫言)을 흘려듣거나 간신(奸臣)의 말에 현혹되어 전쟁에 패하는 걸 보면 사람을 알아보는 것 또한 수장(首將)이 해야 할 일 아닌가 생각이 들더라구요~ 다시 삼국지를 읽기 시작하면서 사람이 끝까지 해야 할 것이 공부라고 한 말을 되새겨 보게 되네요~ 요즘 종아리 마사지 잘하세요? 마사지와 함께 엄마하고 계신 펌프를 하시면 더 좋은데요~ 비 오는 날 다른 날보다 덜 걸었을 때는 펌프도 한번 해보세요~ 다리가 훨씬 가벼워질 거예요~ 오늘도 즐거운 하루를 보내세요~

2014. 10. 1. (수) 오전 6:01:55

아버지~ 안녕히 주무셨어요? 이제 더위는 없을 거라더니 어제저녁은 제법 쌀쌀하던 걸요~ 저희 어머니께서는 허리뼈에 금이 가서 토요일에 병원에 입원하셔서, 어제 허리에 시멘트를 넣는 시술을 하셨어요~ 젊은 사람들은 시술하고 바로 일어나기도 하는데 저희 어머니는 원래 약물 부작용이 심한 분이라 아무것도 못 드시고 누워만 계셔요. 언제 회복되실지 몰라 걱정이네요. 그래서 이번 주말에 인천에 못 갈 것 같아요~ 다음 주말 정도면 갈 수 있을 거예요~ 아버지도 허리가 안 좋으시다고 하셨는데 조심하셔요~ 엄마도 당수치가 올라가서 기운이 없으시다더니 어떠신가 모르겠네요~ 요즘 걷기에 좋은 날씨이니까 걷기 운동하세요~

2014. 10. 6. (월) 오후 8:24:38

저녁 진지 잘 드셨어요? 어머니 때문에 요사이 며칠은 어떻게 보냈는지 모르겠어요~ 다행히 시술받은 것도 잘 회복되고 약물 부작용도 그만해서 식사도 잘하시네요~ 세상이 좋아져 허리뼈에 금이 간 것도 주사기로 시멘트 시술을 해서 간단히 붙이는데, 혈당 때문에 고생하시는 엄마를 생각하면 그건 왜 못 고치나 안타깝네요 ~ 어머니가 그만하셔서 목요일 한글날엔 인천에 갈 수 있을 것 같은데요~ 아버지, 시간이 괜찮으신지요~ 주무시기 전에 물 한 잔 드시고, 안녕히 주무세요~

2014. 10. 7. (화) 오전 10:14:42 (아버지)

아침에 문자 보았는데, 일요일에 오는 게 좋겠다고 하지 않았더냐? 목요일은 골프 치러 가는 날이고 하니 12일인 일요일에 오도록 해라. 다른 사람에게는 말하지 말고.

2014. 10. 14. (화) 오전 6:30:00

아버지~ 안녕히 주무셨어요? 오늘은 기온이 뚝 떨어져서 춥다네요~ 옷 따뜻하게 입고 나가세요~ 그제 작은아버지 빈소에 다녀오면서 돌아가시기 전에 한번 찾아뵐 걸 하는 생각을 했어요~ 그리고 엄마는 몸이 불편하시지만 두 분이 함께 저희들 곁에 계심에 감사드렸어요~ 친구들은 연세 드신 부모님을 경제적으로 도와드리느라 힘든데, 저희들은 이 나이가 되도록 오히려 부모님께 의지하고 도움받으니 이 또한 감사한 일이지요~

2014. 10. 18. (토) 오전 6:57:02

아버지~ 안녕히 주무셨어요? 아침 공기가 싸하네요~ 엄마 방이 비어있으니 많이 허전하시지요? 다행히 시술 잘 되어서 오늘 퇴원하시니까 오늘 저녁엔 엄마가 엄마 잠자리에서 주무시겠지요~ 엄마랑 전화통화를 해보니 목소리에 힘도 있고 발음도 또렷해서 전화 끊으면서 마음이 참 좋았어요~ 그런데 경자가 이석증이라고 하네요. 이석증은 며칠 쉬면 달팽이관에서 떨어져나온 돌이 제자리 찾아가 괜찮아져요~ 엄마가 걱정 많이 하신다는데 걱정 안 하셔도 돼요~ 이곳 대전도 단풍이 제법 고와지기 시작했어요~ 엄마 퇴원하시고 회복되시면 대청호길 고운 단풍 구경시켜 드리고 맛있는 음식도 대접해 드릴 테니 꼭 내려오세요~♥.

2014. 10. 21. (화) 오전 7:53:27

아버지~안녕히 주무셨어요? 가을비가 여름 장마철에 비 오듯 내리네요~ 앞산에 어렴풋이 어둠이 걷히면서 안개가 내려와서 마치 깊은 산 속에 와 있는 것 같네요~ 충청 이남 지방엔 더 많은 비가 내일까지 온다는데 이 비가 그치고 나면 기온이 많이 내려간다니 정말 가을이 깊어지겠지요~ 엄마가 목소리도 좋으시고 말씀도 잘하셔서 전화 끊을 때 마음이 좋았어요. 병원에 누워계시면서도 경자 이석증을 걱정하시는 엄마 마음이 모든 부모님들 마음 같겠지만, 우리 부모님은 특히 자식들에 대한 사랑이 남달라서 어렸을 땐 너무 자유가 없다고 불만이었어요. 제 친구는 부모님이 그렇게 자식들 하나하나에 관심 두고 늦게 들어오면 대문에서 기다리시곤 하시던 아버지 때문에 저를 많이 부러워했었다는 말을 듣고는 철이 없어서 그런 생각했었다는 걸 알았어요. 늘 고마운 우리 아버지, 엄마~ 오래오래 우리들 곁에 계셔주세요~~

2014. 10. 24. (금) 오전 6:28:18

아버지~ 안녕히 주무셨어요? 전화기를 물에 빠뜨려서 이틀 동안 전화기를 못 썼는데 사람들이 기계의 노예가 되었다더니 그 말이 맞는 것 같아요~ 허전하고 답답하고 하지만 편안함도 있었어요~ 이렇게 모든 일은 좋기만 한 것도 없고 나쁘기만 한 것도 없는 것 같아요~ 어제는 서리가 내린다는 상강(霜降)이었어요. 봄에 뿌린 씨를 거두어 저장하는 때지요~ 서리를 맞은 배추와 무우는 아삭거려 맛있다고 해요~ 이때에는 누런 호박으로 범벅을 해 먹는 게 제맛이라네요~ 어렸을 적 큰솥에 불 때서 팥이랑 강낭콩 듬뿍 넣고 할머니가 해주시던 호박범벅은 이맘때면 늘 생각나는 음식이지요~ 엄마가 기운이 없으셔서 걱정이네요~ 얼른 기력을 찾으셔야 할 텐데. 토요일에 인천에서 친구 아들 결혼식도 있고 아범도 일이 있고 해서 일찍 가서 부모님 뵙고 일을 보려고 해요~ 토요일에 갈게요~

2014. 10. 27. (월) 오전 6:14:30

아버지~ 안녕히 주무셨어요? 비가 온다는 예보가 있었는데, 비는 안 오고 날씨는 푸근하네요~ 아범은 진해로 출장을 가는 날이라 일찍 나갔어요. 대전은 교통의 중심지답게 웬만한 곳은 하루에 다녀올 수가 있지요. 지난 토요일에는 친구 아들 결혼식에 가느라 엄마만 잠깐 보고 와서 섭섭했어요. 가을이 무르익어 어디를 가도 좋지만 대청호를 끼고 가는 길은 아주 아름다워요~ 엄마가 괜찮으시면 내려오셔서 단풍구경 하시고 맛있는 식사도 하시고 그랬으면 좋겠어요~ 요즘은 햇볕이 너무 좋아요~ 햇볕을 많이 쬐세요~~

2014. 10. 30. (목) 오전 9:52:16

아버지~ 아버지는 지금쯤 출근하고 계시겠지요~ 저는 한가롭게 아침 먹고 집안 정리를 하고 있어요. 올해는 가을이 길 거라고 하더니 그래 그런가 낮엔 덥기까지 하네요~ 철부지~ 철부지라고 하지요. 때도 모르고 양지쪽엔 개나리가 활짝 피었어요. 저도 철없이 부모님 밑에서 살던 때가 그리워요. 그때가 늘 그리운 건 저뿐만 아니라 누구나 다 그럴 거라고 생각해요~ 때도 모르고 피어난 개나리처럼 말이에요~

2014. 11. 2. (일) 오전 6:50:17

아버지~ 안녕히 주무셨어요? 이젠 훤해지려면 한참 있어야 해요~ 동지까지는 점점 더 그렇겠지요~ 쉼 없이 돌아가는 천지운행(天地運行)에 따라 자연스레 우리네 생활이 변해가지요~ 이젠 저녁을 먹고 산책하려 해도 날도 춥고 깜깜해서 자꾸 머뭇거리게 돼요~ 이번 주 과학관에서 건강과 생활에 관한 강의를 들었는데, 나이가 들수록 걷는 것은 아주 좋은 운동이라네요~ 요즘도 아침에 운동하시나요? 아침에 찬바람을 쐬면서 하는 운동은 바람직하지 않다고 해요~ 되도록 낮에 해를 쬐면서 운동하세요. 그리고 주먹을 쥐었다 폈다를 반복하는 것 또한 아주 좋은 운동이라고 하니까 생각날 때마다 주먹을 꽉 쥐었다 폈다를 반복하세요~ 강사들 말대로라면 잠시도 가만있지 못할 정도로 몸을 자꾸 움직이는 게 좋다니까 생각나시는 대로 움직이세요~ 아직 일교차가 심하니까 감기 조심하셔요~~

2014. 11. 5. (수) 오전 7:36:59

아버지~ 안녕히 주무셨어요? 오늘은 낮에 포근할 거라네요~ 이젠 나뭇잎들이 낙엽이 되어 떨어지는데 대청댐 구경은 못 오시네요. 저희 동네와 이웃에 새로 조성된 아파트 단지가 천변을 따라서 이어져 있는데 산책로를 잘 만들어 놓아서 요새는 그 길을 산책해요. 어제는 햇빛을 받자고 일부러 낮에 걸었어요~ 바람도 적당히 시원하고 운동하기 제일 좋은 때인 거 같아요~ 오늘은 맹자 수업 때문에 학당에 가는 날이에요~ 가서 좋은 말씀 많이 듣고 오겠습니다~ 아버지도 가을볕 많이 받으세요~

2014. 11. 7. (금) 오전 8:37:33

아버지~ 아침진지 잘 드셨어요? 오늘은 천지만물(天地萬物)이 양(陽)에서 음(陰)으로 바뀐다는 입동(立冬)이에요~ 예로부터 입동이 추우면 그해 겨울이 춥고 그렇지 않으면 겨울이 따뜻하다네요~ 오늘은 어제보다 기온이 내려가지만 예년에 비해서 따뜻한 편이라지요~ 아마 올겨울은 따뜻하려나 봐요~ 동지에 팥죽을 쑤어먹듯이 예전엔 입동에는 팥 시루떡을 해 먹었다네요. 요새는 떡집에 가면 시루떡이든 어떤 떡이나 쉽게 살 수 있지만 예전엔 고사 지내는 날이나 팥 시루떡을 먹을 수 있었지요~ 할머니께서 두 손 모아 절하시고 기도하신 후에 맛보는 시루떡 맛은 참 좋았지요~ 떡을 동네 사람들과 나누어 먹느라 떡 접시를 들고 떡 나르던 추억도 아련하구요~ 이젠 바람 차니까 감기 조심하세요~~

2014. 11. 13. (목) 오후 7:39:22

아버지~ 저녁 진지 잘 드셨어요? 기온이 별안간 내려가서 감기 걸리기 딱 좋은 날씨에요~ 요샌 저녁에 걸으러 나가면 손이 시린데, 오늘은 아범이 회식이라 늦게 온다고 해서 날도 춥고 핑곗김에 저녁 산책 안 나가기로 했어요~ 건강 전문가의 말이 일주일에 3~4일씩만 꾸준히 운동해도 괜찮다고 하더라고요. 그래도 아범이 일찍 퇴근하는 날은 빼지 않고 저녁 산책을 하고 있어요. 요새 종아리 마사지 잘하세요? 종아리는 제2의 심장이라니까 마사지를 틈틈이 하세요. 종아리 주무르시고 물 한잔 드시고~ 안녕히 주무세요.

2014. 11. 18. (화) 오전 6:01:44

아버지~ 안녕히 주무셨어요? 요즘 날이 어두우니까 자꾸 늦게 일어나게 돼요. 오늘은 영신이가 중국으로 출장을 간다고 해서 일찍 지하철역에 데려다주고 왔어요~ 세상이 좋아져서 케이티엑스가 공항까지 간다네요~ 그러니까 대전역에서 기차를 타면 공항까지 한 번에 가는 거죠~ 대전은 교통의 중심지라 어느 곳이든 쉽게 갈 수 있는데 점점 더 편리해지는 거 같아요~ 이번 주는 김장을 하는 주라 바쁘네요. 김장 끝나고 나면 아버지 엄마 뵈러 한번 갈게요~ 예년보다 날이 덜 추운 거 같아요~ 낮에 햇볕 많이 쬐세요~

2014. 11. 23. (일) 오전 7:24:01

아버지~ 안녕히 주무셨어요? 오늘은 안개가 더 심하네요 ~ 앞산이 전혀 보이질 않아요~ 어제 김장을 했어요~ 온 식구가 다 같이 합심해서 김장을 하고 나니 몸은 고단하지만 마음이 아주 편하네요~ 어젠 소설(小雪)이었지요~ 눈 대신 비가 살짝 내리는 포근한 소설이었어요. 농부들은 잘 마른 볏짚을 곳간에 잘 저장해 놓고 여유롭게 보내는 때지요~ 예전보다 기온이 높아서 장보기도 수월하고 김장을 실내에서 하다 보니 엄마가 밖에서 몇백 포기씩 하시던 거에 비하면 일도 아니지만요~ 겨울 준비 다 끝내 놓았으니 조만간 가서

뵙고 올게요~

2014. 11. 28. (금) 오후 3:03:21

올해는 그렇게 가물었다고 하더니 겨울이 되면서 비가 자주 오네요~ 점심 맛있게 잡수셨어요? 날이 봄같이 포근하던데 이 비가 그치고 나면 기온이 많이 내려 갈 거라네요~ 별안간 기온이 내려가면 감기가 걸리기 쉬우니까 감기 걸리지 않게 조심하세요~

2014. 12. 3. (수) 오전 11:36:59

앞산에 흰 눈이 쌓여서 마치 깊은 산중에 있는 것 같네요. 뉴스를 보니 인천에도 눈이 많이 왔다고 하던데, 오늘 같은 날은 차에 타고 내리실 때도 조심하셔야 해요~ 저도 오늘 학당에 공부하러 가는 날인데 나갔다가 미끄러질까 봐 그냥 집에 있기로 했어요~ 주부들은 집에 있으면 보이는 게 다 일이라~ 저도 오늘은 밀린 다림질도 하고 정리를 해야겠어요~ 오늘 같은 날은 뜨끈한 국물이랑 밥을 먹거나 부침개를 해서 먹으면 좋겠지요? 이럴 때는 저도 엄마 가까이에 살면 좋겠단 생각이 들어요~ 가끔 제사 때 전 부치기 전에 엄마가 미리 김치부침개를 만들어 우리들 입가심하게 해주셨을 때의 부침개가 먹고 싶어 해 보면, 그 맛이 안 나요. 엄마 손맛이 그리워요.

2014. 12. 7. (일) 오전 11:33:27

아버지~ 안녕하세요? 오늘은 24절기 중 21번째인 大雪(대설)이에요. 대설에 눈이 많이 오면 그해 겨울이 따뜻하다는데 대전엔 오늘 눈은 안 오고 날만 흐려요. 하지만 요 며칠 눈이 많이 와서 응달진 곳은 눈이 얼어서 길이 미끄러워요~ 그래서 요샌 거의 외출을 안 하고 있어요~ 오늘도 집에 있다가, 소면을 삶아 잔치국수를 해 먹으려고 멸치육수를 만들고 있어요. 그러다 아버지 생각이 나서 문안편지 올려요. 점심 맛있게 드세요~

2014. 12. 8. (월) 오전 8:06:18

아버지~ 또 새롭게 한주 시작하는 월요일이에요~ 아침진지 잘 드셨어요? 충남 이남 지역에 대설주의보가 내려졌다더니 아침에 일어나니까 앞산이 하얗게 눈에 덮혔네요. 설경(雪景)이 좋아서 아버지도 보시라고 사진 찍었어요~ 길이 미끄러워서 일찍 출근한 가족들 걱정되네요. 차 타고 내리실 때 조심하세요~

2014. 12. 13. (토) 오전 7:22:05

아버지~ 안녕히 주무셨어요? 올겨울은 춥고 눈도 많이 올 거라고 하더니 12월 들어서 해가 쨍쨍하게 나는 날이 며칠 안 되는 것 같아요~ 어제도 눈이 많이 내렸고 계속 날이 흐리거나 눈이 온다는 예보가 있네요~ 아범이 그동안 7년 정도 혼자서 불교 공부를 했어요~ 퇴직 후에 불교에 대한 일을 하려고 하는데 인정할 만한 학력이 필요해서요. 논산에 금강대학교라는 불교 대학이 있어요~ 그래서 그 대학 불교학과 대학원에 원서를 냈는데 합격했어요. 연구소는 퇴직 후 계약직으로 좀 더 다닐 수 있지만, 그다음에 학교를 다니고 그러면 너무 늦을 것 같아서 이번에 퇴직하고 학위를 따기로 했어요~ 이번에도 나이가 많아 혹시 떨어지지 않을까 걱정했는데 그동안 논문 준비를 열심히 한 덕에 합격할 수 있었던 것 같아요. 미리 말씀 드리지 않은 것은 혹시 떨어질까 봐 그랬어요~ 이제 얼마 안 남은 시간 잘 마무리하고 일간 찾아뵐게요~ 기온이 내려가는데 감기 걸리지 않게 조심하세요~

2014. 12. 17. (수) 오후 4:29:30

앞산의 나무들이 바람에 흔들거리고 종일 눈발이 날렸다 멈추기를 반복하네요~ 지금은 앞이 안 보이게 눈이 내리고 있어요~ 눈 때문에 밖에 안 나가고 집에 있으니 이거저거 할 일이 계속 생기네요. 라디오를 틀어놓고 일을 하다가 학창 시절에 즐겨듣던 음악이 나오면 일손을 놓고 잠시 추억에 잠기기도 하고요~ 어제는 엄마한테 전화했는데 엄마가 잠결에 전화를 받으셔서는 제 목소리가 경희랑 비슷하니까 자꾸 민지 이야기를 하셨어요, 그래서 나중에는 그냥 경희인 척했어요, 전화를 끊고 나니 당장 달려가고 싶어졌어요~ 오늘도 무척 추운데 내일은 더 춥다네요~ 추운 날씨에 감기 걸리지 않게 조심하셔요, 늘 보고 싶은 아버지, 엄마~♡

2014. 12. 22. (월) 오후 5:08:16

여긴 오늘도 눈이 많이 왔어요~ 오늘은 초하루이면서 동지로, 동지는 밤의 길이가 제일 긴 날이지요~ 또 한편 오늘을 기점으로 다시 낮의 길이가 조금씩 길어지는 거지요~ 그래서 옛날 사람들은 또 다른 시작이라고 해서 동지를 작은 설날이라고 했다네요~ 그리고 팥죽을 쑤어먹고 액을 막아달라고 기원했다네요~ 저희는 어머니가 시집오기 전부터 동지에 팥죽을 안 쑤어 먹었다고 해요~ 동지 지나면 따로 쑤어 먹어야겠어요~ 이럴 때면 또 어릴 적 생각이 나요. 뜨거운 팥죽도 맛있었지만 밖에 내어놓아 차게 식어 덩어리진 팥죽도 맛있었어요~ 요샌 맛있는 게 많아서 그런지 애들이 그런 걸 잘 안 먹네요~

2014. 12. 24. (수) 오전 6:33:10

아버지~ 안녕히 주무셨어요? 이제 서서히 아침이 밝아 오겠지요~ 어제는 영신이에게 무료로 영화를 볼 수 있는 표가 생겨 영실이와 함께 셋이서 밤늦게 하는 영화를 보고 왔어요~ 이북에서 피난 나오면서 헤어지게 되는 아버지가 큰아들에게 가족을 부탁하고 큰아들은 평생 아버지 말씀을 가슴에 새긴 채 자신을 희생하며 가족들을 돌보다 노년에 자신을 되돌아보는 내용의 영화였어요~ 우리 아버지도 우리를 위해 저만큼 열심히 사셨는데 하는 생각을 하니 가슴이 뭉클했어요~ 어느 때나 가족을 위해 살아오시면서 저희에게

힘이 되어주신 아버지, 엄마께 다시 감사드리는 밤이었어요~ 오늘도 즐거운 하루 보내세요~♡♡

2014. 12. 30. (화) 오전 8:13:43

아버지~ 안녕히 주무셨어요? 또 벌써부터 미세먼지 농도 이야기가 나오기 시작하네요. 오늘도 미세먼지 농도가 제법 높다고 하던데요~ 골프 다녀오시면 가글하시고 손도 잘 닦으세요. 아범은 이제 내일이면 퇴직하고 다시 새로운 길로 가네요~ 사람이 자기가 하고 싶은 것 하고 살 수 있는 게 가장 큰 행복이라는데, 아범은 평생 전공을 살려 일하고 이제 노후에는 자기가 좋아하는 공부를 하면서 또 다른 인생길로 접어드네요~ 아버지께서 걱정하시는 것을 알겠는데 65세에 다시 공부해서 일을 시작하기에는 너무 늦고 지금 공부를 시작해서 다시 일을 시작하는 게 옳다고 생각되어서 그렇게 했어요~ 마무리 잘하고 아버지께 인사드리러 갈게요~

2015년

2015. 1. 2. (금) 오전 5:43:56

아버지~ 안녕히 주무셨어요? 어제 일찍 잤더니 이른 새벽에 눈이 떠졌네요~ 요즘 저희 집 개가 귀에 탈이 나서 소독도 해주고 간식도 주었어요~ 개도 나이가 드니까 이거저거 보살펴줄 게 많네요~ 아버지는 원래 개를 좋아하셔서 어렸을 적 우리 집엔 개가 항상 두 마리 이상 있었지요~ 개가 사납게 짖어대어 엄마가 시끄럽다고 뭐라 하시면 아버지는 사람 사는 게 그렇지 그럼 절간에 가서 살지 하셔서 모두 웃곤 했지요. 오늘 오빠 생일인데 아침에 미역국 맛있게 드셔요~

2015. 1. 6. (화) 오전 7:29:14

아버지~ 안녕히 주무셨어요? 엊그제 아버지 말씀하신 대로 절기(節期)도 옛날 말인지 일 년 중 가장 춥다는 소한(小寒)이 오늘인데, 눈이 아니라 비가 내리네요~ 소한에 얽힌 말은 많아요~ 다 엄청 춥다는 말이지요~ 예전 사람들은 이때 저장해둔 농산물로 손이 많이 가는 만두, 팥앙금떡, 엿 등 음식을 해먹었다고 해요~ 요즘은 음식뿐만 아니라 과일도 제철 과일이란 말이 무색해질 만큼 때도 없이 먹을 수 있으니, 절기에 따른 음식을 특별히 분류하는 것도 별 의미가 없는 것 같아요~ 다만 어렸을 적 할머니나 엄마가 해주시던 음식들은 계절과 상관없이 늘 그리울 뿐이지요~ 그걸 생각하고, 저도 애들이 좋아하는 음식을 집에서 많이 만드는 편이에요. 그것도 추억이 될 테니까요~ 엄마가 많이 좋아 보이셔서 돌아올 때 마음이 가벼웠어요~ 엄마가 하시는 펌프기계를 보냈어요~ 아마 오늘 받으실 거예요. 엄마는 누군가 해줘야만 하실 수 있으니 정해놓고 하지만 아버지는 수시로 하세요~ 일어나서 주무시기 전에는 꼭 하시고 또 여유 시간에도 하세요. 많이 할수록 좋으니까요. 오늘 비 그치고 나면 기온이 내려간다니 감기 안 걸리게 조심하세요~ 오늘도 편안한 하루 보내세요~~♡

2015. 1. 9. (금) 오전 5:53:04

아버지~ 안녕히 주무셨어요? 오늘부터 날이 풀린다고 하지요~ 예전과 달리 사람들 입성이 좋아진 데다가 건물 안으로 들어가기만 하면 따뜻하고 웬만하면 차를 타고 다니니, 그렇게 추운 겨울을 느끼지 못하는 것 같아요. 요즘 노부부의 이야기인 '님이여, 저 강을 건너지 마소'라는 영화가 잔잔한 감동을 준다는데 마침 텔레비전의 다시 보기 프로그램에서 그분들 이야기와 만날 수 있어 보았어요~ 강원도 깊은 산골에서 노부부 둘이 젊은 부부들 살듯 애틋한 정을 나누며 사는 모습을 보며, 지난주 말 우리 아버지와 엄마가 지내시는 모습이 생각났어요~ 부디 두 분이 지금처럼 다정한 모습으로 우리 곁에 오래오래 계셨으면 좋겠어요~ 보내드린 펌프 아침저녁으로 꼭 하세요~ 전신에 혈액순환을 좋게 해주거든요~ 아버지는 엄마와 달리 왼쪽 발부터 하는 거 잊지 마시고요~ 오늘도 즐거운 하루 보내세요~♡♡♡

2015. 1. 12. (월) 오전 7:44:00

아버지~ 안녕히 주무셨어요? 또 새로운 한 주가 시작되네요~ 하루가 다르게 아침 창가가 훤해지는 게 빨라지네요~ 전에는 집에서 기르는 나무나 화초 종류가 다양하지 않지만, 어렸을 적 아버지께서 기르시던 나무들은 지금도 보면 금방 알아보지요~ 그런데 도무지 보기 힘들었던 유도화를 며칠 전에 근처의 온실에서 보았어요~ 꽃은 달려있지 않았지만 꼭 예전 친구를 본 듯 반가웠어요~ 아마 아버지도 유도화를 보신다면 반가우실 거예요~ 그렇게 좋은 것을 보면 아버지 엄마도 같이 보면 얼마나 좋아하실까 하는 생각에 멀리 사는 게 아쉬울 때가 많아요~ 날 풀리면 꼭 한번 다녀가세요~ 오늘도 즐겁게 하루 지내세요.

2015. 1. 15. (목) 오전 7:52:44

아버지~ 안녕히 주무셨어요? 부지런하신 아버지는 지금쯤 일어나신 지 한참 되셨겠지요? 저는 아침마다 알람을 맞춰놓고 일어나는데 제가 맞춰놓은 시간은 6시 10분이에요~ 대부분 알람이 울리기 전에 눈이 떠지지만 가끔씩은 알람이 울리는 소리를 듣고 깨지요~ 오늘은 알람소리를 듣고 깼어요~ 영신이가 월수금요일은 퇴근 후 학원을 들러서 오느라고 11시가 다 돼서 돌아오거든요~ 어제 영신이 돌아오는 거 보고 좀 늦게 잤더니 알람이 울리도록 잤네요~ 이렇게 원인 없는 결과는 없지요~ 오늘을 잘 살아야 편안한 내일이 있다는 걸 조그만 일상에서도 느낄 수 있으니 말이에요~ 내일 비나 눈이 온다더니 날이 잔뜩 흐렸네요~ 그러고 나면 또 좀 추워지겠지요~ 감기 조심하세요~

2015. 1. 19. (월) 오전 7:10:52

아버지~ 안녕히 주무셨어요? 또 새로운 주가 시작되는 월요일이에요~ 어제 저녁을 먹고 아범하고 걸으러 나갔더니 눈발이 날려서 그냥 들어왔는데, 밤새 눈이 많이 내렸을 줄 알았더니 조금만 내렸네요~ 겨울 가뭄이 심해서 봄에 농사 시작할 때 지장이 있을 거라던데, 걱정이네요~ 요즘 주말 드라마 '가족끼리 왜 이래'가 사람들 마음을 뭉클하게 해서 화제인데요~ 엄마 제삿날도 기억 못 하고 아버지 생신날도 기억 못 하는 자식들에게 가족의 소중함을 가르치는 아버지의 마음이 시청자들을 감동시키고 있지요. 그 드라마를 보면서 아버지 엄마께 감사드리지요~ 저희들에게 뭐가 소중한지 가르쳐 주시는 산 증인이시니까요~ 두 분을 거울삼아 애들을 잘 가르치겠어요~ 미세먼지 농도가 나쁨이라는 예보네요~ 건강에 조심하세요 ~ 내쉬는 숨을 길게 길게 하는 습관을 들이세요~

2015. 1. 21. (수) 오전 7:09:20

아버지~ 안녕히 주무셨어요? 아직 밖은 캄캄하네요~ 한 해 마지막 절기인 대한이 어제 지나갔지요~ 입춘(立春) 맞을 준비를 하는 때라지요~ 보통 매달마다 그달을 관장하는 귀신이 있는데, 윤달인 13월은 관장하는 귀신이 없데요~ 그래서 윤달엔 이사를 하고 집을 고쳐도 탈이 안 난대요~ 마찬가지로 대한 후 5일 입춘 전 3일은 뭘 해도 탈이 안 나는 때라지요~ 그래서 옛날 사람들은 이때 집을 고치고 했다네요~ 겨울을 이기기 위해 시래깃국에 잡곡밥을 해 먹는다지요~ 예전에 엄마가 해주시던 시래기 나물을 참 좋아했었는데, 제가 하면 그 맛이 나질 않아요~ 오늘은 날이 포근할 거라네요 ~ 그래도 추우니까 감기 조심하세요~ 물 많이 드세요~

2015. 1. 24. (토) 오전 6:26:45

아버지~ 안녕히 주무셨어요? 한겨울 날씨가 마치 봄날같이 변덕이 심하네요~ 오늘은 토요일이라 영신이 출근도 안 하고 하니까 늦잠 좀 자려고 했는데 습관이 무섭지요~ 눈이 일찍 떠졌네요 ~ 예전에 엄마가 하시던 것처럼 일어나면 세수하고 향을 피우지요~ 향은 연기 속에 액을 담아서 날아간다지요~ 항상 우리 가족과 아버지 엄마 그리고 내 주변 사람들이 편안하기를 기원하지요~ 몽고 쪽에서 시작한 황사가 우리나라까지 와서 그로 인해 유행성 결막염이 유행이라네요~ 밖에서 돌아오시면 제일 먼저 손부터 꼭 닦으세요. 오늘 주말이니까 엄마랑 즐겁게 지내세요~

2015. 1. 26. (월) 오전 10:17:49

아버지~ 안개가 앞이 안 보이게 잔뜩 끼었네요. 출근 잘 하셨어요? 내일부터 기온이 내려가지만, 오늘은 많이 포근하다네요. 이렇게 포근한 겨울 날씨에는 노로바이러스에 감염되기 쉽다네요~ 특히 회나 생굴을 조심하세요~ 영신이가 금요일에 출장 갔다가 회도 먹고 생굴도 먹었다더니 노로바이러스에 감염되어 이틀 동안 고생하고 오늘 출근했어요. 젊은 애라 금방 회복되었지만, 노약자는 잘 회복 안 된다니까 회 드셔도 가급적 생굴은 들지 마세요. 오늘도 하루 즐겁게 보내세요.

2015. 1. 31. (토) 오전 6:26:50

아버지~ 안녕히 주무셨어요? 오늘까지 반짝 추위가 있을 거래요~ 내일부터는 포근한 날씨가 될 거라네요~ 아버지께 조심하시라고 말씀드리고는 제가 탈이 나서 이틀을 고생했어요. 다행히 증세가 심하지 않아서 이틀만 앓고 나았어요~ 엄마같이 면역력이 약해지신 노약자는 더 고생을 하시는 것 같아요~ 같이 굴을 먹은 아범은 괜찮은데 저만 탈이 난 걸 보면 굴 먹었다고 다 발병하는 것은 아니겠지요. 하지만 조심하시는 게 좋을 것 같아요~ 주말에는 뜨끈한 전골 같은 음식 드시면 전혀 문제없을 것 같아요~ 엄마와 함께 주말 즐겁게 보내세요~

2015. 2. 3. (화) 오전 6:09:49

아버지~ 안녕히 주무셨어요? 내일이 입춘이라 그런지 날씨가 봄날같이 바람은 찬대도 햇볕은 따끈하네요~ 음력이 늦어져서 아직도 설 명절이 멀었는데 양력은 벌써 2월에 접어들었네요~ 엄마는 어제도 죽을 드셨다는데 얼른 쾌차하시어 몸보신할 수 있는 음식을 드셔야 원기회복하실 수 있을 텐데 걱정이네요~ 아버지는 요즘 펌프 잘하고 계신가요? 펌프 막대기 위에 종아리 얹어놓고 마사지도 틈틈이 하시고요~ '가족끼리 왜 그래'라는 주말 드라마를 볼 때마다 아버지 엄마가 많이 보고 싶어요~♡

2015. 2. 6. (금) 오전 7:13:00

아버지~ 안녕히 주무셨어요? 저는 어제 잘 내려왔어요~ 부모님이 곁에 계신 것만도 부러울 일인데 이렇게 좋은 날에 부모님이 함께 축하해주시며 자리를 마련해주시니 친구들이 저를 엄청 부러워해요~ 저 또한 어제 너무 행복했어요~ 아버지, 고맙습니다~ 저도 아버지처럼 아랫사람들에게 넉넉한 마음으로 베푸는 어른이 되겠어요~ 올해는 을미년(乙未年)이잖아요~ 을(乙)은 목(木)이고 미(未)는 토(土)인데 목극토(木克土)이기 때문에 을(乙)은 부모이고 미(未)는 자식인지라, 올해는 어른이 자식들이 잘못하면 큰소리로 꾸짖어야 그 잘못이 바로잡아지는 해라네요~ 그러니 올해는 더욱 큰소리로 저희들을 꾸짖으시어 바로 잡아주세요~ 엄마도 걱정했던 것보다 얼굴도 좋으시고 어제 식사도 맛있게 하시는 것을 보고 와서 제 마음이 더없이 행복한 생일입니다~ 다시 한 번, 아버지, 엄마, 고맙습니다 ~

2015. 2. 11. (수) 오전 7:06:03

아버지~ 안녕히 주무셨어요? 날씨가 그야말로 제 마음대로네요~ 엄청 추웠다가 하루 만에 다시 봄날같이 포근해지네요~ 이럴 때 노약자분들은 조심하셔야 해요~ 그런데 공기가 달라지기 시작한 거 같아요. 제가 환절기 되면 시작하는 재채기를 어제부터 시작했으니까요~ 내일은 아버님 제사고 다음 날은 어머니 눈 백내장 수술 예약일이라 바쁘네요~ 기온이 오르면서 미세먼지 농도가 높아지니까 외출에서 돌아오시면 손 꼭 닦으세요. 오늘도 즐거운 하루 보내세요~

2015. 2. 14. (토) 오전 7:23:31

아버지~ 안녕히 주무셨어요? 기온이 아직 낮은데도 낮엔 창으로 들어오는 햇살이 따뜻해서 추운 줄 모르겠어요~ 어젠 낮에 입고 있는 옷이 두꺼운가 하고 생각할 정도였으니까요~ 예전의 주거환경이라면 이맘때쯤에 상상도 못 할 일이겠지요~ 그런데 정말 좋아진 건 의술이에요~ 전에 아버지 백내장 수술을 하셨을 때는 절대안정을 위해 입원하셔서 시간을 보내셨잖아요~ 그런데 어머니 백내장 수술을 하시는 것을 보니, 그냥 동네 병원에서 종기 째듯이 순식간에 하고는 정상적인 생활을 하시네요~ 명절 연휴 탓에 연휴 끝나고 나머지 한쪽을 하시기로 했어요~ 아버지, 백내장 수술하셨을 때 많이 불편하셨죠? 내가 세상에서 제일 존경하는 울 아버지, 부디 오래오래 건강하세요~~

2015. 2. 19. (목) 오후 4:00:06

아버지~ 오늘도 편안히 잘 지내셨어요? 저희도 차례 지내고 성묘도 다녀오고 이제 좀 한가해졌어요. 경자는 벌써 세배 왔지요? 저희는 다음 주말에 영신이 데리고 세배 갈게요~ 날씨가 어찌나 포근한지 성묘 가서 추울까 봐 옷을 잔뜩 껴입고 갔다가 오히려 더워서 차문을 다 열고 다녔어요~ 올 한 해 더욱 건강하세요.

2015. 2. 22. (일) 오전 7:26:30

아버지~ 안녕히 주무셨어요? 어젠 종일 비가 오더니 오늘은 오후부터 개이기 시작한다네요. 명절날이 우수(雨水)여서 비가 오면 어쩌나 했는데~ 보통 정월 보름 때쯤 우수가 되는데 올해는 음력이 늦어서 설 명절날도 늦어졌네요~ 우수는 언 눈이 녹아 비가 되어 내린다고 하지요. 나무에 새싹이 움트기 시작하고 바야흐로 봄이 시작되는 때이지요~ 봄은 새울음 소리가 들리면 시작된다고 했는데 앞산에 새들도 지저귀기 시작해서 제법 시끄럽기까지 해요~ 대신

봄엔 잦은 황사로 특히 눈 건강 조심하셔야 해요~ 오늘도 비 그친 뒤 황사가 올 거라니까 외출에서 돌아오시면 손부터 닦는 거 잊지 마세요~ 오늘은 일요일이니까 엄마랑 즐겁게 보내세요~

2015. 2. 24. (화) 오전 7:21:51

아버지~ 안녕히 주무셨어요? 드디어 황사가 기승을 부리기 시작했네요~ 어젠 아버지 엄마께 세배 갈 때 예쁘게 보이려고 파마하러 가는데 이곳은 비교적 다른 데보다 덜한 편인데도 하늘이 뿌옇더군요~ 이럴 땐 호흡기 질환이나 눈병을 조심해야 해요~ 밖에서 돌아오시면 손 닦으시고 가글하시고 물을 많이 드세요~ 오늘은 황사경보는 해제되었지만 그래도 남은 황사가 건강을 해칠 수 있다니 물 많이 드시고 조심하세요~ 오늘도 즐거운 하루 보내세요~~♡

2015. 2. 26. (목) 오전 7:57:08

아버지~ 안녕히 주무셨어요? 봄 날씨가 완연하네요~ 밤새 봄비까지 내려 앞산 나뭇잎들이 눈에 띄게 달라졌어요~ 이 시간이면 깜깜했던 창가도 훤해지고요~ 이제 점점 해가 길어지겠지요~ 자기와의 약속을 잘 지킨 사람 이야기가 오늘 신문에 실렸는데 그중 한 사람은 택시 운전기사에요. 15년째 택시 운전을 하고 있는데 근무일을 한 번도 빠진 적이 없고 손님들에게 행운을 가져다줄 수 있는 덕담을 하여서 심지어는 자살을 하려는 손님에게 다시 새 삶을 살게 한 일도 있었다고 하네요. 물론 처음부터 그랬던 게 아니라네요. 처음엔 술 취해서 택시를 타서 폭언하는 손님과 싸움도 많이 했는데, 자기가 먼저 변해야 되겠다고 생각해서 손님이 타면 먼저 좋은 말로 맞이했다고 해요. 그랬더니 택시 안의 분위기도 좋아지고, 각 계층의 손님들한테 글을 받은 것도 몇 권 분량이라고 하네요. 사람과의 관계를 개선하고자 할 때 상대를 탓하기보다 자신이 변하는 게 가장 좋고 쉬운 방법인 거 같아요. 기사들 교육하실 때 참고하세요. 동아일보 오늘 신문에 나온 기사였어요~ 달리는 행복택시라네요~

2015. 3. 2. (월) 오전 7:02:21

아버지~ 안녕히 주무셨어요? 주말에 세배를 엄마께만 드리고 왔네요~ 아버지께서 주시는 세뱃돈은 세배도 안 하고 받아 갖고 왔어요. 간병인 아줌마가 옆에서 보고 자기는 엄마한테 돈을 드리는데 부모님께 돈을 받아간다고 부러워하네요. 아줌마뿐만 아니라 모두들 이 나이 되도록 부모님께 세뱃돈을 받는다면 엄청 부러워하지요~ 저희들 세뱃돈 내내 받고 싶어요~ 오늘 아범은 입학식 하는 날이에요. 이제 학교생활이 시작되는 거지요~ 무사히 학교 잘 마칠 수 있게 해달라고 기도했어요~ 한 주가 시작되는 월요일이에요~ 서해 쪽은 옅은 황사가 있다네요~ 외출에서 오시면 꼭 가글하시고 손 닦으세요~ 오늘도 즐겁게 하루 보내세요~♡♡

2015. 3. 2. (월) 오전 10:32:41 (아버지의 편지)

어제 영신이가 왔다 갔다. 제 사촌들과 어울려 노느라고 그랬겠지만, 오는 즉시 할아버지를 찾아와서 세배를 해야 할 노릇이지, 하룻밤 지난 뒤에 너희들 오빠와 바둑을 두고 있는데 인사하러 왔더라. 나이가 몇 살인데, 잘 가르쳐라. 시집보낼 생각도 해야지. 무엇보다도 딸자식 교육은 어미한테 달린 것이다.

2015. 3. 4. (수) 오후 1:54:19

아버지~ 바람이 불어서 산에는 나뭇가지들이 마음대로 춤추는데~ 햇살은 마냥 따뜻하네요~ 영신이가 할아버지께서 세배 그만두라고 하셨다 해서, 저희도 그 애가 제때 안 해서 그러셨나 보다 했어요. 아버지 말씀 듣고 영신이를 나무랐더니 잘못했다고 하네요. 아버지 말씀대로 놀다 들어오니까 할아버지 계셔서 그냥 인사만 했는데, 나중에 생각이 났다고 하네요. 제가 단단히 주의를 시켰으니 걱정 놓으셔요. 오늘은 하늘이 비교적 맑네요~ 원래 황사가 4월에 많이 오는데 지구 온난화로 중국과 몽골의 해빙기가 앞당겨져서 3월에 황사가 심하다네요. 송도는 중국에서 불어오는 황사의 영향을 많이 받는 편이라 호흡기 약한 어른들은 특히 조심하셔야 해요. 수시로 물을 드세요~

2015. 3. 6. (금) 오전 9:15:58

아버지~ 출근 준비 중이시겠네요~ 어제 과학관에 개강해서 갔었는데 90세 되신 할아버지와 87세 되신 할머니 부부가 또 건강하게 나오셨더라구요. 아버지와 엄마랑 연배가 비슷하시니까 그분들 뵈면 우리 부모님 같은 생각이 들어요. 엄마도 잘 걸으셔서 이런 좋은 강좌도 다니시면 얼마나 좋을까 하고 생각했어요. 오늘이 경칩(驚蟄)인데~ 바람이 아직 차네요. 어제는 보름달을 보고 소원을 빈다는 정월 대보름이었는데 아버지는 달구경 하셨어요? 저희는 아범이 수업이 늦게 끝나니까 집에 와서 밥 먹는 시간이 늦어져서, 밥 먹고 치우고 그러다 달구경도 못하고 잤어요. 그렇지만 매일 부모님을 비롯한 우리 가족들 모두 무탈하기를 기도하지요~ 동지로부터 81일쯤이 경칩인데, 농부들은 9일씩 나누어 구구가(九九歌)를 불렀다네요. 구구가는 겨울 동안 느슨해진 농부들 마음을 다지게 해주는 노래로, 경칩 즈음인 9번째 마지막 기간에는 밭 가는 소가 눈에 많이 보이는 때라고 해서 부른 노래가 구구경우(九九耕牛)라네요. 주거환경이나 생활방식이 바뀌어서 아이들은 물론이고 어른들에게도 다 생소한 느낌이 들 정도로 변했지만 그래도 지금이 그런 때구나 하고 생각해 보는 것도 좋을 것 같아서 말씀드렸어요. 오늘은 하늘이 맑으네요~

2015. 3. 10. (화) 오전 5:38:16

아버지~ 안녕히 주무셨어요? 어제 일찍 잤더니 오늘은 다른 날보다 더 일찍 눈이 떠졌네요~ 창가가 훤해서 보니까 조금 이지러진 보름달이 환하게 비추고 있네요~ 어렸을 적 국어책에 은가루를 뿌려놓은 듯 달빛이 환하다는 말이 있었는데, 정말 바닥에 은가루를 뿌려놓은 듯 예쁘게 비추고 있네요~ 한파주의보가 내렸다더니 밖에 바람 소리도 요란해요~ 저희 집은 바로 창 앞이 산이라 이렇게 바람이 많이 부는 날에는 나뭇잎들 날리는 소리가 마치 소낙비 내리는 것 같이 시끄럽게 들려요~ 오늘은 옷 든든히 챙겨 입고 나가세요~ 감기가 극성을 부리니 조심하셔야지요. 오빠가 어제 오라고 전화했었는데, 어제는 어머니 안과에 진료 예약한 날이라 시간을 낼 수 없었어요~ 어제 아버지하고 통화한 대로 일요일에 찾아뵐게요~ 오늘 날씨 차니까 거듭 말씀드리지만 감기 조심하셔요~ 밖에서 들어오시면 등을 따뜻하게 하세요~ 감기는 등으로 들어온다는 말이 있거든요~

2015. 3. 17. (화) 오전 6:27:57

아버지~ 안녕히 주무셨어요? 이젠 정말 봄이 된 것 같아요~ 어제는 기온도 20도 가까이 올라가고 햇볕도 봄볕같이 따가웠어요~ 이럴 때 햇볕을 쬐면 얼굴이 그으른다고 해서 옛말에 봄볕엔 며느리를 내보내고 가을볕엔 딸을 보낸다는 말이 있지요~ 햇볕을 쬐는 것은 건강에 아주 좋으니까 엄마랑 같이 앞의 공원을 걸으면서 햇볕 받으세요~

2015. 3. 18. (수) 오후 2:46:38

오늘은 봄비가 마치 여름 장맛비 같이 내리네요~ 누가 그러네요~ 이건 비가 아니고 돈이 내리는 거라고~ 지금 너무 가물어서 여러 가지로 힘든데 이렇게 비가 오니 돈으로 환산하기도 힘든 만큼의 경제적인 가치가 있는 것이라네요. 앞산에 비 내리는 모습이 너무 아름다워요~ 이 비가 그치고 나면 그야말로 봄봄봄이겠지요~ 꽃들이 만개하고 새가 울고~ 저는 개인적으로는 꽃가루 날리고 황사먼지 날리는 봄을 싫어하지만, 집안에 앉아 새소리 들으며 꽃 감상할 수 있음에 항상 감사하는 마음으로 봄을 맞이하지요~ 영신이가 고양이를 얻어 와서 기르는데~ 고양이 털이 개털보다 길고 스웨터에 잘 박혀서 테이프로 떼어내어도 잘 떨어지지 않아요. 일일이 손으로 털을 떼어내다가, 전에 아버지께서 저희들 교복 손질하는 것도 챙겨주시던 것이 생각났어요. 언니가 중학생이 되었는데 엄마가 안 계셔서 교복에 카라를 잘 달지 못하니까 아버지께서 같이 달아주시던 모습이 생각나요~ 다른 집 아버지들도 다 그러시는 줄 알았었는데, 친구들이 이야기를 듣고 깜짝 놀라데요. 그래서 저는 아버지가 다른 아버지들과 달리 가정적이신 걸 알았어요. 친구들이 지금도 말하지요~ 제가 너무 부러웠다고요~ 그렇게 친구들이 부러워하는 아버지가 계셔서 저는 정말 좋아요~♡

2015. 3. 23. (월) 오전 6:28:31

아버지~ 안녕히 주무셨어요? 그야말로 봄 날씨네요~ 변덕도 심하고 바람도 그렇고요~ 오늘은 좀 쌀쌀하다네요. 주말엔 농수산물시장에 가서 이거저거 야채를 많이 사 와서, 열무김치도 담그고 무생채도 하고 풋고추 넣고 멸치도 조리고 그랬더니 식구들이 밥을 아주 맛있게 먹네요~ 주부는 해놓은 반찬을 가족들이 맛있게 먹을 때 기분이 좋아지지요~ 저는 재래시장을 좋아해요~ 그래서 재래시장에 가면 생각보다 장을 많이 보게 되지요~ 요즘은 한창 봄나물들이 나오기 시작하는 때라 시장이 어찌나 풍성해 보이던지~ 새로운 기운 듬뿍 받고 왔어요~ 봄나물 많이 드시고 춘곤증 이겨 내세요 ~~

2015. 3. 27. (금) 오전 7:43:54

아버지~ 안녕히 주무셨어요? 일교차가 아주 크네요~ 이럴 때 노약자분들은 건강을 해치기 쉬우니까 특히 감기 조심하셔야 해요~ 아범이 다니는 학교의 학부생 아이들은 모두 의무적으로 기숙사 생활을 해요~ 그래서 점심시간에 한꺼번에 학생들이 몰려드니까 밥 먹기가 너무 힘들다고 해서 도시락을 싸느라 아침이 늘 바쁘네요~ 아범 학교 보내고 저도 공부하러 가고 그러다 보니 아버지께 안부편지 쓰는 것도 뜸하게 되네요. 자주 편지 쓸게요~ 어젠 과학관에 강의 들으러 갔었는데요 ~ 갈 때는 추워서 옷깃을 여미고 갔었는데 올 땐 더워서 머플러도 다 풀고 돌아왔어요~ 햇볕 좋은 곳엔 벌써 목련과 개나리가 피기 시작했어요~ 그런데 가뭄 때문에 걱정이네요 ~ 봄비가 한번 오고 나면 꽃도 다들 피어날 테고 가뭄 해갈도 될 텐데 비 소식이 없네요~ 그래서 건조하고 미세먼지 많이 날리니까 손 닦고 가글하시고 물 많이 드시는 게 좋은데요~ 물은 3,2,1 숫자대로 드시는데 식사 30분 전에 한 컵, 식사 2시간 후에 한 컵, 주무시기 1시간 전에 한 컵, 이렇게 드시는 게 좋다고 하네요. 물 드시는 습관 들이세요~ 오늘도 우선 물 한잔 드시고 시작하세요~~♡

2015. 3. 30. (월) 오후 9:20:36

하루를 마감하는 시간이네요~ 저녁을 먹고 산기슭을 돌아 천변을 한 바퀴 돌고 들어왔어요~ 산기슭에 핀 매화가 밤이 되니 진한 향기를 품어내네요~ 온갖 꽃봉오리들이 때만 기다리고 있는 것 같이 통통하게 불어 올라서 아마 내일 비 소식에 맞춰 비 오고 나면 일시에 터져 버릴 것 같아요~ 아버지도 잠자리에 드실 시간이지요? 물 한잔 드시고 종아리 근육 푸시고 주무세요. 안녕히 주무세요~~♡

2015. 4. 1. (수) 오전 7:06:19

아버지~ 안녕히 주무셨어요? 어제부터 내리던 비가 아직도 내리고 있네요~ 40년 만의 가뭄이라는데 실제로 날씨의 영향을 크게 받지 않는 생활을 하고 있으니까 실감하지 못하지만, 많이 심각하다고 하니 이참에 비가 많이 내려서 해갈되었으면 좋겠네요~ 오늘은 날이 흐리니까 뜨끈한 국물을 드세요~ 오늘도 즐겁게 지내세요~

2015. 4. 3. (금) 오후 2:56:17

흐린 날은 공연히 마음이 가라앉으니까 예전 생각을 많이 하게 되지요~ 오늘 신문을 보니까 우리나라 사람들 계란 소비량이 한 사람당 250개 정도라니까 하루에 한 개씩은 먹는 것 같지요~ 계란은 영양분이 거의 완벽하게 들어 있어 하루에 한 개씩 꾸준히 먹으면 건강을 유지하는 데에 큰 도움이 된다고 해요~ 예전에 장안극장 앞에 살 때 닭 기르던 생각이 나요~ 가끔씩 영양이 부족해서 그랬나 껍질 없이 물렁한 달걀을 낳으면 아버지와 할머니께서는 몹시 속상해하셨는데 철없는 저희들은 신기해서 좋아했던 생각이 나네요~ 그땐 도시락에 계란 후라이를 얹어주면 그렇게 맛있게 먹었지요. 애들이 학교에 다닐 적 도시락을 쌀 때 그렇게 해주었더니 비린내가 난다고 싫어해서, 저희들 어렸을 적 이야기를 해주며 한참을 웃었어요. 이젠 학교에서 급식하니까 도시락을 안 갖고 다니니~ 요즘 애들은 그런 추억이 없지만, 또 우리가 모르는 다른 추억이 있겠지요? 이번 주가 부활절 주일이라 계란에 대한 기사가 나서 그걸 읽으면서 옛날 추억에 잠겼었지요~ 그 귀했던 계란 반찬~ 오늘 저녁에는 계란찜 할 거예요~ 저희 집 앞산은 비 맞고 새싹들이 나와서 온통 연둣빛이네요~

2015. 4. 6. (월) 오전 11:21:46

　　금 같은 비가 내리고 있어요~ 온통 새순들이 돋아 싱그러운 날이에요~♡ 오늘은 한식날이라 산소에 성묘 가려 했는데, 비가 와서 다음 주말로 미뤘어요. 아침에는 일찍 어머니 모시고 안과에 가서 백내장 수술받은 거 검진하고 왔어요~ 이제 3개월 후에 가면 된다네요~ 놀라운 의료 기술의 발전이지요~ 어제는 매년 이맘때 행사인 조기 사러 강경에 갔었지요~ 수온이 높아져서 그렇다는데, 조기가 잘 잡히지 않는다고 해요. 그래서 물건도 많이 없고 가격이 높은데도, 작년에 아버지께서 직접 전화도 하셨기에 특별히 작년과 맞추어 주느라고 이문을 좀 덜 남긴다고 하더라구요~ 그냥 전화로 주문해도 되지만 직접 가서 고르고 담아서 보내는 것과 확실히 다르다고 경자도 그러더라고요~ 아버지 댁에 보내는 것은 저도 그렇지만 그 사장도 신경 많이 써서 좋은 것으로 보냈어요~ 좋은 것을 골라서 담아 놓고 돌아오면 우리 가족이 모두 일 년 동안 맛있는 조기를 먹겠구나 하는 생각에 힘들어도 뿌듯해요~ 맛있게 드세요~ 날이 연이어 궂으니까 기온도 내려가 스산하네요~ 오늘 점심엔 뜨끈한 국물 드세요~~

2015. 4. 12. (일) 오전 9:32:57

　　화창한 봄날이네요. 저희는 오늘 한식 때 못 간 성묘를 가기로 했어요~ 갔다가 어머니 꽃구경 시켜드리고 점심도 먹고 오기로 했어요~ 어제는 막내 작은아버지 칠순이셨다는데 미리 알았더라면 아버지 엄마도 뵙고 자리에도 참석하고 그랬으면 좋을 뻔했지요~ 칠십을 고희(古稀)라고해서 예전에는 칠십까지 사는 게 드문 일이라고 해서 옛 고 자에 드물 희 자를 써서 그만큼 오래 살았다는 뜻을 표현했는데, 사람들 수명이 길어져서 얼마 전에 유엔에서 사람들 나이 분류를 다시 했다네요. 0~17세는 미성년자, 18~65세는 청년, 66~79세는 장년, 80~99세는 노년, 100세 이상은 장수노인 이렇게 분류했다니, 저는 아직도 청년이네요~ 아버지도 내내 건강하시어서 장수노인 대열에 서시길 바래요~ 엄마랑 꽃구경 가세요~~

2015. 4. 14. (화) 오전 8:27:59

아버지~ 아침진지 잘 드셨지요? 날씨가 흐리니까 새들이 낮은 곳에서 울어서 울음소리가 아주 가까이에서 들리네요~ 오늘도 비 예보도 있고 기온도 낮다니까, 옷 따뜻하게 입고 출근하세요. 간병인이 그만두었다는 말을 어제 들었어요~ 걱정이 앞서네요~ 아무래도 엄마가 혼자 방에 계시는 시간이 많을 텐데, 혼자 있는 시간이 많다 보면 전처럼 될까 봐 걱정되네요. 그리고 펌프도 하루 2번씩 하는 게 쉬운 일이 아닌데 올케가 집안일을 보면서 엄마 간호하기가 힘들 텐데~ 그런데 엄마가 싫어하셔서 그렇게 했다는데 아버지께서 엄마를 설득하셔서 전처럼 간병인이 있었으면 좋겠어요~ 저도 엄마께 전화해서 엄마한테는 간병인이 꼭 필요하다고 말씀드릴게요. 엄마가 전같이 침 흘리고 멍하니 있게 될까 봐 걱정돼요~ 생각도 하기 싫어요~ 물론 잘들 알아서 결정하신 거겠지만, 엄마를 염려하는 마음에 아버지께 말씀드려요. 아버지의 엄마를 사랑하는 마음~~♡

2015. 4. 17. (금) 오전 7:47:17

아버지~ 안녕히 주무셨어요? 어제는 바람도 많이 불고 비 오고 어둡고 하더니, 오늘은 언제 그랬냐는 듯 화창한 봄날이네요~ 사람들 사는 것도 날씨와 같은 것 같아요~ 마냥 봄날일 것만 같은 삶도 없고, 늘 힘든 일만 있는 삶도 없으니까요~ 그래서 새옹지마(塞翁之馬)라는 말도 있지요~ 옛날 중국 변방에 노인이 있었는데 어느 날 기르던 말이 도망을 가자 마을 사람들이 노인을 위로했지만, 노인은 그것이 도리어 복이 될 수 있다고 태연해 했다네요. 그런데 어느 날 달아났던 말이 더 좋은 말 한 마리를 데리고 돌아오자 마을 사람들이 축하해주었대요. 하지만 노인은 그것이 도리어 화가 될지 모른다고 걱정했대요. 말이 많아지자 아들이 자주 말을 타고 활쏘기를 했는데, 말에서 떨어져서 다리가 부러졌대요. 마을 사람들이 또 위로의 말을 했지만, 노인은 이게 복이 될지 모른다고 태연했다네요. 그런데 얼마 후 전쟁이 나서 젊은이들이 전쟁에 징집되는데 그 아들은 다리가 부러져서 그걸 면했다는 이야기지요~ 이런 글을 읽으며 좋은 일이 있다고 너무 좋아하지 말고 나쁜 일이 있다고 너무 슬퍼하지 말라고 애들에게 가르쳐야 하는데 바쁘게 돌아가는 현대사회에서는 기다림이 없지요~ 오늘은 몸살 기운이 있어서 공부하러 가지 말고 집에서 쉬기로 했어요~ 그랬더니 모처럼 아침 시간이 여유롭네요~

황사가 있다지만 그래도 햇살이 좋으니까 햇볕 좀 받으세요~~♡

2015. 4. 21. (화) 오전 5:53:48

아버지~ 안녕히 주무셨어요? 잠이 깨서 거실로 나오니 창 밖이 온통 하얘서 깜짝 놀랐어요~ 안개가 심하게 껴서 아무것도 안 보이네요~ 아마 오늘은 날이 맑을 거예요~ 이불 빨래를 해야겠어요 ~ 이번에 온 비로 해갈이 좀 되었는지 어제 저녁 먹고 천변을 걸으 면서 보니 물 흐르는 소리가 제법 크게 들리는 게 물이 많아졌어요~ 오늘 봄볕 많이 쬐세요~ 어제 곡우였는데 나무에 물이 오르기 시작 하는 때이지요~ 요즘 고로쇠물을 먹으면 좋대요~~

2015. 4. 25. (토) 오전 6:39:49

아버지~ 안녕히 주무셨어요? 방금 꿈에서 아버지와 엄마 를 뵈었어요~ 꿈에서 엄마는 걸음도 잘 걸으시던데~ 하루가 다르게 기온이 올라가고 있으나 일교차가 심하네요~ 이럴 때 건강에 유의 해야 하지요~ 다음 주 화요일은 두 분 결혼기념일에 식사할 식당을 예약 했어요~ 좋은 곳을 가면 늘 부모님을 모시고 갈 수 있으면 얼 마나 좋을까 했는데, 그런 곳을 갈 수 있게 되어서 얼마나 마음이 즐 거운지 모르겠어요~ 그 식당의 뜰에 가득 찬 항아리와 활짝 핀 꽃을 보시고 엄마가 좋아하실 걸 생각하면 화요일이 무척 기다려지네요~

2015. 4. 29. (수) 오전 8:56:43

오늘은 봄비가 촉촉이 내리네요~ 어제 먼 길 다녀가시느라 피곤하셨지요? 예상했던 대로 엄마가 많은 항아리를 보시고 아주 좋아하셨어요~ 진열해 놓은 전국의 항아리들 가운데 경기도식 항아리들을 보시고 전에 쓰시던 항아리 모양이라고 하시며 좋아하셨어요~ 우리 형제 모두 부모님 모시고 즐거운 한때를 보내고 나니, 돌아오는 길이 무척 행복했어요~ 내년에도 후년에도 어제와 같은 자리를 만들 수 있게 두 분 건강하셔야 해요!~♡ 아버지는 항상 너무 멋지셔요~~ 멋쟁이 우리 아버지~~

2015. 5. 3. (일) 오전 6:37:53

아버지~ 안녕히 주무셨어요? 드디어 송홧가루가 날리기 시작했는데 비가 내려 송홧가루를 씻어 내렸어요. 올해는 송홧가루가 좀 덜 날리겠네요~ 송홧가루 날리면 강아지 털까지도 노랗게 변할 정도니, 종일 걸레를 들고 있어야 할 정도지요~ 반가운 봄비네요~ 오늘은 비 그치고 나면 산에 다녀와야겠어요. 비 온 뒤 산에 가면 수분을 머금은 소나무들이 피톤치드를 내 품어서 건강에 좋다고 해요~ 아버지도 엄마하고 산책하세요~♡

2015. 5. 6. (수) 오후 2:54:17

오늘은 여름이 시작되는 입하(立夏)에요~ 며칠 전 날씨가 이상 기온이었던 건지~ 오늘은 오히려 아침이 서늘했어요~ 일교차가 많이 나니 건강에 유의해야 할 때인 거 같아요. 모레는 어버이날이라 아버지와 엄마 모시고 식사하러 간다던데, 저는 여기서 어머니 모시고 식사하러 가기로 했어요~ 못 뵙더라도 아버지와 엄마에게 감사드리는 마음은 마찬가지예요. 남은 하루 즐겁게 잘 보내세요~

2015. 5. 9. (토) 오후 8:45:05

아버지~ 저녁 진지 잘 드셨어요? 저녁밥을 먹고 아범하고 산책을 한 다음 들어왔어요~ 앞산에 핀 아카시아 꽃향기가 온 마을에 퍼져 꽃향기에 취해서 들어왔어요~ 어제는 잘 보내셨지요? 경희랑 경자가 사진을 보내주어서 잘 보았어요~ 저희도 어머니 모시고 잘 보냈어요~ 5월은 여러 가지 가족과 관계되는 날이 많아서 그런지 신문에 연신 무너져가는 가족관에 대해서 보도를 하네요~ 가족은 있는 그대로 받아들이고 보듬다 보면 다 감싸 안을 수 있다고 하네요~ 언니가 아버지 팔짱을 끼고 서서 찍은 사진을 보니 아버지와 언니는 많이 닮은 거 같아요. 그리고 너무 좋아 보였어요~ 가족은 그렇게 다 함께 가는 거라고 하네요~ 함께하지 못했어도 함께한 듯 사진을 보면서 저도 즐거웠어요~ 주무시기 전에 물 한 잔 드시고 종아리 푸시고 주무세요~ 안녕히 주무세요~

2015. 5. 12. (화) 오전 8:16:42

아버지~ 안녕히 주무셨어요? 앞산에 아카시아 꽃이 활짝 피어서 마치 눈을 뿌려 놓은 것 같아요~ 이럴 땐 거실에서도 꽃향기를 맡을 수 있는데, 비가 와서 창을 닫았더니 아쉽게도 꽃향기를 맡을 수 없네요~ 그래도 계절의 여왕 5월답게 거리엔 화사한 꽃들이 만발했어요~ 참, 저희가 사는 유성구에는 이팝꽃이 아주 많아요~ 이팝꽃은 만개하면 마치 쌀밥을 밥그릇 수북이 퍼 놓은 것 같다고 해서 먹을 것 부족했던 시절에 쌀밥을 동경하는 마음에서 붙여진 이름이라네요~ 향기도 좋고 화려하지요~ 요즘은 유성 온천장 주변에서 이팝꽃 축제가 한창이에요~ 엄마가 몸이 자유로우시면 이곳에 오셔서 온천도 하시고 꽃구경도 하실 텐데. 그러면 얼마나 좋을까 하는 생각에 눈물이 나요. 그래도 엄마는 든든한 버팀목이 되어주시는 아버지가 옆에 계시니 다행이에요~ 오늘도 활기차게 하루를 보내세요 ~♡

2015. 5. 15. (금) 오후 8:17:51

아버지~ 저녁 진지 잘 드셨어요? 비가 오려는지 날이 흐리고 약간 무더운 듯한 느낌의 날씨이네요~ 오늘은 스승의 날이라 아범은 대전 시내에 계신 은사님 뵈러 가고 저는 혼자서 산책하러 나가려다 몸도 찌뿌둥해서 그냥 매트를 뜨겁게 하고 찜질을 하고 있어요~ 저희들이 제일 처음 만난 스승은 물론 부모님이시죠~ 어렸을 적 긴 책상에 저희들 앉혀놓고 일일이 지도해주시던 부모님 모습은 저희가 자식을 낳고 기를 때 제일 닮으려고 했던 모습이에요~ 겨울 날 밤에 지하실에 묻어 놓았던 무를 깎아 주셔서 먹던 때의 그 맛은 지금도 잊지 못하죠~ 가끔씩 부모님께서 비밀 이야기를 하실 때 일본어로 말씀하시면 너무 신기했었는데~ 요즘은 애들이 너무 잘나서 애들 말을 저희가 못 알아들어요~ 우습지요? 오늘 스승의 날을 맞아 저희들 평생 스승이신 아버지와 엄마께 감사 인사드립니다~ 고맙고 사랑하는 우리 부모님~♡ 안녕히 주무세요~~

2015. 5. 17. (일) 오전 6:47:20

아버지~ 안녕히 주무셨어요? 앞산에서 벌써 뻐꾸기가 울어대기 시작했네요~ 5월이 되면 뻐꾸기가 온 산이 울리도록 쩌렁쩌렁한 목소리로 울어대는데 그 소리가 어느 때는 호령하는 것 같기도 하고 어느 때는 청아한 것이 마치 경희가 무대에서 노래하는 것 같이 들릴 때도 있어요~ 무슨 일이든 생각하기 나름이라는 말이 맞는 것 같아요~ 어제 신문을 보니 주말 특집으로 '기억에 남는 외식'이라는 기사가 났어요~ 여러 사람들이 기억에 남는 외식에 대해 글을 썼더라구요~ 그래서 저도 어떤 외식이 기억에 남아 있나 생각해 보았는데, 중학교 졸업식 때였던 거 같아요~ 엄마가 학교 앞에 있는 식당에서 생선덮밥을 사 주셨어요~ 아마 일식집이었던 거 같아요~ 얼마나 맛있었던지 가끔씩 그 맛이 생각나서 제가 흉내를 내보는데 그 맛이 안 나네요~ 그리고 그다음 잊지 못할 외식이 얼마 전에 제 회갑

(回甲)날에 아버지께서 마련해주신 식사자리지요~ 부모님과 우리 5남매가 다 같이 모여 식사를 한 것은 정말 가슴 뭉클한 일이었어요~ 감사한 일이지요~ 생각해 보면 이렇게 감사한 일 투성이에요. 제가 부모님 생각날 때마다 이렇게 편지를 쓸 수 있는 것 또한 감사한 일이고요~ 다음 주 중에 어머니 생신이 있어서 오늘 식구들 다 모일 때 미역국 끓여 먹기로 했어요. 이젠 상 차릴 준비 해야겠어요~ 오늘은 날씨도 화창하네요~ 주말 즐겁게 보내세요~♡

2015. 5. 24. (일) 오후 2:52:13

햇볕이 정말 좋네요~ 앞산에선 뻐꾸기가 큰 소리로 울어대고 바람도 솔솔 불어오는 나른한 오후에요. 이럴 때 노인들은 낮잠을 잠깐 자는 게 좋다던데요. 엊그제 소만(小滿)도 지나서 시기적으로 정말 여름에 접어들어서 그런지 어느새 여름 음식이 생각나네요~. 내일은 냉면 해 먹어야겠어요~ 여름에 엄마가 닭을 삶아서 그 육수로 냉면을 해주시면 참 맛있게 먹었어요~ 저도 엄마처럼 닭을 삶아 육수를 만든 뒤 냉동해 놓았다가 냉면을 해 먹지요. 언젠가 아범 직원이 왔을 때 그렇게 해주었더니 너무 맛있다고 집에 가서 말해, 그 사람의 부인이 전화로 가르쳐 달라고 한 적도 있어요~ 엄마가 해주신 음식은 정말 맛있었어요. 이젠 엄마가 해주신 음식 먹을 수 없지만 대신 저희들이 해드려야지요~ 기회 되면 냉면 맛나게 해드릴게요~~♡

2015. 5. 27. (수) 오후 2:35:36

햇볕이 어느새 따갑네요~ 여름이 시작되었나 했는데 벌써 기온이 제법 한여름같이 올라가네요. 요즘 외국에서 들어온 새로운 전염병 때문에 비상인데, 외출에서 들어오면 꼭 손부터 닦으세요 ~~ 그리고 물을 항상 많이 드세요~

2015. 6. 1. (월) 오전 7:44:50

아버지~ 안녕히 주무셨어요? 올해는 여름이 더울 거라고 하던데 그래 그런가 연일 기온이 높네요~ 그런데 아침저녁은 쌀쌀해요. 어제 저녁에는 반소매셔츠를 입고 나갔더니 으스스하더라고요~ 이럴 때 감기 조심 하셔야 해요~ 택시에 관련된 기사가 나오면 자연스레 그쪽으로 눈이 가는데 오늘 신문을 보니, 어느 50대 남자가 택시를 타고 다른 지방으로 가자고 해 놓고는 돈이 없으니 알아서 하라는 방법으로 전국일주를 하다가 경찰에 붙잡혔다고 하네요~ 택시기사는 별별 사람들을 다 접해야 하는 직업이지만, 그런 손님을 만나면 황당하겠지요~ 사람 사는 것도 마찬가지 아닐까요? 가끔씩 황당한 일이 앞에 닥치기도 하지요. 그럴 때 슬기롭게 잘 헤쳐나가기 위한 평상시 교육이 필요할 것 같아요~ 책을 많이 읽는 것도 한 가지 방법이겠지요. 그래서 제 나름대로 부지런히 책을 읽으려 해요. 오늘도 기온이 높다네요~ 물 많이 드세요~

2015. 6. 5. (금) 오전 7:30:33

아버지~ 안녕히 주무셨어요? 쉼 없이 지구가 돌고 있기 때문에 계절의 변화가 생기는 거라지요. 아카시아 꽃이 지고 나니 뒤이어 밤꽃이 하얗게 피어 산이 환하네요~ 매일매일 변하는 잎들로 산은 아침에 일어나서 볼 때마다 다른 모습을 하고 있어요. 요즘 농촌에서는 논에 물대고 모내기가 한창인데요~ 전엔 농부들이 나란히 서서 일일이 손으로 하던 걸 기계로 하다 보니 논둑에 둘러앉아 점심 먹는 정겨운 풍경은 없어졌지요. 저도 공무원으로 근무했었을 때 동원되어 모내기 한 적이 있는데, 일하다 들판에서 먹는 밥맛은 꿀맛이었어요~ 또한 마을주민들이 품앗이하는 정겨운 모습도 보기 좋았었는데~ 참, 요즘 메르스 때문에 조심해야 하는데, 아무래도 면역력 약한 노약자분들이 특히 더 조심해야 해요. 외출에서 돌아오시면 양치하시고 손 잘 닦으세요~ 오늘은 비 소식도 있어 더위가 좀 누그러든다네요~ 건강에 특별히 신경을 써야 하는 때인 것 같아요~

2015. 6. 8. (월) 오전 7:44:42

아버지~ 안녕히 주무셨어요? 또 새롭게 시작하는 월요일이에요. 연일 메르스에 대한 방송이 사람들을 위축되게 하네요. 금요일엔 코스트코에 갔었는데 늘 붐비던 그곳이 한가롭게 느껴질 정도였어요. 어느 젊은 엄마는 체온계를 사러 왔다는데 얼마나 정신없이 내려갔다 올라왔는지 주차장에서 차를 어디에 세워 놓았는지 몰라서 한참을 헤매는 것을 보았어요. 저도 마스크 쓰고 나가는 걸 자꾸 잃어버리게 되네요. 아버지도 답답하시더라도 마스크 꼭 쓰고 다니세요. 전에는 콜레라가 제일 무서웠는데, 점점 더 강력한 균들이 인간을 공격하네요. 모쪼록 건강에 유의하세요~

2015. 6. 25. (목) 오전 6:28:47

아버지~ 안녕히 주무셨어요? 어제는 후텁지근하다 비가 오더니 오늘은 좀 흐렸네요. 캐나다 사는 아범 친구가 오라고 한데다 유류 값이 내려서 비행기 값이 전에 비해 반값도 안 되니까 이참에 같이 가자고 해요. 식구들도 이럴 때 한번 갔다 오라고 등 떠밀길래 못 이기는 척 다녀왔어요~ 이렇게 문화와 환경이 완전히 다른 먼 곳으로 처음 여행을 갔는데, 왜 사람들이 여행을 다니는지 알 것 같았어요~ 앞으로도 기회가 있으면 또 가고 싶어요. 그런데 말씀 안 드리고 다녀와 걱정 끼쳐서 죄송해요. 언니도 오빠도 환갑이라고 여행 안 간 것 같고 올케도 부모님 모시느라 애쓰고 있는데, 혼자 놀러 간다고 말씀드리기가 쉽지 않았어요~ 좋은 것 많이 보고 다른 문화에서 사는 사람들에게 배우고 온 것도 많아서 한동안은 넉넉한 마음으로 살 수 있을 것 같아요~ 날씨가 많이 덥네요~ 아직 사그라지지 않은 메르스 조심해야지요~ 오늘도 하루 즐겁게 보내세요~

2015. 6. 28. (일) 오전 6:15:08

아버지~ 안녕히 주무셨어요? 오늘 비가 많이 올 거라고 하더니 날이 맑았네요. 새소리가 하도 시끄러워서 잠을 깼어요. 아범이 시키는 대로 해서 시차 적응 잘하고 별 어려움 없이 지나가는 것 같아요. 일본에 104세가 되었는데도 현재 병원에서 진료를 하는 의사가 있는데, 그 의사 말이 성인병은 생활습관병이라고 하네요. 규칙적인 생활과 식생활 그리고 적당한 운동을 꾸준히 하고 늘 여유로운 마음으로 살고 화를 자제하면 건강하게 장수할 수 있다고 하네요. 말이 쉽지 그것을 실천하려면 많이 절제하고 노력해야 하는데~ 그 기사를 보고 아버지도 90세의 고령이지만 회사에 출근도 하시고 운동도 꾸준히 하시니 인터뷰 대상이 아닐까 생각했어요. 아침이라 그런지 서늘한 바람이 걷기 좋을 것 같은 날씨인데, 엄마랑 공원 산책하세요. 오늘도 활기찬 하루 보내세요~~

2015. 7. 2. (목) 오전 7:51:19

맑은 하늘이 마치 가을 하늘 같네요. 장마가 잠시 소강상태에 접어들었다네요~ 어제는 그동안 메르스 때문에 휴강했던 학당이 개강해서 오래만에 공부하러 갔다 왔어요. 저희 학당 선생님은 올해 81세 되신 분인데~ 어려서 서당에서 한학 공부를 하셔서 요즘 말하는 학력은 없는 분이에요. 도청이 옮겨가면서 예전 도청 건물을 대전 시민대학이라고 해서 1,200여 개의 강좌를 시민들이 수강하게 하는데, 그곳에도 한학 강좌가 있어요. 강사들에게 약간의 비용을 준다 길래 저희 한학 선생님을 추천했는데 소위 말하는 '스펙'이 없어서 안 되었어요. 지금 저희들 가르치시는 것은 봉사하시는 거지요. 노년에 용돈이라도 버시게 해드리고 좋은 강의를 더 많은 사람들이 듣게 하면 좋을 것 같았는데, 틀에 얽매인 제도가 문제인 것 같아요. 아버지께서도 직원 채용 하실 때 스펙보다는 그 사람이 가진 자질을 잘 살펴보시고 채용하시면 좋겠어요. 오늘은 열무김치를 하려고 해요. 얼른 정리해 놓고 농수산시장으로 장 보러 갈 거예요. 오늘도 하루 즐겁게 보내세요~~

2015. 7. 6. (월) 오전 7:43:07

아버지~ 안녕히 주무셨어요? 어젯밤 내내 비가 많이 내리더니 앞산 나무들이 한층 더 푸르러진 듯하네요~ 물안개가 피어오르는 산을 바라보니 아침부터 눈이 즐겁네요. 친구가 시골에서 연잎을 갖다 줘서 어제는 종일 연잎을 썰고 찌고 말리고 했는데, 밤늦도록 해도 다 못해서 오늘도 또 시작했어요~ 잘 만들어서 갖다 드릴게요. 연(蓮)은 버릴게 하나도 없어요. 연근, 연자, 연잎은 쓰임새도 많고 효과도 좋아서 상용하시면 여러 가지로 좋아요~ 이제 비가 좀 오려는지~ 이번 주엔 비 소식이 있어서 해갈될 것 같아요. 오늘도 즐겁게 지내세요~

2015. 7. 9. (목) 오전 7:46:37

아버지~ 안녕히 주무셨어요? 장마철답게 비가 내리고 있네요. 저희 집 앞이 바로 산이라서 비나 눈이 오는 날이면 그 경치가 아주 보기 좋아요. 오늘은 잎에 떨어지는 빗소리에 잠을 깼어요. 시인들이 빗물이 잎에 떨어지는 소리가 음악 소리 같다고 하는데 정말 그런 것 같아요. 가만히 듣고 있으면 가까이에서 굵게 떨어지는 빗방울 소리도 있고 좀 멀리서 가늘게 떨어지는 소리도 있는데, 그 소리가 어우러져서 마음까지도 편안해지네요. 어제는 맹자를 공부했어요. 맹자를 읽은 사람하고는 말싸움을 하지 말라고 할 정도로 맹자의 말은 논리정연해서 법 공부하는 사람들은 반드시 읽어야 한다고 하네요. 누구에게나 공평하게 사랑을 주어야 한다는 묵자(墨子)의 말이 옳다는 그 제자의 말에, 네 조카와 남의 아이를 똑같이 사랑할 수 있느냐고 물으니 답을 못하는 대목이 나오지요. 시어머니께서 좋아하는 음식을 해드리면서 늘 우리 부모님께도 이렇게 해드릴 수 있으면 얼마나 좋을까 하는 생각을 하는 것은 당연한 일이겠지요~ 오늘은 비도 오니 요즘 흔하게 나오는 야채를 썰어 넣고 부침개 해 먹어야겠어요~ 아버지도 오늘 같은 날엔 부침개 드세요~~ 일교차가 심하네요~ 감기 안 걸리게 조심하세요.

2015. 7. 15. (수) 오후 9:09:16

오늘 하루도 잘 지내셨어요? 날씨가 참 덥네요. 그래도 저녁이 되니 산에서 서늘한 바람이 불어 와서 더위를 식혀주네요. 예전에 얼음을 새끼줄에 매달아 사 와서 바늘로 두드려 깨고 수박을 파서 거기다 설탕이랑 넣어서 화채를 해 먹던 일이 그리워지는 때지요. 요즘은 냉장고만 열면 얼음이 있어 아무 때나 화채를 해 먹을 수 있지요. 그래서 화채를 만들었더니 애들이 이게 무슨 맛이냐며 싫다고 하고 어머니도 차다고 싫다고 하셔서, 저만 잔뜩 먹고는 추워서 오싹했어요. 시도 때도 없이 나오는 과일 때문에 학생들이 제철 과일을 맞추는 시험 문제에 틀린 답을 쓰기 일쑤라고 하니, 좋은 건지 어떤 건지 잘 모르겠어요. 어제는 경희가 학교 행사를 유성에서 하고는 저희집 쪽으로 와서 같이 밥을 먹고 갔어요. 객지에 살면 친구나 다른 가족이 왔을 때 정말 반가워요. 경희가 잠깐 들렀다 갔는데도 정말 즐거웠어요. 아버지와 엄마도 가끔씩 놀러 오시면 얼마나 좋을까 하는 생각을 했어요. 주무시기 전에 물 한 잔 드시고 종아리도 주무르세요. 안녕히 주무세요~♡

2015. 7. 16. (목) 오후 7:32:56

아버지~ 저녁 진지 잘 드셨어요? 태풍이 오기 전이라 그런지 바람이 솔솔 불어서 기온이 높다는데도 집에 있으니까 더운 줄 모르겠네요. 주말엔 태풍도 오고 날씨가 궂을 거라는데 습도가 높으면 노약자들은 건강에 이상이 생길 수 있으니까 조심하세요. 편안한 밤 보내세요~~

2015. 7. 18. (토) 오후 8:09:01

아버지~ 저녁진지 잘 드셨어요? 여긴 부슬부슬 비가 내리는데 거긴 어떤가 모르겠네요. 어제 엄마하고 통화했는데 목소리가 힘이 있고 발음도 또렷해서 마음이 좋았어요. 부모님들도 저희들 잘 지낸다는 게 제일 듣기 좋은 소리지만 저희들 역시 부모님이 건강하신 게 제일 반가운 일이에요.

2015. 7. 24. (금) 오전 6:33:53

아버지~ 안녕히 주무셨어요? 비가 주룩주룩 내리네요. 습도가 높아 가슴까지 답답할 정도이었는데, 비가 내리니 좀 나은 것 같네요. 습도가 높으면 노약자들은 호흡기 질환이나 소화기에 이상이 생길 수 있으니 제습기나 에어컨을 틀어서 제습을 해야 해요. 아범이 어제 연구소 MT에 고문으로 참석해서 여수에 갔는데 비가 많이 오니 걱정이 되네요. 이제 며칠 있으면 아버지 생신날이라 뵙게 되겠네요. 구순(九旬)을 졸수(卒壽)라고 하고 동리(凍梨)라고도 하는데요, 졸수는 예전에는 70 이상 사는 사람이 거의 없어서 명칭이 없다가 나중에 80은 미수(米壽), 90은 졸수(卒壽), 이렇게 붙인 일본식 명칭이라고 하네요~ 동리는 얼굴에 반점이 생겨서 피부가 얼룩진 것이 보인다고 해서 생긴 명칭이라고 하고요. 저희 곁에 오래오래 계셔주세요~~♡

2015. 7. 27. (월) 오후 9:02:39

비도 안 오고 하늘만 잔뜩 찌푸린 채로 저녁이 되었네요. 그래서 후텁지근하네요. 저녁 진지 잘 드셨어요? 저희는 오늘은 산책하러 안 나가기로 했어요. 어제 조금 걸었는데도 땀이 너무 많이 나서 후텁지근한 게 좀 가신 후에 걷기로 했어요. 일기 예보를 보니까 수요일까지는 비가 오락가락하다가 목요일은 맑게 갠다네요. 예전에 엄마가 우리 집에 일이 있는 날은 항상 날이 좋다고 하셨는데 엄마 말씀이 맞나 봐요~ 목요일 일찍 출발하겠어요. 풀벌레 소리가 들리니 더위가 가시는 듯하네요. 발목펌프도 하시고 물도 한 잔 드시고~ 안녕히 주무세요~

2015. 8. 1. (토) 오후 1:11:57

아버지~ 점심 잘하셨어요? 매미 소리도 잘 듣지 못한 거 같던데 어느새 더위 막바지에 운다는 쓰르라미 소리가 들리네요. 그제는 가슴이 뭉클했어요~ 멋쟁이 아버지~ 그리고 자유롭게 걷지 못해서 저희 가슴을 아프게 하는 엄마~ 그런데 간병인이 잘 보살펴서 그런지 엄마 눈빛이 아주 맑아지고 다리에 힘도 많이 생긴 거 같아 너무 좋았어요. 엄마가 걸으실 수만 있다면 얼마나 좋을까요. 예로부터 아버지는 하늘이고 엄마는 땅이라고 전해지는데~ 하늘은 만물을 덮고(覆), 땅은 만물을 길러내니(育), 사람들은 엄마로부터 길러지니 당연히 엄마를 먼저 찾게 되는 것이라네요~ 아버지께서 저희들이 엄마부터 찾으면 서운해하시는데, 그게 자연의 이치라니 아버지께서 이해하세요~ 하지만 대신 아버지께서는 우리 가족들뿐만 아니라 주변 친척들까지 다 아버지 그늘로 덮으시어, 우리 집 대소사에 많은 사람들이 찾아오게 하시지요. 그건 아무나 다 할 수 있는 일이 아니니 저희들이 아버지를 존경할 수밖에요~ 오늘은 어제보다 더 더운 것 같네요. 더운 여름에 찬 것 좋아하시어 배탈이 잘 나시는데, 부디 음식 조심하시고 건강하게 더운 여름 잘 지내셨으면 좋겠어요. 오늘도 즐겁게 많이 웃는 하루 보내세요~

2015. 8. 3. (월) 오전 7:40:39

아버지~ 안녕히 주무셨어요? 또 새롭게 시작하는 월요일이네요. 연일 날씨가 더워서 힘든데 오늘은 일어나니 바람이 한결 시원한 게 느낌이 다르네요. 이번 주 8일이 입추예요. 그래서 바람이 달라졌나 하는 생각도 드네요. 그렇지만 하도 더워서 작년 입추 때 날씨는 어땠나 하고 찾아보았더니 낮 기온이 24~26도 정도였더라구요. 기상대 예보로는 이번 주 내내 많이 더울 거라니까 물 많이 드시고 조심하세요. 오늘은 어머니 모시고 치과에 가야 하는데, 날 더워지기 전에 얼른 다녀오려면 서둘러야겠어요~ 오늘도 즐겁게 하루를 보내세요~~♡

2015. 8. 6. (목) 오전 5:57:51

아버지~ 안녕히 주무셨어요? 창문을 열어놓고 잤더니 아침 기온이 서늘하기도 하고 새소리가 하도 시끄러워서 일찍 잠에서 깼어요. 오늘도 낮엔 기온이 꽤 높다는데~ 일교차가 심하네요. 일교차 심하면 감기 걸리기 쉬우니까 조심하세요. 이제 더위도 막바지에 이르러 기승을 부리지만 곧 누그러들겠지요.

2015. 8. 9. (일) 오후 8:26:23

저녁이 되어 해가 졌는데도 기온이 내려갈 줄을 모르네요. 저녁 진지는 잘 드셨어요? 저희는 하도 덥길래 저녁에 막국수를 잘 하는 집이 있다고 해서 모두 함께 나가서 막국수와 메밀전병을 먹고 왔어요. 강원도에서 온 사람이 하는 집이라는데 음식이 모두 맛있고 특히 막국수가 맛있어서 아버지 생각이 났어요. 막국수를 좋아하시는데 이럴 때 가까이 계시면 모시고 가서 드시게 했으면 하는 생각이 들어서요. 올해 여름은 유난히 더위가 심한 것 같네요. 물을 충분히 드시고 찬 음식 너무 많이 드시지 마세요.~ 오늘 입추에요. 풀벌레 소리가 시끄러운데, 더위는 갈 줄 모르네요~ 주무시기 전에 물 한 잔 드시고 안녕히 주무세요~♡

2015. 8. 11. (화) 오전 8:14:14

아버지~ 안녕히 주무셨어요? 오늘은 날이 흐리네요. 비가 올 것 같아요. 비가 오고 나면 더워진 땅이 좀 식겠지요~ 민어 잘 드셨어요? 이번 주말에 민어배가 또 들어 온다네요. 아버지 걱정하시는 것처럼 중국산 아니고 우리나라 배가 직접 잡아서 갖고 오는 거예요. 아버지께서 회보다 탕이나 구워 드시는 걸 더 좋아하신다고 해서 단단히 일러 놓았어요. 좀 잔 거 한 상자 좋은 걸로 뽑아놓으라고. 저희는 애들도 저를 닮았는지 회를 좋아해서 시중 음식점에서는 비싸서 먹기 힘들 민어회를 실컷 먹었어요~ 아버지께서도 민어 많이 드시고 더위 잘 이겨 내세요~~

2015. 8. 15. (토) 오전 6:31:15

아버지~ 안녕히 주무셨어요? 창을 여니 풀벌레 소리가 정겹네요. 낮 기온이 30도 이상 올라간다는 게 믿어지지 않을 정도로 서늘하고 풀벌레 소리가 들리니 마치 가을이 성큼 다가온 것 같아요. 그래도 낮 더위가 기승을 부리는데 엊그제 신문을 보니 옛 조상들의 피서지혜(避暑智慧)라고 해서 다산(茶山) 정약용 선생이 쓴 글이 게재되었어요. 1) 느티나무 아래서 그네타기, 2) 대자리 깔고 바둑두기, 3) 숲 속에서 매미 소리 듣기였어요. 요즘은 도시고 농촌이고 더우면 에어컨 틀고 냉장고에서 얼음물 꺼내 마시고 바다로 산으로 피서 간다고 떠나는데, 여유작작하게 더위를 피하는 조상들의 지혜가 낭만적이기까지 하네요. 그런데 더울 때 산에서 들리는 새소리나 매미 소리에 귀 기울이며 가만히 앉아 책을 읽으면 정말로 덥지 않아요. 어른들 말씀이 맞는 것 같아요. 아버지는 바둑을 즐겨 두시며 더위를 피하시니 이 또한 옛 선조들의 피서 방법을 따르는 게 아닌가 싶네요. 오늘은 올케 생일이라 아침에 미역국 드시겠네요. 맛있게 드시고 즐거운 하루 보내세요~

2015. 8. 20. (목) 오전 6:22:37

아버지~ 안녕히 주무셨어요? 연일 날씨가 무더워서 힘들었는데 오늘부터 좀 덜 더울 거라고 하더니 비가 오려는 건지 잔뜩 흐렸네요. 그동안 방학했던 학당과 과학관 수업이 이번 주부터 개강이에요. 오늘은 과학관 수업이 개강이고 어제는 학당수업이 개강했는데 민어가 왔다는 바람에 공부하러 못 가고 강경에 가서 민어를 골라 담아서 아버지 댁과 경자네 보내고 저희 것도 사 왔어요. 이번엔 그 사장이 아버지 드시게 아주 큰 것 보내 드리겠다고 하며 정말로 아주 큰놈을 빼놓았길래, 고맙다 말씀드리고 앞으로도 아버지 댁에 보내는 것은 무조건 최고로 크고 좋은 것을 보내달라고 부탁했어요. 그랬더니 꼭 그렇게 하겠다고 했어요. 여름 보양식인 민어 많이 드시고 남은 더위 잘 이기세요.~

2015. 8. 25. (화) 오전 7:24:25

아버지~ 안녕히 주무셨어요? 그제가 처서(處暑)였는데 처서 즈음이 일교차가 제일 크다고 하던데~ 어제는 흐리고 오늘은 비가 오네요. 이제 더위는 다 지나간 것 같네요. 무탈하게 여름을 잘 지내신 부모님과 저희 어머니께 모두 고맙습니다~. 곡식이 익어야 하니까 낮 햇볕은 따가울 거예요. 그렇지만 이제는 그늘 속으로 들어가면 시원해지니까 그동안 중단했던 걷기를 다시 시작해야겠어요. 아버지는 운동을 꾸준히 하시니까~ 이제부터는 운동하시기가 훨씬 쾌적하시지 않을까 싶네요. 오늘은 뜨끈한 찌개로 점심드세요~~♡

2015. 8. 28. (금) 오전 6:17:35

아버지~ 안녕히 주무셨어요? 해가 많이 짧아져서 창밖이 어둑하네요. 안개가 자욱하니 오늘 낮엔 날씨가 맑겠네요. 올해는 풀벌레 소리가 유난히 더 크게 들리는 것 같아요. 온통 풀벌레 소리네요. 정겨운 소리지요. 오늘은 백중이라 절에 가려고 해요. 불교는 원래 나를 찾는 종교인데 우리나라 토속신앙과 함께 자리 잡다 보니 기복신앙으로 발전하여 수능 즈음이 신도수가 제일 많았다가 수능 끝나면 점차 줄어드는 걸 매해 반복하고 있다고 해요. 저부터도 우선 우리 가족 모두 건강하기를 빌며 또 바라는 게 이루어지기를 기도하지요. 그래도 기도하는 시간만은 마음이 청정(淸淨)해지니 나를 돌아볼 수 있는 좋은 시간인 것 같아요. 가서 기도 열심히 하고 오겠어요. 오늘은 같이 공부하는 친구들과 마곡사(麻谷寺)에 가기로 했어요. 좋은 기(氣)를 많이 받고 오겠어요~~

2015. 8. 31. (월) 오전 7:29:45

아버지~ 안녕히 주무셨어요? 또 새롭게 시작하는 월요일이에요. 이번 주부터 아범도 개강이라 다시 또 바쁜 일상이 시작되겠지요. 바쁘지 않은 사람은 하늘에서 내려주는 복(福)을 받을 기회가 그만큼 없는 거라네요. 그래서 사람은 바빠야 한대요. 저희 선생님 말씀이에요. 그러니 바쁘고 힘들면 짜증을 내는데 그러지 말고 '지금 내가 하늘에서 내려주는 복을 받고 있구나' 이렇게 생각하고 즐겁게 바쁜 일을 해내면 그게 바로 복 받는 거지요. 저희 학당에 수강생들이 모두 주부이다 보니 가정사가 우선이라 가정에 일이 있으면 수업을 빠지게 되는데 그럴 때 '집안에 바쁜 일이 있어서 못 나옵니다'라고 말씀드리면, '좋은 일이지. 바쁜 건 좋은 일이야'라고 말씀하시곤 하지요. 그러니 누구를 위해 수고하는 일은 복 있는 일이니 저도 그렇지만 올케도 또한 부모님 모시며 수고하니 많은 복이 있는 거란 생각이 드네요. 어제 경희가 아버지 서울 가셔서 찍은 사진을 보내주었는데, 아버지는 서울 아니라 패션의 본고장인 유럽에 가셔도 단연 으뜸이라고 할 정도로 복장이 멋있었어요~ 아버지 멋쟁이셔요~ 엄마도 옆에 같이 계셨으면 얼마나 좋을까 하는 생각에 좀 속상했어요. 아버지와 엄마가 나란히 손잡고 걸으시는 날이 오길 기대해봅니다~ 오늘은 청명한 가을 날씨네요. 호흡을 길게 길게 내뿜으세요~ 들이마시는 건 내뿜은 만큼 저절로 들이마시게 된대요. 늘 길게 내뿜으세요. 공기 좋은 곳에서는 더 길게요~~ 오늘도 즐겁게 하루를 보내세요~

163

2015. 9. 5. (토) 오전 7:44:16

아버지~ 안녕히 주무셨어요? 일교차가 심한 환절기다 보니 얼마 전부터 아침마다 재채기를 하네요~ 아버지도 엄마도 환절기 때 아침에 재채기하셨던 것 같은데, 제가 그걸 고스란히 물려받았나 봐요. 연달아 몇 번 하고 나면 눈물이 다 나와요~ 얼른 기온이 일정해졌으면 좋겠어요~ 아범이 개강해서 아침에 도시락 싸서 학교 보내고 저도 공부하러 다니고~ 그러다 보니 일주일이 눈 깜짝할 새 가버리네요. 어제는 주역 공부를 하는 날인데~ 주역은 일반인들이 점치는 것으로 잘못 알고들 있는데~ 우리 생활의 근본 되는 오행과 사시사철 그리고 오장육부의 오묘한 조화가 글 속에 다 들어 있어서 매번 선생님 말씀을 들을 때마다 우리 선조가 쓴 글이 아니라도 배우고 생활에 활용도 많이 하고 있어요. 자기에게 좋은 기운이 느껴질 때는 福(복)이 들어오려는 징조라네요~ 이럴 때 선한 마음으로 많이 베풀면 들어오는 복을 잘 받을 수 있다고 해요~ 그런데 그 기운을 잘 느끼지 못하니까 늘 선한 마음으로 살면 복이 온다는 거지요~ 선생님 말씀을 듣고 오면 절로 선한 마음으로 살아야겠다는 생각이 드니 공부하는 효과가 있는 거지요? 오늘도 즐거운 마음으로 주말 맞이하세요~~♡

2015. 9. 12. (토) 오전 11:08:55

벌써 주말이네요. 일교차가 너무 심해서 비염증상이 가라

앉질 않고 연신 재채기를 하게 되더니, 어제 비가 오고 나서 낮 기온도 그리 높질 않으니 이제 좀 나아지려나 봐요. 엊그제 백로(白露)가 지났는데~ 백로가 7월 말이나 8월 초에 들게 되는데 7월에 백로가 들면 오이나 참외가 맛있고 8월 초에 백로가 들고 그때 비가 오면 대풍이 든다고 하던데, 올해는 전제적으로 비가 조금 와서 과일들 당도는 높은데 크기가 작아 상품가치가 없어서 농민들이 울상이라네요. 비오면 오는 대로 안 오면 안 오는 대로~ 미투리 장사와 나막신 장사 하는 자식을 둔 부모같이 힘든 자식을 걱정하게 되는데 힘든 자식을 걱정하지 마시고 잘 되는 자식 때문에 즐거운 마음이 드는 부모님 마음으로 노년을 보내세요~~♡ 오늘도 즐거운 주말 보내세요~~

2015. 9. 21. (월) 오후 8:05:06

아버지~ 저녁 진지 잘 드셨어요? 어느새 창밖이 캄캄해졌네요. 일교차가 심해서 건강에 이상이 있는 사람들이 많은 것 같아요 ~ 엄마도 몸이 편치 않으시니까 전보다 짜증스러워하시니 안타까워서 마음이 편치 않았어요. 아침에 전화해보니 어제보다 나으시다고 해서 마음이 좀 놓였어요. 저녁이 되니 바람이 선선하네요. 명절 준비한다고 물김치도 담그고 냉장고 정리도 하고 바쁘게 하루를 보내고 나니 어제부터 지금까지가 아주 긴 시간처럼 느껴지네요~ 그래도 아버지 엄마 뵙고 와서 좋아요. 명절 때는 못 가니까 명절 지내고 뵈러 갈게요~ 물 한 컵 드시고 주무세요~♡

2015. 9. 23. (수) 오전 10:49:36

아버지~ 지금쯤 회사 출근하셨겠네요. 충청지방 가뭄이 특히 심해서 제한 급수를 하는 지역이 생겼어요. 보령 댐이 바닥이 보일 정도라 그쪽으로 물을 보내주기 위해서 그럴 수밖에 없다나요. 그런데 비 소식도 있고 하늘이 잔뜩 흐려요. 이번에 내리는 비는 아주 반가운 비가 될 것 같아요. 아침에 신문을 보니 효도와 공경에 대한 글이 실렸어요. 옛날에 한 젊은이가 윗동네 어르신께 문안인사를 갔는데 날이 어두워지자 그 어르신이 날도 어두운데 밤길이 험하니 자고 가라고 하자 젊은이는 괜찮다고 그냥 가겠다고 했대요. 하지만 어르신이 하도 간곡하게 청하는 통에 그러겠다고 하더니 잠시 다녀오겠다고 밖으로 나가서 한참 후에 돌아와서는 자기를 기다리고 계실 어머니께 여기서 자고 가겠다는 말을 하고 왔다고 했대요. 그 어르신은 진작 말을 하지 그랬느냐고 하자, 어르신 뜻도 거역 안 하고 어머니도 걱정하지 않으시게 하느라 그 밤길을 달려갔다 돌아왔다는 거예요. 어르신께는 공경을 어머니께는 효도를 다 한 것이라는 이야기였어요. 꼭 무얼 해드려야 효도가 아니고 마음을 편안하고 즐겁게 해드리는 것도 효도라니~ 그 글을 읽으며 아버지께서 제가 편지 보내드리면 재미있게 읽으신다고 하신 말씀이 생각나서 얼른 일을 마치고 아버지께 이렇게 편지를 쓰네요. 앞으로는 더 자주 글 올릴게요 ~ 오늘은 낮 기온도 그리 높지 않은 것 같아요~ 점심 맛있게 드시고 즐거운 하루 보내세요~~♡

2015. 9. 29. (화) 오전 10:16:50

아버지~ 오늘 회사 출근하시나요? 추석 명절도 지나고 오늘은 연휴의 마지막 날이네요. 명절 때마다 다들 모이는데 저희만 빠지니까 공연히 부모형제가 더 그리워, 그릇 정리도 하고 부엌청소도 하고 바쁘게 지냈어요. 올해는 여름이 유난히 길다네요. 낮 기온이 한여름 기온과 같아서 어제 낮에 천변으로 산책 갔다가 너무 뜨거워서 얼른 돌아왔어요. 밤엔 강아지가 끙끙대서 일어나 밖에 나왔다가 달빛이 어찌나 밝은지 잠이 다 깨버렸어요~ 밝은 달을 보며 우리 가족 모두 건강하기를 기원했어요. 특히 연로하신 부모님 건강하게 오래도록 저희들 곁에 계시기를 간절히 기도했어요. 그래도 바람은 서늘하니 그늘 쪽을 걸으시는 것이 좋을 거예요~ 천천히 꾸준히 걷는 것이 노년기 건강에 아주 큰 도움이 된다니 집 앞 공원도 자주 걸으시고 엄마랑 함께 많이 웃으세요~~

2015. 10. 2. (금) 오후 1:46:48

아버지~ 점심 진지는 맛있게 드셨어요? 어젠 종일 비가 오더니 오늘은 좀 쌀쌀하지만 화창한 가을 날씨네요. 바람이 부는지 차양 끝자락이 바람에 날려서 그림자가 춤을 추네요. 저희 아파트에 계수나무가 있는데, 계수나무는 동요 속에 나오는 상상 속의 나무인 줄 알았었거든요~ 아버지도 계수나무 보신 적 없지요? 계수나무는 잎이 다 나오면 그때부터 달콤한 냄새를 풍기기 시작해요~ 가을이 되니 계수나무 냄새가 한층 더 풍성해져서 현관 앞에 나서면 절로 그 쪽으로 발을 돌리게 되네요. 사람도 마찬가지로 나이가 들어 연륜이 쌓이면 보는 눈도 달라지고 마음이 여유로워져서 보는 사람으로 하여금 절로 존경심이 우러나오게 되어야 하는데, 아버지를 생각하면 늘 넓은 가슴으로 저희들을 다 감싸 안아주시는 것 같아서 존경심이 절로 나와요. 이렇게 글을 쓸 때면 아버지 엄마가 너무 보고 싶어져요~ 아범 중간고사 시험 끝나면 뵈러 갈게요~ 오늘도 즐거운 하루 보내세요~~

2015. 10. 5. (월) 오후 4:56:237 (아버지)

네가 보내온 편지 문자 일부를 컴퓨터에 입력해서 인쇄해서 여러 사람들에게 보여주었다. 그럴 수 있게 되어 기쁘다. 앞으로도 계속해서 시간이 되는대로 문자 편지를 보내줄 수 있기 바란다.

2015. 10. 5. (월) 오후 5:17:06

네~ 주로 아침에 편지를 썼었는데, 아범이 개학하면서 도시락 싸서 학교 보내고 집안일을 하다 보면 제가 공부하러 갈 시간이라서 준비하고 그러다 보니 자꾸 편지 쓸 시간을 놓쳐서 뜸하게 보내드렸어요. 죄송해요~ 아버지께서 제가 보내드리는 글을 읽으시고 기뻐하신다고 생각하니까 앞으로 더 글을 많이 보내드려야겠다는 생각이 드네요. 오늘은 낮에 영평사에 다녀왔어요. 구절초 축제로 전국적으로 유명한데, 축제 기간 동안 국수를 무료로 주거든요~ 그게 맛있다고 소문이 난 데다 세종시로 편입되면서 그 주변 인구도 늘어서 사람이 어찌나 많은지~ 행사 기간 동안 죽염을 할인해서 판다고 해서 얼른 죽염만 사 왔어요. 이번 겨울엔 죽염으로 된장을 담아보려고 해요. 꽃이 하얗게 피어서 꽃을 좋아하시는 엄마가 보시면 얼마나 좋아하실까 하는 생각에 아쉬웠어요. 여기까지 다녀가시기는 힘드시니까요. 늘 좋은 것 보면 함께하지 못하는 부모님 생각이 절로 나지요. 올가을은 유난히 일교차가 심하네요~ 감기 조심하세요~ 지난번에 드린 목에 뿌리는 프로폴리스 자주 사용하세요~

2015. 10. 8. (목) 오전 7:55:59

아버지~ 안녕히 주무셨어요? 오늘은 오후에 과학관에 강의 들으러 가니까 모처럼 오전이 한가하네요~ 일교차가 심해서 오전은 서늘하지만, 햇볕이 어찌나 따가운지 햇볕에 널어놓으면 뭐든지 후딱 말라버리네요. 저희 집이 남서향이다 보니 지는 해가 집 속까지 들어와서 여름엔 오후에 좀 덥지만, 가을부터는 여러 가지로 좋은 점이 많아요. 곶감 말리기도 좋고 빨래도 뽀송하게 잘 말라요. 그러다 보니 장(醬)들이 졸아버리기를 잘하네요~ 어느 해인가는 간장이 다 햇볕에 졸아서 빈 항아리가 되었던 적도 있어요. 올해는 간장은 미리 병에 담아 냉장고에 넣었는데 된장이 많이 말라서 다시 손을 보기로 했어요. 보리를 삶아 엿기름에 삭혀서 졸여서 메줏가루와 섞어서 된장에 버무려 넣으면 마른 된장을 다시 촉촉하게 만들 수 있다네요. 어머니께 배우는 생활의 지혜지요~ 이래서 어른은 살아있는 백과사전이라고 하나 봐요. 지식인이 한 명이 죽으면 큰 도서관 하나가 없어지는 것과 같다고 하니까요. 경험으로 얻어진 어른들의 생활 지혜는 어디서도 찾아볼 수 없으니 어른들을 잘 공경해서 모셔야 하는 게 마땅한 것 같아요. 오늘은 메줏가루를 만들기 위해 콩을 띄우고 있어요. 내일은 전국적으로 비가 올 거라네요. 그리고 기온이 내려가 쌀쌀해질 거라니까 감기 걸리지 않게 조심하세요~ 오늘도 즐겁게 하루 보내세요~~♡

2015. 10. 11. (일) 오전 7:16:47

아버지~ 가을이 성큼성큼 다가오는 듯하네요. 저희가 여기 이사 온 지도 어느새 9년, 그러니까 강산이 한 번 바뀐다는 10년이 다 돼가는 거지요. 앞산이 처음 이사 왔을 때보다 많이 울창해졌어요~ 아침에 일어나서 볼 때마다 상쾌함을 느끼게 해주는 고마운 산이지요~ 조금씩 물들어 가기 시작했어요. 매일 조금씩 물들어가는 산을 바라보며 느끼는 즐거움은 경험해보지 않은 사람은 모를 거예요. 오늘은 일요일이니까 엄마랑 즐거운 시간 갖으세요~ 어제 비가 오더니 기온이 뚝 떨어졌네요. 감기 조심하세요~~♡

2015. 10. 16. (금) 오전 7:42:33

아버지~ 안녕히 주무셨어요? 연일 안개가 자욱하게 끼어서 아침에 일어나 산을 보면 깊은 산 속에 들어와 있는 듯해서 절로 심호흡을 하게 되네요. 아침에 안개가 끼면 그날은 날이 맑을 거라고 하지요~ 요즘 낮에 해가 쨍쨍해서 과일과 곡식이 잘 익을 것 같아요. 바람은 서늘해서 해를 등으로 받으며 앉아 있으면 등이 따뜻해서 마냥 앉아 있어도 좋아요. 깨를 씻어서 해를 등지고 앉아 뉘를 골라내고 나면 절로 등 찜질을 한 듯해요. 가을볕은 우리 몸에 더 잘 스며드는데 햇볕을 맨살로 받으면 비타민 D가 우리 몸에 들어가서 면역력도 높여주고 뼈도 튼튼하게 해준다니 노약자들에겐 더없이 좋으니 맨살로 해를 많이 받으세요. 전화기가 고장 나서 새로 바꾸었더니 아직 익숙지 않아서 자꾸 오타가 나서 애를 먹네요. 요즘은 정보의 시대라 정보를 잘 활용하면 여러 가지로 이로운 일이 많은데, 이 전화기도 공짜로 하는 행사 정보를 듣고 구했어요. 낮에 일부러라도 밖에 나가셔서 햇볕 많이 받으시고 걸으세요. 오늘도 즐겁게 하루 보내세요~♡

2015. 10. 18. (일) 오전 7:47:41

아버지~ 안녕히 주무셨어요? 요즘은 아침마다 안개가 자주 끼네요. 어제는 일어나서 깜짝 놀랐어요. 정말로 아무것도 보이지 않아 창 가까이 가서 얼굴을 대고 보니 겨우 앞이 보일 뿐이었어요. 열 시나 다 돼서 겨우 걷히더니 낮엔 햇볕이 아주 따갑던 걸요. 지금이 활동하기 좋은 때인 거 같아요~ 춥지도 덥지도 않고 나뭇잎들이 물들기 시작해서 경치도 좋으니까요~ 오늘 엄마랑 나들이 가세요~

대전에 오시면 보여드리고 싶은 데가 많지만, 지난봄에 뒤웅박고을 다녀가시고 엄마가 힘들다고 하셨다니까 오시라고 조르기가 그러네요. 미련이 담벼락을 뚫는다는 말이 있지요. 듣기에 따라서 미련하다고 흉보는 말도 되고, 또 끈기 있게 한 가지 일을 하면 어려운 일도 해낼 수 있다는 말도 되지요. 요즘같이 하루가 다르게 변하는 세태 속에 옛 어른들이 말씀하시던 은근과 끈기라는 말이 사라진 듯해서 아이들에게 해주고 싶은 얘기에요. 제가 서예를 하고 한학 공부한 지가 햇수로 꽤 되다 보니, 우리 선생님 말씀대로 가방만 들고 왔다 갔다가 해도 그렇지 않은 사람과 천지 차이라는 말의 뜻을 알 듯도 해요. 미련이 담벼락을 뚫는다는 말이 가슴에 와 닿네요. 일요일은 식구들이 다 있으니까 저에게는 제일 바쁜 날이에요. 오늘은 뭘 해먹어야 하나 하고요. 이제부터 얼른 움직여야겠어요~ 오늘 엄마랑 즐겁게 보내세요~♡

2015. 10. 21. (수) 오후 7:49:04

아버지~ 저녁 진지 맛있게 드셨어요? 날씨는 화창한데 때 아니게 미세먼지가 기승을 부리네요. 스모그 현상이 함께 일어나서 산 밑에 있는 저희 동네는 오전에는 거의 안갯속에 쌓여 있어요. 밖에서 하는 활동을 자제해야 할 것 같아요. 밖에서 들어오시면 손 잘 닦으시고 눈은 되도록 비비지 마세요. 인터넷에서 읽은 글인데요~ 어느 부부가 있었는데 어렵게 살다 나이가 들어 아내가 병이 들었대요. 남편은 아내의 병을 낫게 해주고 싶은데 돈이 없어서 인삼을 한

뿌리 갖다 주며 산삼이라고 거짓말을 했대요. 그렇게 인삼을 몇 뿌리 먹고 나더니 기적같이 아내의 병이 나았대요. 그래서 남편이 그때 그 산삼은 사실은 인삼이었다고 고백을 하자 아내는 그건 아무 상관이 없다면서 당신이 내게 준 것은 바로 사랑이었기에 인삼이든 산삼이든 그건 중요치가 않았다고 해서 감동을 한 남편이 눈물을 흘렸다는 이야기에요. 그 이야기를 읽으면서 우리 아버지 엄마를 생각했어요. 물론 여러 가지로 치료를 받으시지만 옆에서 사랑으로 든든히 지켜 주시는 아버지가 계시니까 엄마가 요즘 같이 좋아지신 게 아닌가하고요~ 내내 두 분이 서로 사랑하시면서 우리와 함께하시길 늘 기도합니다~ 오늘 저녁에도 물 한 컵 드시고 종아리 문지르시고 주무시는 거 잊지 마세요~ 아버지~ 안녕히 주무세요~♡

2015. 10. 24. (토) 오후 5:08:13

가을이 한창 깊어가네요~ 지금쯤 오빠랑 바둑을 두고 계실까, 아님 엄마랑 이야기를 나누시고 계실까 하고 생각했어요. 미수가루가 떨어져 가서 오늘은 잡곡을 종류별로 씻어서 볶았어요~ 예전엔 미숫가루를 식사대용으로 먹을 수 있다고는 생각 못 했고 여름에 손님이 오셨을 때 접대용이나 더울 때 시원하게 마시는 건강음료였었는데, 요즘은 바쁜 현대인들의 식사대용 음료이지요. 좋다는 곡식을 모두 모아서 만드니까 어쩌면 밥 한술 뜨고 나가는 것보단 나을 수도 있을 거 같다는 생각이 들어서 정성껏 씻고 볶아서 식히는 중이에요. 쓰레기를 들고 밖에 나가니 낙엽이 뒹구는 게 보기 좋은데 경비아저씨가 열심히 쓸고 있길래, 그냥 두면 가을 분위기도 나고 좋은데 왜 쓰냐고 했더니 낙엽을 쓸지 않는다고 관리실에 전화해서 뭐라는 사람들이 있어서 그냥 못 둔다는 거예요. 그래서 생각이 다른 사람들이 모여서 사는 건 어려운 일이구나 생각했어요. 내가 좋다고 남들도 다 좋을 거라는 생각이 잘못된 거라는 거지요~ 걸을 때 뒷짐을 지고 걷는 게 건강에 좋다는 연구결과가 나왔대요. 뒷짐을 지면 가슴이 벌려지고 척추가 바르게 돼서 심장에도 좋고 굽은 등도 펼 수 있대요. 그런데 제가 해보니까 생각보다 힘들어요. 생각날 때마다 조금씩 해서 습관 들이는 게 좋을 것 같아요. 오늘 저녁은 뭘 드실까요? 저는 이제 저녁준비 하러 갑니다~ 저희는 오늘 오징어볶음 해 먹을 거예요~ 저녁 맛있게 드시고 편안히 쉬세요~~

2015. 10. 26. (월) 오전 8:36:11

아버지~ 아침진지 드시고 계실 시간이네요~ 또 새롭게 시작하는 월요일인데 날이 잔뜩 흐렸네요. 비 예보가 있더니 비가 오려고 하나 봐요~ 충청지역은 가뭄이 극심해서 단수 지역도 있고 물 아껴 쓰기 위해 주민들이 힘을 합쳐야 한다고 해요. 비도 웬만큼 와서는 별 도움도 못 될 지경이라니 걱정이네요. 비가 오고 나면 기온이 내려갈 텐데~ 그러면 감기 걸리기 쉬운데, 면역력을 기르면 감기는 물론 다른 질병을 예방하는데도 큰 도움이 된다고 해요. 면역력은 쉽게 말하면 생명을 지키는 힘이라고 말할 수 있는데요, 사람이 나이가 들면 장기들이 약해져서 면역력이 떨어지게 되는데, 면역력을 강화시키는 방법은 여러 가지가 있어요. 그 중 3보(補)를 행하는 방법이 있는데, 3보는요, 식보(食補), 동보(動補), 심보(心補)에요. 식보는 건강하게 잘 먹는 것인데, 그중의 대표적인 것은 물이에요. 사람의 몸은 60~70%가 물인데 나이가 들면서 체내에 물이 말라가면서 늙게 되는데, 물만 잘 먹어도 늙지 않는데요. 그리고 그다음이 강황이나 생강 그리고 가을무와 마늘을 들 수 있어요. 동보는 적당한 운동을 말하는데요, 단지 몸을 움직이는 것만으로도 면역력을 키울 수 있대요. 몸을 마음대로 움직이지 못하시는 엄마가 이 대목에서 걸리네요. 심보는 웃는 것을 말하는데, 웃음은 부정적인 생각을 긍정적으로 바꿔서 몸을 이완시킨대요. 입이 웃으면 장도 웃는다는 말이 있어요. 특히 장의 긴장을 풀어주면 면역력이 강해진대요~ 아버지는 비교적 다 잘 지키고 계신 것 같은데 그래도 데 많이 웃으실 수 있으면 좋겠어요~ 오늘도 크게 많이 웃는 하루 보내세요~~♡

2015. 10. 30. (금) 오전 7:15:05

아버지~ 안녕히 주무셨어요? 아침 기온이 아주 낮네요. 점점 기온이 내려가겠지요~ 새벽 공기를 맞으며 영신이를 오송역에 데려다주고 왔어요. 영신이가 중국으로 출장 갔어요. 세종시가 생기면서 오송역이 크게 생겨서 저희는 이제 대전역보다 오송역을 이용하는 게 여러 가지로 편리해요. 게다가 케이티엑스가 공항까지 가게 연결이 되어 있어서 길 막힐 걱정 없이 이른 시간에 가지요~ 세종시가 자리 잡으려면 아직도 많은 시간이 걸릴 거라지만 조금씩 변화하는 세종시 덕분에 그 옆에 사는 저희가 그 덕을 톡톡히 보고 있지요 ~ 인천에 가는 길도 많이 단축되고 길이 좋아져서 운전하기도 편하지요. 그러기는 송도 신도시도 마찬가지지요~ 그래도 인천이 고향인데 너무나 낯설어서 어느 땐 고향을 잃어버린 느낌이 들 때도 있어요~ 아버지와 엄마 뵙고 나면 그때야 마음이 푸근해지지요~ 태어난 곳이 고향인데~ 토박이라는 말은 3대에 걸쳐 한 지역에 살은 사람을 말한대요. 그리고 보면 저희들도 인천 토박이는 아니지요~ 저희 애들은 인천에서 태어났지만, 대전에서 더 많은 시간을 살았으니 영실이가 대학 다닐 때 친구들은 영실이를 대전 아이라고 했다네요. 그래서 자칫 대전을 고향이라고 생각할 수도 있지 않나 하는 생각이 드네요~ 잘 가르쳐야겠네요~ 너희들 고향은 인천이라고요~ 요즘 많이 웃으세요? 오늘도 크게 많이 웃으세요~~

2015. 11. 4. (수) 오전 10:09:29

날씨가 참 좋네요. 요즘 날씨가 활동하기 제일 좋은 때인 것 같아요. 춥지도 덥지도 않고 날씨는 청명하고 바람도 적당히 좋고요~ 새벽에 일어나서 밥해서 도시락을 싸서 아범 학교 보내고 집안일을 해요. 주부의 하루는 쓰기 나름이에요. 해도 표 안 나는 일이지만 일을 하다 보면 하루해가 짧게 느껴질 때가 있지요. 오늘은 원래 학당에 공부 가는 날인데 복지관 사정으로 휴강이라 안 가고 집안일을 하는데, 잠시 쉬고 아버지께 편지 쓰기로 했어요. 아침 뉴스를 들으니 경기, 인천, 충청지역에 미세먼지 농도가 높다네요~ 밖에서 들어오시면 손발 꼭 닦으세요~ 날이 가물어서 그 영향인가 봐요~ '천 둥소리는 요란한데 빗방울은 작다'라는 옛말같이 비 예보는 떠들썩 한데 정작 내리는 비는 얼마 안 돼서 해갈에 전혀 도움이 되지 않 는다고 해요. 이번 주말에도 비 예보가 있긴 한데 어떠려나 모르겠네 요. 벌써 11월이라 김장배추 예약을 했어요. 아범이랑 영신이 시간을 맞추어 21일에 김장을 하기로 했어요~ 예전에 드럼통에 몇 백 포기 씩 직접 절여서 하시던 엄마의 수고에 비하면 아무것도 아니지만 그 래도 김장이 다가오면 이거저거 준비하고 마음의 부담이 대단하지 요. 나이가 이만큼 들어 애들이 제가 해주는 김치가 제일 맛있다는데 저는 전에 엄마가 해주셨던 김치가 제일 맛있던 것 같아요. 경희가 엄마가 해주시던 밥을 먹고 싶다고 하는데 그 맘 저도 알지요. 일요 일 아침이면 큰 냄비에 고기 넣고 당면 듬뿍 넣고 해주시던 찌개는 늘 옛날을 생각하게 해주는 맛이지요~ 아마 경희도 그게 생각나서 그런 게 아닌가 싶네요~ 이젠 저희가 해드려야 하는데. 기회 되면 해드리고 싶어요~~ 오늘도 크게 많이 웃는 하루 보내세요~~

2015. 11. 5. (목) 오전 7:49:54

아버지~ 안녕히 주무셨어요? 부지런한 아버지와 엄마는 일어나신 지 한참 되어서 지금이 이른 아침이라는 생각이 안 드시지 요? 날씨가 추워지니까 점점 이불 속에서 나오기가 싫어지는 것 같 아요~ 유난히 일교차가 심한 올가을에 가뭄까지 심해 내년까지 영향 을 미칠 거라고 하니 걱정이네요. 대전의 자랑인 대청호도 바닥이 훤히 보인다고 하니 큰일이지요~ 물을 아껴 쓰라고 하는데 습관이 무서워서 잘 안 되네요~ 아버지께서 저희들에게 나쁜 습관이 들까 봐 큰소리로 야단도 치셨죠. 그때는 잔소리라고 생각되었던 말씀들이 지금 저희들에게 보약같이 몸에 배어서 어디 가서도 예의바르다는 말을 들으면 절로 고개를 끄떡이지요~ 아버지 엄마 고맙습니다 하고요. 잔디밭을 매끄럽게 관리하는 어느 사람에게 어떻게 잔디관리를 저리 잘하느냐고 물었더니 잡초가 눈에 보일 때 즉시 뽑아 없앤다고 했대요. 그냥 두면 겨울에 얼어 죽지 않겠냐고 하자 죽은 듯이 있던 잡초는 봄이 되면 열 배도 아니고 백배로 퍼져 나가서 잔디를 못살게 구니까 눈에 띌 때 바로 뽑아야 저렇게 예쁜 잔디밭을 만들 수 있다고 했대요. 그렇듯이 애들의 나쁜 습관도 눈에 띌 때마다 얼른 고칠 수 있도록 타일러야 하는데 제가 어른이 되어보니 그게 쉽지가 않더라고요. 그런 면에서 우리 부모님은 대단하신 거지요~ 다섯 명이나 되는 자식을 일일이 다 눈여겨보시며 바르게 잘 키워주셨으니~ 오늘도 고마우신 부모님을 생각해요~ 많이 웃으세요~ 하하하~

2015. 11. 8. (일) 오전 9:21:07

아버지~ 아침진지 잘 드셨어요? 어제부터 내리기 시작한 비가 내일까지 올 거라고 예보했는데, 그러려는지 계속 내리네요. 안개가 끼고 물이 제법 들어서 황금색을 띤 나뭇잎들이 어우러져 비 오는 날의 수채화라는 노래 가사처럼 아름답네요. 어제 잘 다녀가셨어요? 오빠한테 식당을 말해 주었는데 그곳에서 드셨는지 모르겠네요

~ 가는 길도 경치가 좋고 음식도 그 지방 특색 음식이라 드시면 좋을듯해서 추천해 드렸는데~ 참, 좋은 묘목은 사셨어요? 저도 그 앞을 지나오기만 했지 직접 가본 적은 없지만, 전국 각지에서 팔려고 온 묘목들과 사려고 온 사람들로 항상 붐비는 곳이라고 해요. 머잖아 저희도 대추 먹을 수 있는 건가요? 마침 주문한 생강이 왔길래 종일 생강과 배 효소를 만들었어요. 겨울에 몸을 보해주는 생강 효소를 꾸준히 마시면 몸도 따뜻해지고 혈액순환도 잘 되고 감기도 잘 안 걸리니까 생강차를 꼭 드세요~ 대추와 함께 끓여 마시면 더 좋은 효과를 볼 수 있지요~ 올케가 어련히 잘 챙겨드릴까요. 오늘은 비 오니까 뜨끈하게 칼국수 해 먹어야겠어요~ 아버지도 엄마랑 함께 맛난 점심 드세요~ 휴일 즐겁게 보내세요~~♡

2015. 11. 12. (목) 오후 9:13:21

아버지~ 저녁 진지 잘 드셨어요? 오늘은 날씨가 마치 봄날 같았어요. 산 올라가는 길에 때도 모르고 민들레꽃이 피어서 더욱 봄날 같은 느낌이 들었어요. 날씨가 가무는데 바다 생물들에게 까지 영향을 미치는 건지 김장에 넣을 생새우마저 잡히질 않아서 값이 엄청 비싸다네요. 다음 주에 김장하려니까 이제부터 김장 끝날 때까지 마늘도 까야 하고 김치냉장고도 정리해서 비워놓아야 하는 등 일이 많네요. 전에 주택에 살 때는 항아리를 땅에 묻어 김장을 하고 추운 겨울에 김치를 가지러 갈 때면 추워서 나가기 싫었었는데, 아파트에 살고 김치냉장고가 생기면서 여러 가지로 편해졌지요. 문명의 발달로 편해진 것이 김장 문화뿐이 아니지만, 또 반면에 모르고 지나던 건강에 대한 지식들이 수도 없이 매스컴을 통해 쏟아져 나와서 모르던 먹거리와 생활방식까지 알게 되고 또 신경을 쓰게 되니까 사는 게 그만큼 더 복잡해진 것도 같아요. 주무시기 전에 물도 드시고 종아리도 주무르세요~ 저는 자기 전에 펌프를 해요. 이제 펌프하고 잘 준비해야겠어요. 아버지, 안녕히 주무세요.~

2015. 11. 16. (월) 오전 8:02:17

아버지~ 안녕히 주무셨어요? 날씨가 연일 흐리네요~ 오늘도 오후에 비 예보가 있네요~ 반가운 소식이지요. 토요일에는 캐나다에 사는 아범 친구가 와서 인천에서 별안간 모임을 하게 되어 갔다가 점심을 먹고 헤어져 엄마 얼굴 뵙고 왔네요. 토요일이라 아버지도 집에 계실 줄 알았는데 종친회 가셔서 못 뵙고 와서 서운하네요. 인천 대공원에서 모임을 했는데 경치도 좋고 산책로도 좋더군요. 그곳 근처에서 점심식사를 했는데 그곳이 장수동이라는군요~ 예전에 제가 아는 장수동은 포도밭 있고 딸기밭이 있던 시골이었는데 몰라보게 변했더군요. 노랗게 물든 은행나무가 예뻐서 사진 찍었어요~ 11월도 중순인데, 날씨가 푸근하네요. 김장 준비로 이번 주는 많이 바쁠 거 같아요~ 오늘도 편안한 하루 보내세요~

2015. 11. 23. (월) 오전 7:38:16

아버지~ 안녕히 주무셨어요? 비가 오네요. 지난주부터 내리기 시작한 비로 바닥이 보이던 대청호에 물이 고였다고 하네요~ 동네 산책로 개울도 실같이 가늘게 흐르더니 물 흐르는 소리도 달라졌어요~ 토요일에 김장을 했는데 비가 계속 내린 탓에 무와 파 등 김장에 들어가는 재료들이 진흙투성이가 되어 닦느라고 애를 썼어요. 날씨가 포근한 데다 요즘은 따뜻한 실내에서 김장을 하지요. 애들한테 예전에 밖에서 찬물을 써가며 했던 김장 이야기를 해주니 이해를 잘못하더라고요~ 세상은 참 좋아졌고~ 우리 엄마들 참 고생 많으셨지요~ 몇 년째 가족이 힘을 합해 김장을 하다 보니 이젠 각자 하는 일이 정해져서 이번에도 훨씬 더 수월하게 일을 마쳤네요~ 애들에게 좋은 추억거리가 될 거로 생각해요~ 이제 고추장을 담을 준비해야 할 차례에요. 이렇게 반복되는 일들을 때에 맞춰 하다 보면 한해가 훌쩍 가네요~ 한 해, 한 달. 이런 것에 의미를 두지 말고 하루하루를 즐겁고 편안하게 보내는 게 노년을 잘 보내는 방법의 하나라고 해요~ 오늘도 즐겁게 웃으시며 지내시는 하루 보내세요~~

2015. 11. 26. (목) 오전 8:32:22

아버지~ 안녕히 주무셨어요? 기온이 하루아침에 뚝 떨어졌네요~ 찬 기운이 절로 느껴지는 아침이에요. 감기 걸리지 않게 조심하세요. 감기는 등 뒤로 들어온다고 해요. 그래서 조끼 같은 것을 덧입나 봐요. 감기에 걸리면 등을 따뜻하게 해서 감기가 나가게 한다고 해요. 핫팩 같은 것을 등에 대고 있는 것도 좋은 방법이라고 해요. 2주일이 넘도록 흐린 날씨가 이어지고 해가 안 나니까 집안 공기도 서늘해서 몸이 자꾸 움츠러드네요. 결혼하기 전에 일하기를 싫어해서 엄마가 아범한테 '경애가 마음은 착한데 일하기를 싫어해서 잘 못 얻어먹을 텐데 이해하라'고 말씀하셨는데, 엄마가 되고 보니까 저절로 움츠러드는 몸도 잘 추스르게 되고 또 맏며느리가 돼서 시어머니를 모시고 살다 보니 부지런해진 것도 같아요. 자리가 사람을 만든다는 말이 맞는 것 같아요~ 누구나 그 자리에 앉게 되면 그 자리에 맞는 사람이 되게 마련이니, 지금 어디서나 제일 어른이신 아버지는 아랫사람에게 힘을 실어주는 말씀을 하시어 더욱 존경받는 어른이 되셨으면 좋겠어요. 저야 물론 가장 존경하는 사람을 대라면 망설임 없이 '우리 아부지요'라고 하지요. 저희들에게 든든한 버팀목이 되어주시는 아버지~ 오늘은 날씨 쌀쌀하니까 낮에 따끈한 국물이 있는 점심 드세요~ 오늘도 스마일~~~♡

2015. 12. 2. (수) 오후 5:03:31

날씨가 연일 흐려요. 지금은 마치 어둡기 전 저녁 같네요. 오늘 같은 날은 청국장찌개가 제격인데요. 대파를 크게 썰어 넣고 떡첨을 넣어 부글부글 끓인 청국장찌개를 한 숟갈 크게 크게 떠서 드시던 아버지 모습이 눈에 선하네요. 저는 그때 파가 싫어서 큰 대파를 맛있게 드시는 아버지를 보고 어른이 되면 다 저렇게 먹게 되는가

보다 했는데 지금도 저는 파를 잘 못 먹어서 음식에 넣을 때 아주 잘게 썰어 넣지요. 여긴 비가 제법 많이 내리고 있어요. 밤에 눈으로 변하고 날씨도 추워진대요~ 감기 걸리지 않게 따끈한 차 많이 드세요~ 저는 이제 저녁 해야지요~ 청국장찌개를 해야겠어요~ 저녁 진지 맛나게 드세요.

2015. 12. 6. (일) 오전 8:39:41

한 달이 넘도록 하늘이 개지 않고 흐려 있네요. 빨래도 잘 안 마르고 몸도 쑤시는 것 같고~ 가을을 지나 겨울로 온 지가 언제인데 매스컴에선 가을장마가 길다고 말하네요. 덕분에 바닥이 보이던 대청호에 물이 고이고 보령댐 수위가 좀 올라갔다고 하더라고요. 환한 햇살이 그리운 요즘이에요~ 엄마 마음이 그럴 것 같은 생각이 들어요. 서서 마음대로 걷고 싶으실 텐데~ 희망이 없으니 마음이 늘 흐림이 아닐까 하고요~ 한정된 공간에서 얼마나 답답하실까요~ 어느 책에서 읽었는데 부부지간에 한 명이 거동이 불편해지면 자유롭게 움직이는 배우자에게 이유 없는 미움이 생겨서 투정을 자꾸 부린대요~ 그래서 본의 아니게 부부싸움을 하게 된다고 하더라고요. 몸이 아프면 마음도 병들기 마련인데 그걸 알면서도 그렇게 된다고 하더라고요~ 아버지는 다정하셔서 가끔씩 가서 뵈면 엄마 기분을 맞춰주시느라 애쓰시는 좋은 모습을 보며, 엄마는 비록 자유롭지 못하시지만, 행복하신 분이 아닌가 하는 생각이 들어요~ 엄마한테 자주 가서 말벗이 되어드려야 하는데 저희 집에도 노모가 계시니 자주 못

가 뵙고, 그래서 늘 죄송하지요. 그래도 올케를 비롯해 언니와 경자가 가까이 있으니 그런 면에서도 엄마는 행복하신 거지요~ 요즘 가까이에서 함께하는 자식들이 없어 외로운 노인분들이 많다고 해서 하는 말이에요~ 오늘도 즐거운 날, 많이 웃는 날을 보내세요^~^

2015. 12. 11. (금) 오전 9:05:17

아버지~ 안녕히 주무셨어요? 날씨가 마치 긴 겨울 지나고 봄이 오는 듯한 기분이 드는 아침이에요~ 며칠 반짝하더니 또 흐리네요. 날이 화창한 날 고추장을 담그려고 날을 벼르며 일기예보를 챙겨 보는데 연이어 맑은 날이 없네요~ 이번 주에 이어 다음 주에도 눈과 비 소식이 있어요~ 고르지 못한 날씨에 감기 걸리실까 봐 걱정이네요. 옛날 어른들은 지금 시기를 '몸은 비록 한가하나 입은 궁금한 때'라고 표현했대요~ 긴 겨울밤 저희들 공부시키시다 지하실에서 꺼내온 무를 깎아주시면 맛있게 먹던 기억이 나네요~ 아마 요맘때 즈음이겠지요. 사실 농사기술이나 품종개량으로 요즘 무가 훨씬 맛있지만, 애들에게 먹어보라고 주면 이게 무슨 맛이냐고 안 먹네요~ 무우 하나에도 추억이 새록새록 솟아나는 요즘이에요~ 가을무는 인삼보다 낫다니 무 많이 드세요~ 오늘도~스마일~하세요~

2015. 12. 16. (수) 오전 7:46:25

아버지~ 안녕히 주무셨어요? 날씨가 정말 그렇네요~ 오곡백과 무르익는 계절에 요즘 같았다면, 일조량 부족으로 곡식은 여물지 않았을 테고, 과일들은 익지 않고 다 떨어져 버렸을 거예요~프랑스 사는 친구가 워낙 흐린 날이 많으니까 해가 나면 축제인 양 옷을 벗어 재끼고 빨래를 해서 넌다더니, 요즘 우리 겨울이 그러네요~ 빨래도 장마 때같이 눅눅하고~ 그렇지만 아침의 저희 집 창밖 풍경은 차분한 게 딱 차 한 잔 마시고 싶은 분위기예요. 지금도 하루가 시작되는 때가 아니라 하루가 저무는 때인 듯 어둑어둑하네요. 이럴 때 노인들 호흡기질환 걸리기 쉬우니까 물을 많이 드시고 전에 말씀드린 대로 길게 길게 숨을 내쉬세요~ 몸을 움직이지 않고도 운동하는 것 같은 효과를 낸다고 해요~ 텔레비전 보실 때도, 차를 타고 가실 때도, 숨을 길게 내쉬는 습관을 들이세요~ 숨을 내쉬면 들이마시는 건 저절로 되기 때문에 그건 신경 안 쓰셔도 돼요~ 입을 웃는 모양으로 하고 숨을 내쉬면 더 많은 숨을 내쉴 수 있다니까, 입은 스마일 하시면서 숨은 길게 길게~~ 오늘도 즐거운 하루 보내세요~~♡ ♡♡

2015. 12. 20. (일) 오전 8:58:43

오늘도 하늘이 잔뜩 흐렸네요. 그래도 다음 주는 날씨가 맑을 거라는 예보가 있으니 두고 봐야겠어요. 날이 연이어 맑을 것 같으면 다음 주엔 고추장을 담가야겠어요. 벌써 언제부터 날이 들기만 기다리는지 모르겠어요. 저희 집에서 15년을 기른 개가 그제 죽었어요. 5일을 밥을 못 먹고 끙끙 앓다가 갔어요. 제가 늘 밥을 주고 목욕을 시키고 가끔은 예뻐 보이기도 했던 개라 그런지 많이 허전하네요. 경희는 원래 개를 좋아했지만 저는 싫어했어요. 그런데 애들이 저 몰래 사 왔지 뭐예요~ 그런데 사 오기만 하고 관리는 제 차지가 되었지요. 개가 크니까 관리하기도 힘들어서 짜증도 나곤 했어요. 그래서 개한테 잘못할 때도 있었는데, 보내고 나니 아무리 동물이라도 좀 잘해주었을 걸 하는 마음이 들더라구요. 개의 죽음이 계기가 되어 사람들 사이의 인연에 대해 생각해보기도 했어요. 살면서 인연을 맺게 되는 사람들은 내가 선택할 수 있지만, 부모와 형제는 내가 선택한 것이 아니라 하늘이 맺어준 것이지요. 내가 맺은 인연은 상황이 변하면 끊을 수도 있지만, 하늘이 맺어준 인연은 아무리 끊으려고 해도 끊을 수가 없지요~ 사람들이 부모와 형제와는 허물이 없으니까 자칫 함부로 대하기도 하고, 그러다 보니 가족 간 갈등도 생기고 때로 남만보다 못한 사이가 되기도 하지요~ 모든 인연이 소중하지만, 하늘이 맺어준 인연을 소중히 하다 보면 가정 밖에서 맺은 인연도 또한 소중하게 생각하게 되지 않을까 하는 생각도 해보았어요. 조만간 뵈러 갈게요. 오늘 날씨는 흐리지만 마음은 즐겁게 활짝 웃으셔요~~♡

2015. 12. 24. (목) 오전 7:25:34

아버지~ 편히 주무셨어요? 잠자리가 불편하시지요? 저희 어머니는 숨이 차다고 하셔서 동네 병원에서 사진 찍어보니 늑막에 물이 찼다고 해서 이뇨제 먹고 나으셨지요. 그래서 아버지도 금방 퇴원하실 줄 알았는데 며칠째 병원에 계시네요. 이럴 때 금방 가서 뵙고 오면 마음이 편할 텐데~ 가 뵙지 못해 아쉬워요. 나중에 집으로 찾아뵐게요. 아버지 자리가 비어있으면 엄마가 매우 허전하실 거예요. 아버지~ 오늘이라도 퇴원하셨으면 좋겠어요. 편지 쓸 때는 늘 예전 일들을 생각한다거나 아버지와 엄마를 생각하며 즐거운 마음이 있는데 오늘은 걱정스러운 마음이네요~ 빨리 쾌차하시길~~♡♡

2015. 12. 27. (일) 오전 8:54:17

아버지~ 며칠 동안 바뀐 잠자리 때문에 불편하셨다가, 어젯밤에서 모처럼 편하게 지내셨지요? 기온이 급격히 떨어졌어요. 창을 여니 찬 공기에 코끝이 싸하네요. 오랜만에 아침부터 환한 햇살이 비치네요. 병원에 며칠을 계실 동안 가 뵙지 못해서 죄송해요. 시간을 내서 아범과 내일 찾아뵙기로 했어요. 아버지는 내일도 출근하시나요? 기계도 오래 쓰면 기름도 칠해야 하고 고장 나면 고쳐야 하듯이 사람도 노화현상으로 일어나는 증세들을 바로잡아가며 지내야 하지요. 그러면 아버지처럼 노령이 되셔서도 끄떡없으시지요. 이번에도 아마 그런 면에서 보면 며칠 이거저거 검사도 하시고 또 잘 쉬시고 나오신 거 같아요. 항상 길게 길게 숨을 내쉬세요~ 오늘 엄마랑 함께 많이 웃으시며 일요일 편히 쉬세요~~~♡♡

2015. 12. 30. (수) 오전 8:55:19

아버지~ 안녕히 주무셨어요? 올겨울은 정말 안 추우려나 봐요~ 겨울에 한철 장사하는 사람들이 모두 울상이래요. 월동용품 장사하는 사람들도 그렇고요, 얼음 축제하는 사람들도 얼음이 얼지 않아 계획했던 행사를 취소해야 하는 형편이래요. 춥기를 기다려야 할지, 다른 장사를 해야 할지, 갈등이 심하겠지요? 재미있는 이야기 하나 해드릴게요. 보시고 웃으세요~ 갈등(葛藤)은 칡나무 '갈' 자에 등나무 '등' 자를 모아 만든 말이지요. 칡나무와 등나무는 넝쿨나무 인데, 칡넝쿨은 오른쪽으로 감고 올라가고 등나무 넝쿨은 왼쪽으로 감고 올라가기 때문에 두 넝쿨은 언제나 서로 얽히기만 할 뿐이라네요. 그래서 서로 다른 의견이 대립할 때 갈등이라는 표현을 쓰지요. 살다 보면 갈등할 때가 많지만 마음 한 번 돌리면 별거 아닐 수 있으니, 사람들에게 마음공부를 하라는 것 같아요.

2016년

2016. 1. 1. (금) 오전 8:47:38

새해가 밝았네요~ 제가 제일 존경하는 우리 아버지~~
새해에도 내내 건강하세요~~♡

2016. 1. 5. (화) 오전 8:48:47

오늘도 날씨가 흐리려나 봐요~ 영신이 출근시키고, 식구
들 아침 챙기고, 부엌정리 하고, 세탁기 돌려 빨래하고, 매일 반복해
서 하는 일이니까 시간도 항상 비슷해요. 지금쯤 아침 식사를 하시고
출근 준비 중이시겠네요~ 늘 변함없이 부지런하신 아버지의 삶은
본받아야 할 표본이라고 애들에게도 항상 이야기하지요. 지난번 갔
을 때 못 뵙고 와서 서운했지만, 괜찮아지셔서 출근하게 되셨다는 사
실에 기쁜 마음이 더 컸어요. 얼마 전에 몽고간장 회장님이 기사를
상습 폭행한 것이 폭로되어 기업에 큰 타격을 주고 회사 차원에서 사
과문을 내는 것을 보고 아버지 생각을 했어요. 병원에 입원하셨을 때
자처해서 아버지 병간호를 맡아 하시던 박 기사 얘기인데요, 아버지
께서 평소 잘 베풀어주시지 않으면 그렇게 할 수 있었겠어요? 그런
면에서도 아버지를 존경하지요.

2016. 1. 11. (월) 오후 1:27:07

아버지~ 점심 맛있게 하셨어요? 기온이 낮다는데 햇살이
좋아서 마치 봄 같네요. 요즘 해가 잘 안 나서 일조량이 부족한 바람

에 사람들에게 비타민D 부족현상이 생겨 건강 문제가 많다고 해요. 어제 그제 이틀에 걸쳐서 드디어 고추장을 담갔어요~ 그래서 지난 주는 일주일 내내 고춧가루 빻으러 다니랴, 부속 재료들 준비하랴, 항아리 준비해 놓으랴, 바빴어요. 그동안 냉동실에 보관했던 남은 고춧가루를 모두 모으니 제법 양이 돼서 이번에는 좀 오래 두고 먹어도 되겠어요. 이틀에 걸쳐서 어머니 지시에 따라 아범과 함께 큰 단지에 하나 가득 고추장을 담아 놓으니 부자가 된 것같이 마음이 좋네요. 이것도 재미로 알고 하니, 힘들기보다 잘 배워서 나중에 애들한테도 가르쳐줘야지 하는 생각이 들었어요. 이젠 구정 지나고 된장을 담그면 또 2~3년은 그냥 먹게 되겠지요~ 원래 된장은 매해 담가 묵혀가며 먹어야 제맛이라는데 아파트는 그게 잘 안되니까, 한번 담가 다 먹을 즈음 또 새로 담곤 하지요~ 오늘 오후엔 밖에 나왔는데, 햇볕이 너무 좋아서 추운 줄도 모르겠어요~ 그렇게 해서 저는 오늘 돈으로 살 수 없는 햇볕을 많이 쬐고 있어요. 아버지도 오늘같이 햇볕 좋은 날 햇볕 많이 쬐세요~~♡♡

2016. 1. 18. (월) 오전 9:31:50

아버지~ 출근 준비 중이시지요? 여긴 눈발이 날리고 있어요. 눈이라도 와야지, 요새도 겨울 가뭄 때문에 대청호는 바닥이 다 보일 정도예요. 수려한 풍광을 자랑하던 대청호인데 바닥이 드러나 흉해서 초라해 보이기까지 하네요. 인력으로 안 되는 일이라 안타깝기만 하네요. 옛날에 서천령(西川令)이라는 사람이 있었는데, 장기를 잘 두기로 소문이 났대요. 그런데 어느 날 지방의 한 병사가 말을 한 마리 끌고 와서 내기 장기 두기를 청하면서 자기가 지면 자기가 가지고 온 말을 내놓겠다고 하더래요. 그래서 장기를 두었는데 그 병사가 세 판 중 두 판을 져서 말을 내놓게 되었대요. 그러자 병사는 아무렇지도 않은 듯 말을 내주면서 몇 달 후 자기가 꼭 찾으러 오겠으니 그동안 잘 보살펴 달라고 하고는 가더래요. 서천령은 의기양양해서 그 말을 다른 말보다 더 잘 먹이고 잘 보살펴주었대요. 그런데 몇 달 후 정말로 그 병사가 찾아와서 또 내기 장기 두기를 청하면서 이번에 자기가 이기면 저 말을 도로 갖고 가겠다고 했대요. 그러자 서천령이 코웃음을 치면서 그렇게 하라고 했는데, 웬일인지 이번에는 그 병사가 세 판을 내리 다 이기고는 그동안 자기 말을 잘 보살펴주셔서 고맙다고 인사를 하고 가더래요~ 서천령은 어처구니가 없었겠지요~ 사실 그 병사는 장기를 아주 잘 두는 사람인데 서울로 가면서 번을 서는 차례가 돌아오자 자기가 아끼는 말을 돌봐줄 사람이 없어 꾀를 낸 거래요. 그러니까 자기가 서울에서 번을 서는 동안 자기 말을 편하게 맡겨놓았다 찾아갈 방법을 찾았던 거래요. 꾀를 잘 쓰면 힘든 일도 쉽게 넘길 수 있다는 이야기예요. 하지만 아무리 꾀를 내어도 가뭄을 피할 길은 없겠지요? 기온이 많이 내려가서 제법 겨울 같다니까 감기 안 걸리시게 조심하세요~♡ 오늘도 스마일하세요~~♡

2016. 1. 24. (일) 오전 9:02:25

아버지~ 아침진지 잘 드셨어요? 아침에 일어나니 눈이 와서 앞산이 하얗게 변했네요~ 날씨는 이곳도 영하 17도라고 하네요~ 제가 대전에 내려온 후로 제일 낮은 온도인 것 같아요. 인천은 더 춥겠지요. 감기 걸리지 않게 조심하세요. 얼마 전에 아범이 무거운 걸 들다 탈장이 되었어요. 그런데 탈장은 당장 수술하지 않아도 생활하는데 불편하지는 않으니까 방학을 기다렸다가 지난 수요일에 입원해서 목요일에 수술하고 어제 퇴원했어요. 수술은 잘 되었고요~ 아직 밖에서 자유롭게 움직이는 것은 힘들지만, 집안에서 걷는 운동을 잘하고 있어요. 아범 수술한다고 말하면 걱정하실까 봐, 다 하고 난 다음에 말씀드리는 거예요~ 참, 엄마가 뜨개질하는 걸 물어보시는데 가서 가르쳐 드리고 싶은데 갈 수가 없어요. 당분간은 아범이 통원치료를 해야 하고 이래저래 가기가 쉽지 않을 것 같네요. 사람이 나이가 들게 되면 장의 벽도 약해지는데 특히 남자들은 탈장이 되기가 쉽다고 하니까 아버지도 운동하실 때 무리한 힘을 주시는 걸 조심하셔야 할 거예요~ 오늘은 최고로 추운 날이라니까 밖에도 나가지 말고 집에서 뜨끈하게 찌개나 끓여서 먹어야겠어요~ 아버지도 오늘은 뜨끈한 국물로 몸을 따뜻하게 하세요~~

2016. 1. 26. (화) 오전 8:05:17

아버지~ 안녕히 주무셨어요? 오늘은 예년의 기온과 같아진다네요. 겨울이 겨울 같지 않다고 하더니, 겨울 맛 제대로 봤네요. 사람이 힘든 일을 겪고 나면 웬만한 어려운 일에는 끄떡도 하지 않고 지난다고 하지요~ 전 같으면 춥다고 웅크릴 날씨인데 이젠 살 만하다 하고 어깨를 펴게 되니 말이에요~ 이렇게 추운 날이면 엄마가 팔뚝만 한 알이 보이는 동태찌개를 끓여서 알은 할아버지와 아버지 상에 올리셨죠. 그것이 참 먹고 싶었는데~ 이젠 알을 어머니 드리고 아범 주고 그러네요~ 나눠 먹자고 떼어 주시면 못 이기는 척 먹지요~ 그런데 사실은 그렇게 먹고 싶지도 않고 특별히 맛있다고 느껴지지 않는 게 나이를 먹은 탓인지, 아니면 먹을 게 풍족해져서 더 맛있는 게 많아져서인지 모르겠어요. 오늘 아침 신문에는 사라져 가는 청어에 대한 기사가 나왔는데 기름이 배어 나오게 구운 청어는 맛있지만, 알갱이가 굵은 청어알은 먹기가 거북해서 서로 밀어놓지요~ 그래도 어린 시절의 추운 겨울을 생각나게 해주는 생선이지요. 오늘은 김치 넣고 동태찌개를 끓여야겠어요~ 대파도 많이 넣고요~ 아버지도 오늘 낮에 동태찌개를 드시면 어떨까요? 뜨끈해서 시원한 국물도 좋겠지요? 오늘도 즐겁게 웃는 하루 보내세요~~

2016. 1. 29. (금) 오전 8:01:01

아버지~ 안녕히 주무셨어요? 날씨가 확 풀렸네요. 앞산에 아직 덜 녹은 눈이 있긴 한데 아마 그곳이 응달이라 그런 것 같아요. 오늘 아침 뉴스를 들으니 서울은 영하1도라지만, 며칠 전 맹추위에 떨었던 때에 비하면 봄날이지요. 이제 설 명절이 다가오는데 저희는 그전에 아버님 제사가 있어서 오늘은 물김치를 담고 이거저거 준비를 시작해야 할 것 같아요. 시절이 변해서 제사음식을 주문하기도 하고 또 반찬가게에서 전을 사 오기도 하지요. 그래도 전 어렸을 적에 제사 때면 작은 엄마들이랑 모여앉아 전 부치고 설에는 만두 빚고 그랬던 기억이 그리워서, 애들하고 같이 전도 부치고 만두도 같이 만들어요. 이다음에 애들도 그때 즐거웠다고 생각할 수 있게 열심히 준비하지요. 그러면서 엄마가 참 대단하셨다고 생각하지요~ 그 많은 음식이며 손님 접대 등 온갖 일을 혼자서 다 주관하여 해내셨으니 말이에요~ 음식 솜씨도 좋으셔서 아범도 가끔 장모님 음식이 참 맛있었는데 하고 아쉬워하기도 하지요. 이젠 엄마가 해주시는 음식을 먹을 수 없지만, 엄마가 하시던 걸 생각해내어 제가 해서 식구들에게 줘요, 그러면서 항상 아버지와 엄마께도 해드리면 얼마나 좋을까 생각하지요. 어제는 인간과 컴퓨터가 바둑을 두어서 컴퓨터가 이겼다네요. 바둑의 최고봉인 한중일을 대표하는 기사가 아니고 유럽을 대표하는 중국계 기사라고는 하는데, 이번에는 요즘 인간 바둑의 지존이라고 불리는 이세돌과 대결을 벌인다니 그 결과가 궁금하네요. 저는 바둑을 잘 모르지만 아버지께서 바둑을 즐겨두시니 저도 모르게 관심을 끌게 되어 바둑에 대한 기사가 나면 꼼꼼히 읽어 보게 되네요. 나이 드신 분들께 바둑만큼 좋은 취미는 없다고 봐요. 손끝으로 바둑알을 만지시니 말초신경 자극이 되어 좋고 묘수를 생각하시느라 머리를 계속 쓰시니 치매 예방에도 이보다 더 좋은 것이 있을 수 없지요~ 날씨가 별안간 풀렸을 때도 노인분들은 건강에 조심하셔야 한다니 물을 충분히 드시고 길게 길게 숨을 내쉬세요~ 오늘도 즐겁게 웃으시며 보내시는 하루 보내세요~

2016. 2. 4. (목) 오전 8:35:31

　　아버지~ 저는 이렇게 아버지를 부를 때 참 좋아요~ 지금 아침 식사 중이시겠네요~ 설 명절 때까지 추운 날씨는 없을 거라네요. 언젠가 차례를 지내고 성묘를 갔는데 눈도 안 녹았고 바람도 너무 차서 잔만 올리고 그냥 돌아온 적이 있어요. 아마 올해는 낮에 영상의 기온이 될 거라니까 그럴 일은 없겠지요. 아범은 지난주 금요일에 실밥을 풀고 수술 때문에 불편한 것이 하루가 다르게 나아지고 있다네요. 의사 말로는 완전히 나으려면 2~3개월이 걸릴 거라고 하니까 그때까지 조심조심해야지요. 오늘은 입춘이에요. 다시 또 새로운 한 해의 절기가 시작되는 날이지요. 실제로 병신년(丙申年)이 시작되는 날이지요~ 엊그제 신문을 보니 '택시 친절 왕'을 뽑아서 정부에서 직접 상을 주는 제도를 만들었다네요. 올해는 우선 서울시에서 시행하고 내년부터 전국으로 확산한다고 하네요. 인터넷을 활용한다든지 등 어떤 방법으로 선정할 것인지 구체적이지는 않지만 그런 제도가 생겨서 경기도에서도 하게 되었을 때 동창산업 기사가 선정되었으면 좋겠어요. 택시를 타고 접수된 불편사항 중 35% 정도가 기사의 불친절이라니까 이런 제도가 시행되면 좀 나아지겠지요? 저희들에게 하시던 대로 정신교육을 기사들에게 하시면 틀림없이 동창산업 기사는 뭐가 달라도 다르다는 말을 듣게 되지 않을까 싶네요. 오늘도 스마일~하셔야지요? 스~마~일~~하세요~~♡

2016. 2. 10. (수) 오전 9:11:17

길다고 생각했던 연휴 마지막 날이네요. 영신이가 회사 일이 바빠서 힘들다고 하더니 모처럼 늦잠을 자고 새벽까지 공부하던 영실이도 늦잠을 자고, 마치 일요일 같아서 내일은 월요일일 것 같은 날이네요. 매일이 모여 이틀, 한 주, 한 달, 일 년이 되는데, 어느 스님이 말씀하기를 '오늘'이 제일이라네요. 오늘을 잘 보내는 게 제일 잘 사는 거라고 해요. 어제는 지나간 오늘이고 내일은 다가올 오늘이니 매일매일 오늘을 잘 살고 보면 잘 사는 인생이 되지 않겠냐고 하네요. 오늘같이 날씨도 쾌청한 날엔 집 앞 공원 산책을 하세요. 햇볕도 받고 다리 근력도 기르기에 아주 좋은 날씨네요. 밤에 소변이 마려워 깨시면 금방 일어나지 마시고 화장실을 가야지 생각하시고 천천히 일어나세요. 노인들은 한밤중 잠결에 일어나 화장실 가다가 잘 넘어진다는 기사를 보았어요. 잠에서 깨시면 바로 일어나 가지 마시고 침대에 걸터앉았다가 가시는 게 좋다네요. 꼭 그렇게 하세요. 저희는 일요일에 세배 갈게요~ 오늘도 많이 웃으셔요~~

2016. 2. 12. (금) 오전 8:21:22

아버지, 안녕히 주무셨어요? 오늘은 비가 오네요. 밝아오는 창밖으로 물안개가 피어올라 와서 마치 깊은 산 속에 들어와 있는 것 같네요. 내일까지 비가 오고 월요일부터 다시 좀 추워진다네요. 저희가 세배 가는 일요일은 날도 맑고 그리 춥지도 않을 거라고 하니

다행이라는 생각이 드네요. 오늘은 영신이가 서울로 출장을 간다고 새벽에 집을 나서는 바람에 저도 일찍부터 움직였더니 아침 시간이 여유롭네요. 과유불급(過猶不及)~ 지나친 것은 모자라는 것과 다를 바 없다는 말이지요. 옛날에 어느 사람이 식사에 초대를 받아서 갔는데 음식을 하는 사람이 간을 잘못 맞추어서 싱거워서 맛이 안 났대요. 그런데 주인이 소금을 조금 넣었더니 맛이 아주 좋아졌대요. 그러자 이 사람은 그렇게 조금 넣었는데도 맛이 그리 좋아지니 많이 넣으면 맛이 한결 더 좋아질 것으로 착각하고 음식마다 소금을 잔뜩 넣었대요. 그랬더니 나중에는 몸에 병이 났다고 해요. 몸에 좋다는 것도 정도에 맞게 먹어야지 무조건 많이 먹는 건 오히려 건강을 해치지요. 그리고 나이가 들어서 제일 좋은 운동은 걷는 것이라고 해요. 깊게 숨을 뱉으면서 걷는 것이 어느 보약보다 좋다고 하네요. 무조건 빨리 걷는 것도 오히려 건강을 해치고 살짝 땀이 올라오는 정도로 적당히 힘들지 않게 걷는 것이 좋다고 해요. 무리하지 마시고 천천히 꾸준히 걸으셔서 다리에 힘을 길러 종아리를 튼튼하게 하세요. 그러면 심장에도 좋은 영향을 미친다네요. 부모님을 비롯하여 우리 가족 모두 건강했으면 좋겠어요. 오늘은 흐리고 비 오지만 마음은 즐겁게 스마일하세요~~♡

2016. 2. 15. (월) 오전 9:53:15

아버지~ 지금쯤 출근 준비 중이시겠네요. 아침에 일어나니 날씨가 차진 게 느껴지네요. 중부지방에 한파주의보가 내려졌다지요. 요즘 아버지께서 바깥 운동을 잘 안 하시는 것 같아 걱정은 덜 되지만 그래도 공기가 달라질 때마다 면역력이 약해지신 노약자분은 감기 걸릴 수 있으니까 조심하세요. 저희는 어제 잘 내려왔어요. 오 랜만에 만나는 아버지와 엄마, 오빠, 경자가 늘 인천에 다녀오면 한 동안 자꾸 생각나요. 엄마는 많이 좋아지셨는데 아버지 좌골신경통 이 문제이군요. 사람 마음이 다 그런지, 옆에 계신 시어머니보다 멀 리 계신 우리 아버지와 엄마 건강이 더 염려되네요. 일어났을 때는 눈발이 날리더니 지금은 햇살이 환하네요. 펌프를 꾸준히 하시는 것 도 좌골신경통에 좋으니까 잊지 마세요~~ 오늘도 스마일~~하세 요~♡♡

2016. 2. 20. (토) 오전 10:24:24

오늘은 날씨가 매우 포근한 것 같네요~ 창을 열고 앉아 있 어도 추운 줄 모르겠어요~ 어제가 올해의 둘째 절기인 우수(雨水)였 지요. 우수 경칩이 지나면 대동강 물도 풀린다고 했으니, 몇 번의 꽃 샘추위는 있겠지만 이젠 곧 봄이 오겠지요? 오늘은 우스운 이야기 하나 들려드릴게요. 옛날에 어떤 사람이 친구 집에서 밥을 먹게 되었 는데 주인장이 말하기를 형편이 어려워서 상에 푸성귀뿐이라고 미안 해했대요. 그런데 마당의 닭을 바라보고 있던 친구가 그럼 자기가 타 고 온 말을 잡아서 안주를 하면 어떠냐고 했대요. 주인장이 놀라서 그럼 자네는 뭘 타고 돌아갈 거냐고 물었더니, 마당에 있는 자네 닭 을 빌려 타고 가겠다고 했대요. 그러자 주인장이 껄껄 웃으면서 닭을 잡아 대접했다네요. 손님이 왔을 때 정성껏 밥상을 마련해야겠지요. 저는 누구보다 아버지와 엄마께 맛있는 밥상을 차려드리고 싶은데요~~ 날 더 풀리면 대전에 오세요. 제가 차려드리지는 못해도 맛난 음식 대접하고 싶으니까 꼭 오셔요. 오늘은 햇볕 좋으니까 많이 걸으세요~~~

2016. 2. 22. (월) 오전 8:57:01

아버지~ 아침진지 드셨어요? 어제는 오곡밥을 먹고 달님에게 소원을 비는 날이라는데 날이 흐려서 달이 안 보였지만, 오늘은 해가 나네요. 어제 오곡밥과 나물 드셨지요? 저희도 오곡밥과 나물 몇 가지를 해서 먹었는데 너무 맛있다고 과식을 하고는 힘들어했어요. 어렸을 때는 동네 아이들, 언니, 오빠, 모두 함께 깡통에 불 넣고 돌리는 쥐불놀이했던 것이 생각나요. 불을 붙인 짚을 넘으면서 소원을 빌면 소원이 이루어진다고 해서 잘 뛰지도 못하면서 언니랑 오빠 따라 불을 뛰어넘곤 했어요. 보름이면 고사를 지내셨는데 팥을 좋아하는 저는 떡보다 팥고물을 더 맛있게 먹었지요~ 그런데 타지방에 내려와 살다 보니 지방마다 풍습이 달라서 음력 14일에 오곡밥을 먹는 경기도와 달리 전라도와 강원도는 15일에 먹네요. 그리고 생일날도 우리는 쌀밥에 미역국을 먹지만 강릉에서는 팥밥을 해 먹는다네요. 같은 곳에 살아도 각자 자기들 고향 풍습대로 명절을 보내고 음식도 해먹고 그러지요. 저는 엄마가 하시던 대로 해요. 오늘 저녁에는 달을 볼 수 있으려나 모르겠네요. 오늘도 많이 웃는 하루 보내세

요~ 달님께 우리 부모님 건강하시게 해달라고 기도할게요~~~♡

2016. 2. 26. (금) 오전 9:00:08

밤새 눈이 와서 앞산이 온통 눈꽃으로 예쁘네요~ 어느 해인가 3월에 폭설로 대전 전체가 마비되었던 적이 있어서, 겨울눈보다 봄눈이 더 무섭다는 생각이 들어요. 그래서 눈이 더 내릴 거라는 예보를 듣고 좀 걱정이 되네요. 저희 아파트가 언덕이 져서 눈이 오면 드나들기가 영 안 좋거든요. 월요일에 영실이 치료해주던 선생님을 만나서 좌골신경통에 대해 여쭤보았더니 첫째는 온열 찜질을 해주고 둘째는 아픈 부위를 찾아내어 그곳을 자극하고 셋째는 물을 하루에 2ℓ 정도 마시는데 죽염을 조금씩 넣어서 마시면 더 좋다고 해요. 그리고 제가 보내드린 게르마늄물이 더 좋은 효과를 낼 거라네요. 찜질은 원래 하시던 거니까 그대로 하시면 되고, 침을 맞으시니까 자극은 따로 주지 않으셔도 될 것 같고, 물만 좀 드시면 되겠네요. 따뜻한 물을 드시면 더 좋다네요. 주무시기 전에도 한 잔 꼭 드시고 주무세요. 병에 담아서 다니시면서 수시로 한 모금씩 드세요. 모쪼록 아프신데 없이 편안한 노년을 보내셨으면 좋겠어요. 오늘은 흐리니까 낮에 뜨끈한 찌게 드세요~

2016. 3. 1. (화) 오전 0:25:40

어제까지 비와 눈이 오락가락하면서 내리더니 오늘은 화

창하네요. 땅은 질척거려서 좀 귀찮아요. 요새 내리는 비나 눈은 농사에 아주 유익하다니 불편해도 좀 참아야겠지요. 물을 일부러 마시는 게 쉽지 않은데 물 잘 마시고 계세요? 조금씩 자주 마시면 좀 수월하니까 조금씩 나눠 자주 드세요. 되도록이면 따뜻한 물이 좋다는데 아버지는 차고 시원한 걸 좋아하시니까 좀 답답하실 수도 있겠지만 덜 찬물을 드시면 좋겠어요. 오늘은 정월보름 지나고 첫 말(午)의 날이라 된장을 담그려고 소금물을 풀어 놓았어요. 이따 오후에 항아리에 메주와 소금물을 넣고 40일 후면 된장을 건질 수 있지요. 요즘 인터넷을 보면 다 따라 할 수 있지만, 어머니가 계셔서 어머니 방식대로 하니 저도 그대로 배우게 되네요. 잘 배워서 애들한테 만들어주기도 하고 가르쳐 주기도 해야지요. 날이 맑아서 다행이에요. 왠지 화창한 날에 장을 담그면 더 맛있을 것 같으니까요~ 오늘 햇볕도 좋으니까 천천히 산책 좀 하시고 엄마랑 맛난 점심도 드세요~

2016. 3. 5. (토) 오전 7:16:03

아버지~ 안녕히 주무셨어요? 어제는 종일 하늘이 흐리고 가늘게 비가 내렸는데 날씨는 춥지 않은 게 이젠 정말 봄이 온 건가 봐요. 아직 해가 뜨지 않아서 어떤지 모르겠지만, 주말엔 날이 전국적으로 흐리고 비 온다니까 오늘은 아마 흐리겠지요. 아범은 2일부터 개강을 해서 학교에 가고 그래서 저도 오랜만에 공부하러 학당에 갔어요. 나이가 들어도 공부하는 재미와 어디서도 들을 수 없는 선생님 말씀이 저를 자꾸 학당으로 가게 만들어요. 저희 선생님은 정말로 저희 같은 아줌마들 상대로 강의 하시기에는 아까운 분이지요. 어디에서도 대접을 제대로 못 받으시지만, 사물을 꿰뚫어 보는 눈이 밝으셔요. 그런 선생님 덕분에 돌아올 때는 항상 뭔가를 얻어 오는 것 같은 기분이 들지요. 그리고 선생님 말씀대로 살아야지 하고 생각하게 되지요. 사람이 살아가는 본분에 대해서 항상 말씀하시거든요. 아버지를 자주 못 뵈니까 아버지 말씀이다 생각하고 귀 기울여 듣고 있어요. 좌골신경통은 차도가 있으세요? 그게 원래 단번에 낫는 병이 아닌 데다 아버지 연세도 있으시니까 느긋한 마음으로 치료받으세요. 오늘은 날이 흐리다니까 뜨끈한 국물이 있는 음식을 드시면 좋겠네요. 오늘도 많이 웃으세요~♡

2016. 3. 9. (수) 오후 2:06:17

아버지~ 점심 맛있게 드셨어요? 오늘은 햇볕이 너무 좋네요. 오늘 공부하러 가는 날인데 아침 기온이 차다고 해서 옷을 잔뜩 껴입고 나갔어요. 그런데 아침엔 썰렁해서 괜찮더니 올 땐 살짝 더운 듯하네요. 이제 점심을 먹고 아침에 못 하고 나간 일을 마무리 지어야겠지요. 일을 해야 할 때 하기 싫어 가끔은 미뤘다가 한꺼번에 몰아서 하기도 해요. 옛날에 어떤 사람이 매일 기르는 젖소에서 우유를 짰는데 손님을 초대하게 돼서 머지않아 많은 양의 우유가 필요하게 되었대요. 그런데 매일 우유를 짜서 모아놓으려니 귀찮기도 하고, 모아놓을 장소도 마땅치 않았대요. 그런 그에게 우유를 짜지 않고 모았다 한꺼번에 짜면 좋을 것 같다는 생각이 들었대요. 한 달 만에 손님들이 오셨을 때 우유를 짜려 하니 한 방울의 우유도 나오지 않았다네요. 무슨 일이든 때가 있는 법인데, 사람들이 조금 있다가, 아니면 돈이 생기면, 아니면 이 계절이 지나면 하면서 뒤로 미루다 아주 때를 놓쳐버리게 되지요. 부모님 찾아뵙는 것도 마찬가지일 텐데 참 잘 못하고 있네요. 아버지와 엄마가 함께 계시고 오빠 내외가 있으니까 아무래도 마음이 덜 쓰인다는 게 맞는 말일 거예요. 좌골신경통 증상이 좀 나아지고 있나요? 이제 기온이 오르면 아무래도 추운 겨울보다 나을 거예요. 얼른 다 나으셔서 운동도 나가시고 그랬으면 좋겠어요. 햇볕을 직접 받으시고 들어가세요. 많이 웃는 하루 보내세요 ~~♡

2016. 3. 13. (일) 오후 4:47:02

　　오늘은 해가 구름 속에 숨어서 썰렁한 기운이 감도니, 몸이 자꾸 움츠러드네요. 인간과 컴퓨터와의 바둑 대결이 오늘 4번째인데 오늘도 이세돌이 곤욕을 치르고 있다네요. 인간이 편리하고자 만든 기계가 인간을 지배하는 세상이 올 것 같아요. 오전에 저희 동네 전체가 잠시 정전이 되었어요. 저희들은 저희도 모르게 문명의 이기의 노예가 된 거 같아요. 전기가 없으니까 아무것도 되는 게 없어요. 텔레비전 소리도, 냉장고 소리도, 다른 아무 소리도 안 나니까, 일요일이라 식구들이 다 있는데도 집안이 조용하네요. 오늘은 이세돌이 이겼으면 하는 마음인데 감정을 보이지 않는 기계와 싸우는 것은 감정의 변화를 보이는 사람과 싸우는 것보다 훨씬 힘들 거예요.

중국 소동파라는 사람이 쓴 글 중에 이런 이야기가 있어요. 옛날에 어느 어머니가 아이 둘을 냇가에 놀게 두고 빨래를 하는데 호랑이가 나타나니 어머니는 놀란 나머지 애들 생각을 잊고 물속으로 들어가 버렸대요. 그런데 호랑이가 무서운 건지 어떤 건지 모르는 아이들은 호랑이가 무섭게 해도 전혀 동요가 없이 천진난만하게 놀고 있었대요. 그런 아이들을 보고 호랑이가 그냥 숲 속으로 돌아가 버렸다네요. 호랑이도 사람의 혼을 빼놓은 후 잡아먹는다고 하는데, 전혀 반응이 없는 아이들은 잡아먹을 마음이 들지 않았나 봐요. 그런 게 세상 이치인데, 감정의 변화를 느끼지 못하는 기계와의 대국이 무슨 의미가 있나 하는 생각도 드네요. 어제 나무는 마음에 들게 사 가셨어요? 미리 알았더라면 저희도 옥천에 가서 아버지랑 작은아버지를 뵈었을 텐데 하는 아쉬움이 남네요. 다음에는 오실 때 미리 연락 주시오. 저희가 맛집 안내도 해드리고 같이 구경도 다녔으면 좋겠어요. 맑은 날보다 흐린 날은 좌골신경통 통증이 더 하실 텐데 찜질 잘하시고 물 드시고 편히 쉬세요~ 편안한 저녁 시간 보내세요~

2016. 3. 15. (화) 오후 3:08:39

오늘은 햇볕이 참 좋네요. 오전에 어머니 모시고 치과에 다녀와서 빨래를 두 번이나 했어요. 아버지는 지금 이세돌 바둑 두는 거 보고 계시죠? 저는 전혀 모르니까 결과를 보고 아쉬워하거나 기뻐하거나 그러지요. 오늘 아침 신문에 우리 전통 음식이 연재되는 난에 미나리가 나왔어요. 예로부터 미나리는 관상용으로도 좋아서 일부러 연못에 심기도 했다고 해요. 그리고 그 맛은 시골의 어느 농부가 일부러 임금님께 진상하기 위해서 올라올 정도로 맛있었다고 해요. 저는 결혼하기 전에 엄마가 미나리를 데쳐서 고추장 양념에 무쳐주시면 맛있게 먹던 생각이 나요. 그런데 시집에선 냄새난다고 하며 미나리를 안 먹더라구요~ 지금도 입에서 침이 고일 정도로 생각나는 나물인데요~ 이렇게 미나리 하나에도 추억이 서려 옛날을 생각나게 하네요. 점심을 먹고 햇볕 좋은 거실에 앉아 있으려니 졸음이 솔솔 와요. 아버지께 편지 쓰고 일어나서 청소도 하고 공부도 하고 그래야겠어요. 요즘 일본어를 배워보려고 하는데, 히라가나를 외우기가 나이 들어 그런가 잘 안돼요~ 나중에 아버지 뵈면 일본말로 말좀 할 수 있어야 할 텐데요~~ 오늘 같은 날 햇볕 많이 쬐세요~

2016. 3. 22. (화) 오후 1:30:28

이제 정말 봄이 온 거 같네요. 창을 열면 새소리가 시끄러우니까요. 계절마다 자연의 변화가 일어나지요~ 그 중 봄에는 단연 새소리이지요. 저희 집 앞산에도 봄기운이 가득해서 나뭇가지 끝이 연하게 노란색으로 변하고 있어요. 하루가 다르게요.~ 지난주에는 어머니 틀니가 부러져서 모시고 치과에 다녔는데, 치과 치료 마치자 심한 변비에 힘을 주시다가 정신을 잃으셨어요. 그래서 내내 병원 모시고 다니느라 바빴어요. 다행히 잘 털고 일어나셔서 일주일 만에 오늘 노인정에 나가셨네요. 아버지도 변비가 심하시죠~ 그런데 약사인 친구가 요즘은 신약에 밀려서 잘 안 쓰지만, 부작용도 없고 노인들이 드시기에 좋은 약이라고 가르쳐준 게 있어요. '마그밀'이라는 약인데, 비콤이 그러하듯이 오래되었지만 꾸준히 쓰이는 약이래요. 아버지도 병원에 가시면 의사에게 처방해달라고 하셔서 드셔 보셨으면 좋겠어요. 그리고 지난번에 희연이가 대만에서 차를 사다 드렸더니 아버지께서 잘 드셨죠? 그런데 영신이가 며칠 전에 대만 다녀오면서 그 차를 사 와서 오늘 보냈어요~ 차를 마시는 것도 하루에 마시는 물의 양을 늘리는 것이니까, 차도 수시로 드시면 좋겠어요. 변비는 노인이 되면 장의 운동이 활발하지 못한 탓도 있지만 드시는 음식의 양이 적어지는 것이 더 큰 이유라네요. 규칙적인 식사와 함께 충분한 수분을 섭취하면 좌골신경통뿐만 아니라 변비 해소에도 많이 도움이 될 거예요. 그리고 수분을 많이 섭취하면 노화 속도도 늦출 수 있다고 해요. 세포 속에 수분이 없어지면서 주름도 생기고 피부도 거칠어져서 늙어 보이는 거지요. 물 많이 드시고, 오늘 햇볕도 좋으니까 햇볕도 많이 쬐시고 또 많이 걸으세요~~

2016. 3. 29. (화) 오전 10:14:41

아버지~ 아침진지 드시고 이제 출근 준비하시겠네요. 일교차가 10도 이상 나니까 몸이 빨리빨리 적응 못 하는 노인분들은 감기 걸리기 딱 좋은 날씨이지요. 이럴 때 물을 많이 드시면 몸의 순환기가 잘 돌아갈 수 있도록 유도해서 면역력도 증강된다네요. 참, 좌골신경통 차도는 있으신지요? 그 병이 낫는 듯하다 좀 더 심해지고 그런 것 같다가 나아진다네요. 그러니 낫는 것 같다가 다시 아프실

때 걱정하지 마시고, 평상시 하시던 대로 하시면 될 거예요. 오늘도 많이 웃으세요~ 스마일~^_^~

2016. 4. 2. (토) 오전 7:05:04

아버지~ 안녕히 주무셨어요? 오늘은 토요일이라 늦잠 좀 자고 싶었는데 평상시처럼 눈이 떠졌네요. 그래서 습관이 무서운 거라고 하나 봐요. 날씨가 별안간 더워져서 5월 중순의 날씨를 보인다고 하지요? 어젠 민소매 옷을 입고 다니는 사람도 보이더라구요. 급히 피어난 꽃들이 거리를 환하게 만들고 있지요. 어젠 선생님이 성삼문(成三問)이 쓴 사희시(四喜詩)를 읽어주시며 저희들 각자 기쁜 일이 무엇인가 생각해보라고 하셨어요. 칠년구한봉감우(七年久旱逢甘雨, 칠년의 오랜 가뭄에 단비를 만날 때), 천리타향우고지(千里他鄕遇故知, 천리타향에서 옛 친구를 만났을 때), 소년금방괘명시(少年金榜掛名時, 소년이 장원급제하여 금방에 이름 걸릴 때), 무월동방화촉야(無月洞房花燭夜, 달도 없는 어두운 밤 신방의 촛불이 밝을 때), 이런 시예요. 아버지는 언제 가장 기쁘셨나요? 나이가 들어보니 가장 기쁜 때는 자식에게 좋은 일이 생겼을 때가 아닌가 하는 생각이 들어요. 그런데 저는 아직 애들 짝도 못 지어줬네요. 반면 힘들었던 일을 생각하니 이거저거 생각나는 게 있어요. 특히 영실이가 서울로 대학을 가서 먹는 게 부실했던지 면역력이 저하되어 심하게 아파 휴학을 시키고 데려왔을 때가 생각나요. 밤에 자다가도 애가 잘 자고 있는지 몇 번씩 깨느라고 잠들지 못하고 지새우던 날들이 제 인생에서 가장 힘들었던 때인 것 같아요. 3년 넘게 투병생활을 했지만 그래도 학교를 잘 마칠 수 있었고, 이젠 거의 다 나아서 취업준비 공부를 열심히 하고 있으니 그것만으로도 참 기쁜 일이네요. 그리고 부모님이 아프셔서 병원에 입원하셨다는 말을 들었을 때가 생각나요. 마음은 당장 가보고 싶은데 멀리 있어서 못 가볼 때, 눈물이 나지요. 다행히 언니와 오빠가 있어서 제가 안 가도 아무 문제가 없는 것은 고마운 일이고요. 그리고 시집살이 힘들었던 때가 생각나요. 힘들었지만 잘 지내다 보니 이젠 어머니를 우리 엄마를 보살피듯 그냥 보살피면 되는 때가 되었어요. 그런 일을 생각하다 보면, 앞으로 제게 많은 기쁜 일들이 일어날 것을 기대해 보게 되네요. 오늘 토요일이지만 영신이가 서울에서 열리는 박람회에 회사 직원들과 함께 간다고 하니 이제 영신이를 깨워야겠네요. 이젠 기온도 올라가서 활동하기 좋은 때이니까 햇볕도 많이 쬐시고, 좋은 주말 보내세요~~

2016. 4. 9. (토) 오전 6:48:54

아버지~ 안녕히 주무셨어요? 아직 해뜨기 전이라 잘 모르겠지만 날이 흐린 것 같네요. 아버지 좌골신경통에 영 차도가 없으셔서 시술을 받으려 하신다구요? 웬만하면 약물치료보다 대체의학에서 하는 방법으로 치료를 하시면 좋을 텐데~ 너무 아프시니까 ~ 무리하지 마시고 좀 푹 쉬시면서 치료를 하셨으면 좋겠어요. 오늘은 토요일인데 좀 쉬시면서 찜질도 하시고 햇볕도 쬐고 산책도 하시고, 그랬으면 좋겠어요~~

2016. 4. 10. (일) 오후 8:26:45

아버지~ 오늘 하루 어떻게 지내셨어요? 흐렸다가 개었다가, 날씨가 정말 고르지 못하네요. 저는 저녁 먹고 산책하러 나갔다가 입안이 퍽퍽할 정도로 미세먼지가 가득 차서 그냥 들어왔거든요. 아버지도 밖에서 돌아오시면 꼭 손 닦으시고 입안을 헹구어내세요. 주무시기 전에 물 한잔 드시는 것도 잊지 마시고요. 오늘 하도 여러 가지 일을 했더니 고단해서 저도 일찍 자야겠어요~~ 아버지, 안녕히 주무세요~♡

2016. 4. 12. (화) 오전 9:41:10

아버지~ 출근 준비 중이신가요? 오후부터 흐려져서 내일은 전국적으로 비가 올 거라더니 벌써부터 맑지 않은 날씨이네요. 오늘은 일교차가 심할 거래요. 옷을 잘 챙겨 입고 나가셔야 되겠어요. 나들이하기 좋은 계절이지만 꽃가루 날리고 황사도 있고 머뭇거리게 되지요. 지난주에 엄마가 언니, 올케, 아줌마들하고 수목원 나들이를 다녀와서 사진을 보내주었는데요~ 사진을 보며 예전 생각을 했어요. 엄마는 그 바쁜 와중에도 방학이면 도시락 싸서 작은 엄마들까지 다 데리고 나들이를 갔었지요. 덜컹거리는 버스를 타고 손에 도시락과 돗자리를 들고 신나서 문학산에 갔었지요. 잊고 있던 그리운 추억이 사진을 보면서 살아났어요. 아버지, 다음엔 우리 다 함께 소풍 가요~ 아버지가 소집하시면 얼른 달려갈게요. 아버지 좌골신경통

빨리 나으시고 날씨 좋은 때 모두 함께 나들이 가요~ 날이 궂으면 신경통은 증세가 심해질 텐데요~ 따뜻하게 찜질하시고~ 물 많이 드세요~ 오늘도 많이 웃으세요~♡

2016. 4. 21. (목) 오후 7:37:00

아버지~ 저녁 진지 맛있게 드셨어요? 어제오늘은 비가 온 탓인지 미세먼지 농도가 높지 않아서 창을 활짝 열어 놓으니 맑은 공기와 새소리가 기분을 상쾌하게 하네요. 토요일엔 오랜만에 아버지와 엄마도 뵙고, 언니, 오빠, 동생들을 만나 너무 좋았어요. 게다가 아버지도 좌골신경통 때문에 고생하시는데도 얼굴이 좋아 보이시고 엄마도 얼굴이 좋아 보이시니, 더욱더 좋았어요. 비 오면 좌골신경통 증세가 심해질 텐데 따뜻하게 찜질하시고 주무실 때도 자리를 따뜻하게 하세요. 물도 한 잔 드시고 종아리 마사지도 하시고 편안히 주무세요~~♡

2016. 4. 22. (금) 오전 8:01:35

아버지~ 안녕히 주무셨어요? 어제 비가 많이 와서 그런지 아침에 창밖을 보니 깨끗하게 씻긴 하늘과 물을 잔뜩 머금은 나무들이 눈과 마음을 상쾌하게 하네요. 먹고 살기 어렵던 시절에는 잘 먹는 게 가장 큰 관심사였는데 이젠 어떻게 먹어야 건강에 좋은가를 따져가며 먹는 때가 되었네요. 그러다 보니, 전문가들의 의견에 따라

흔하던 음식이나 과일들이 별안간 귀하게 되기도 하네요. 바나나를 매일 한 개씩 먹으면 변비에도 좋지만 치매 예방에도 좋은 효과를 나타낸다고 해요. 그 뿐만 아니라 혈압을 낮추고 스트레스를 받을 때도 좋다고 하니, 바나나를 드시면 요기도 되면서 건강에도 좋으니 일석이조가 아닐까요? 비 온 뒤 공기도 맑으니 숨을 크게 내쉬면서 천천히 걸으시면 좋을 것 같네요~ 오늘도 많이 웃으셔요~~

2016. 4. 25. (월) 오전 7:36:55

아버지~ 안녕히 주무셨어요? 아침에 일어나서 창을 활짝 여니 상쾌한 공기와 새소리가 기분을 좋게 하네요. 또 새롭게 시작하는 월요일이에요. 매일이 새로운 날이지만 월요일이 되면 일주일 동안의 할 일들을 계획하며 새로운 다짐을 하게 되지요. 지난 주 말엔 봄맞이 대청소를 했어요. 방마다 먼지를 다 털어내고 잘 안 쓰는 의자는 내놓고 정리해서 더 상쾌한 느낌이 드는 아침인 것 같아요. 생전에 법정 스님이 뭐든지 하나가 있어야 소중하게 생각하지 두 개, 세 개가 있게 되면 그 소중함을 몰라서 함부로 하게 된다고 말씀하셨지요. 그 말씀에 공감해요. 잘 안 쓰는 물건을 모아서 수익금을 불우이웃돕기에 쓰는 아름다운 가게에 내놓으니까 정리도 되는 것 같고 마음도 좋네요. 오늘 미세먼지 농도는 매우 나쁨이에요. 밖에 나가실 때 마스크 착용하셔야 할 것 같네요. 수시로 물을 드시고~ 오늘도 즐거운 하루 보내세요~♡

2016. 4. 28. (목) 오전 5:59:14

아버지~ 안녕히 주무셨어요? 여긴 어제 비가 많이 왔어요. 터지기 시작하던 송홧가루가 비에다 씻겨 내려갔을 거 같아요. 심한 미세먼지도 다 씻어버렸으면 좋겠어요. 마스크를 안 쓰고 이틀 저녁 산책을 했더니, 목이 깔깔하고 재채기를 심하게 해서 요 며칠 고생했어요. 미세먼지 농도 심한 요즘은 밖에서 걷는 건 하지 마시고, 나가실 땐 마스크 꼭 쓰셔요. 창밖도 훤해지고 이제 아침 준비 해야겠어요~ 오늘도 즐거운 마음으로 웃음 가득한 하루 보내세요~ ♡

2016. 5. 3. (화) 오전 8:41:36

아버지~ 오늘 엠알아이 결과 보러 가시는 날이지요? 여긴 비가 많이 오는데 거기도 비가 많이 오면 가시는데 불편하시겠어요. 신경통이라는 게 기상청이라고 하잖아요~ 비가 오려면 공기 중에 습도가 높아지니까 통증을 유발하게 되지만, 아버지는 좀 더 심하게 아프셨던 것 같네요. 얼마나 아프실까 하는 생각에 마음이 많이 불편했어요. 오늘 결과에 따른 좋은 치료법으로 하루빨리 나으셨으면 좋겠어요.

2016. 5. 4. (수) 오전 7:44:07

아버지~ 안녕히 주무셨어요? 어제 날씨가 그리 흉흉하더니 오늘은 맑게 개었네요. 어제 병원 가셔서 치료 잘 받고 오셨어요? 경희에게 이야기 듣고 마음 놓였어요. 경희 말로는 경희가 다니는 학교의 강사 한 분도 아버지처럼 협착증이 와서 꼼짝도 못 하셨는데 잘 치료 받으니 거뜬히 일어나서 잘 다니신다네요. 아버지도 그러실 거라고 해서 한시름 놓았어요. 내일 아범하고 뵈러 갈게요. 편히 쉬세요.

2016. 5. 5. (목) 오전 8:49:39

아버지~ 잘 주무셨는지 걱정이 많이 돼요. 하지만 저희 어머니도 예전에 척추가 내려앉아서 서는 건 고사하고 앉지도 못했는데 한방치료를 꾸준히 받아서 나으셨고요, 나중에 또 아프셨을 때는 통증 클리닉에서 주사를 맞아도 낫질 않았지만, 엠알아이를 찍으니 척추뼈에 금이 갔다고 해서 시멘트 시술을 받으시고 거뜬히 일어나셨어요. 아버지도 걱정하지 마시고 치료 잘 받으시면 곧 쾌차하실 거예요. 저희는 지금 가고 있어요~ 가서 뵐게요~

2016. 5. 5. (목) 오후 9:19:32

아버지~ 주무셔서 인사도 못 하고 내려왔어요. 아무튼, 가서 뵈니까 마음이 놓였어요. 제가 생각한 것보다 아버지 건강상태가 한결 좋아 보이셔서요. 저희 어머니는 아버지보다 훨씬 상태가 안 좋으셨었어요. 일어나 앉지도 못하셨거든요. 그런데도 꾸준히 치료

받으셔서 잘 걸어 다니셔요. 아버지는 당연히 마음대로 걸으실 수 있으실 테니까 의사를 꼭 믿고 치료 잘 받으셨으면 좋겠어요. 그리고 저희 어머니도 정형외과 의사와 상담도 했지만, 수술을 권하지 않아서 한방치료를 받으셨는데, 아버지도 한방병원에서 치료받으시게 된 것이 무척 잘 된 것 같아요. 오늘 저녁은 내일 검사를 위해서 금식을 하신다지요? 검사 잘 받으시고요~ 멀리서 자주 가 뵙지는 못하지만 우리 아버지 빨리 완쾌하시기를 간절히 기도 드립니다~ 꼭 나을 거라는 긍정적인 생각을 가지시고 편안히 주무세요.

2016. 5. 7. (토) 오전 7:00:16

아버지~ 안녕히 주무셨어요? 앞산에 아카시아 꽃이 활짝 피어서 산이 환하네요. 저녁이 되면 은은한 향기가 또 좋지요. 어제는 아버지 기분도 좋으시고 덜 아파하신다고 해서 마음이 좋았어요. 하루하루 나아지는 걸 느끼실 수 있을 거예요. 그런데 너무 조급하게 생각하지 마시고 평생 쉴 새 없이 열심히 일하신 만큼 쉬었다 가는 시간을 갖는다 생각하시고 편안히 쉬시면서 치료받으세요. 한방치료는 양방치료와 달리 천천히 치료가 되지만 인체에 전혀 해가 되지 않을 뿐 아니라, 아픈 부위에 침을 맞게 되면 그 부위뿐만 아니라 몸 전체의 기(氣)를 원활하게 만들어 준다고 해요. 오늘도 식사도 잘하시고 웃고 싶지 않아도 하하하 크게 웃으세요~

2016. 5. 7. (토) 오후 7:52:56

아버지~ 저녁 진지 잘 드셨어요? 저는 가뵙지 못하니까 이렇게 편지로 안부 인사를 올리네요. 월요일이면 아버지 전담의사가 독일에서 온다니까 더 마음이 놓이네요. 독일은 대체의학도 발달한 곳이라 그곳에서 공부하고 온 사람이라면 더욱더 신뢰할 만하지요. 대체의학과 한방을 병행하면 금상첨화지요. 한방이나 대체의학에 따른 치료는 시간이 오래 걸리는데, 좀 답답하시더라도 참으시면서 차근차근 치료를 받으셔야 할 거예요. 아버지는 평소 운동도 많이 하시고 근력이 연세에 비해 좋으신 편인 데다가, 저희 어머니보다 상태가 좋으신 편이지요. 그래서 저희 어머니보다 일찍 일어나실 거예요. 오늘도 빨리 회복이 되어야겠다 하는 마음을 갖으시고 편안히 주무세요~♡

2016. 5. 8. (일) 오전 8:14:00

아버지~ 편안히 주무셨어요? 오늘은 어버이날이에요. 저는 어머니가 계셔서 어버이날은 늘 함께하지 못했지만, 그래도 여전히 섭섭하네요. 오늘 비록 병원에서 어버이날을 맞으시지만, 내년 어버이날에는 근사한 곳에서 즐겁게 보내시게 될 거예요. 부모님께 늘 감사해 하는 마음 잊지 않겠습니다~ 아버지, 엄마, 사랑해요~~♡

2016. 5. 9. (월) 오전 7:35:28

아버지~ 안녕히 주무셨어요? 햇살은 밝게 비추는 것 같지만, 미세먼지 때문에 마치 눈에 뭐가 낀 듯하네요. 그래도 아버지께서 하루하루 나아지시고 기분도 좋아지시는 것 같아 좋네요. 어제 통화했을 땐 원래 아버지 목소리가 돌아오신 듯 우렁차서 좋았어요. 오늘 아버지를 전담할 의사가 돌아온다니까 이제 더 빠르게 호전되실 거예요. 오늘도 좋은 말과 좋은 생각만 하시고 많이 웃는 하루 보내세요~~

2016. 5. 10. (화) 오전 7:51:55

아버지~ 안녕히 주무셨어요? 비가 오려고 어제 그렇게 후텁지근했나 봐요. 날이 흐리니 앞산에 활짝 핀 아카시아 꽃이 더 환하게 보이네요. 아버지 허리 통증이 날로 나아져서 통증이 거의 없어졌다고 하니 정말 다행이고 기뻐요. 저희 어머니 경우를 보면 잘 서지 못할 때도 입원 안 하시겠다고 하셔서 통원치료를 받으셨지요. 아버지는 이제 통증도 거의 없어지셔서 혼자서 걸으실 수 있으니 곧 퇴원하시겠네요. 아버지는 평소 활동적이셔서 가만히 안 계시는데 병원에 입원해 계시니 얼마나 답답하실까 하는 생각이 들거든요. 워낙 건강하셔서 빨리 일어나실 줄은 알았지만, 생각보다 훨씬 빨리 나아지신다는 소식을 들어 기쁩니다~ 오늘도 좋은 생각만 하시고~ 편안한 하루 보내세요~~♡

2016. 5. 11. (수) 오전 5:50:23

아버지~ 안녕히 주무셨어요? 여긴 어제 종일 비가 내렸어요. 밤늦게까지 비가 내리더니 아침에 산을 보니 산이 더 푸르러졌네요. 이제 하루하루 더 푸르러지겠지요. 아버지 목소리가 다시 우렁차지셨어요. 아버지를 닮아서 목소리가 커서 시집 왔을 때 아범이 목소리를 낮추라고 몇 번이나 주의를 시켰던 적이 있어요. 목청이 좋은 건 경희도 물려받아서 노래를 잘하는 거지요. 의사 말씀 잘 따르시고 치료 잘 받으셔서 얼른 나으시길, 그래서 편안한 잠자리에서 주무시게 되길 바랍니다~ 오늘도 편안한 하루 보내세요~~♡

2016. 5. 12. (목) 오전 6:12:50

아버지~ 안녕히 주무셨어요? 창을 여니 시원한 바람과 새소리가 아침을 상쾌하게 맞도록 하네요. 저희 집 앞산 자락엔 사람들이 땅을 골라서 농사를 짓는데 처음엔 조금씩 하더니 이제 10년이 되다 보니 제법 넓어져서 땅도 트랙터로 갈고 그러네요. 원래 녹지였던 걸 그렇게 마음대로 갈아서 농사를 지어도 되나 모르겠어요. 지난번에 아버지 병원 갔다 농장에 갔었잖아요. 노년에 텃밭을 가꾸는 재미는 정서적으로도 좋고 치매 예방에도 좋다고 해요~ 아버지는 병원에서도 바둑을 두실 정도로 바둑을 즐기시니까 치매 걸리실 염려는 없을 것 같아요. 그렇지만 웬만하면 지금은 되도록 누워서 편히 계시는 게 치료에 도움이 될 거예요. 사람들이 나이가 들면 쓸데없는

218

걱정이 많아지는데 그걸 기우(杞憂)라고 하지요. 기우는 옛날 중국의 기나라 사람들이 '하늘이 무너지면 어떻게 하나' 하고 걱정하는 데에서 유래되었다고 해요. 자주 가뵙지 못하니까 아버지가 답답하셔서 의사 말씀을 어기시고 바둑 두시느라 오래 앉아 계시고 그러다 탈 날까 봐 걱정 아닌 걱정을, 그러니까 기우를 하고 있어요. 오늘도 식사 잘하시고~ 많이 웃는 하루 보내시길 바랍니다~~♡

2016. 5. 13. (금) 오전 8:29:48

아버지~ 아침진지 잘 드셨어요? 병원에 계시니까 집에 계실 때와 달리 안부가 더 궁금해져요. 하루하루 나아지신다니 예상은 하고 있었지만 참 기쁘네요. 얼른 집에 돌아가셔서 편안히 주무실 수 있기를 기원합니다~ 아버지, 식사 잘하시고 편안한 하루 보내세요~

2016. 5. 14. (토) 오전 6:25:48

아버지~ 안녕히 주무셨어요? 일교차가 심해서 아침저녁엔 서늘하고 낮엔 여름 날씨 같이 덥네요. 어젠 어떠셨어요? 차도가 있으신지요? 모두들 아버지 간호하느라 애들 쓰는데 이럴 때 함께하지 못해 마음이 불편해요. 그렇지만 언니가 멀리 있어 그런 걸 어쩌겠냐고 걱정하지 말라고 하니 마음에 위로가 되네요. 멀기도 하지만, 어제도 어머니가 노인정에서 어지럼증으로 쓰러지셨다고 해서 모시고 와서 돌봐드리느라 정신이 없었어요. 마음뿐이지 못 가 뵈어 죄송해요. 얼마 전에 경자가 아버지와 엄마 금혼식 때 찍은 사진을 올려서 봤는데 그 모습이 지금 저희 나이 때 모습이네요. 얼른 일어나셔서 엄마랑 손잡고 나들이하셨으면 좋겠어요~ 오늘도 어제보다 더 나은 하루 보내세요~~

2016. 5. 15. (일) 오전 8:03:59

아버지~ 안녕히 주무셨어요? 어제저녁에 날씨가 좀 후텁지근한 것 같아서 오늘 날씨가 궂으려나 했더니 화창하네요. 미세먼지만 없으면 나들이하기 딱 좋은 날이지요. 어제 경희가 아버지 상황을 눈으로 본 듯이 잘 설명해주어서 아버지가 어떠신지 안 뵈어도 알 것 같아요. 게다가 저는 어머니가 그렇게 나아가시는 걸 지켜보았기 때문에 더 잘 알지요. 통증이 없어져서 나은 듯하다가 다시 아파지기를 반복하면서 낫지요~ 아픈 강도가 점점 약해지면서 낫게 되는 거예요. 이젠 시간만 지나면 다 해결되는 문제니까 아파도 걱정하지 마시고 '이거 나아지려고 그러는구나' 생각하시고 마음 편히 갖으세요. 오늘도 웃으시면서 하루 보내세요~~♡

2016. 5. 16. (월) 오전 6:03:05

아버지~ 편안히 주무셨어요? 비가 오네요. 봄에 오는 비는 농사에 무조건 좋다고 하는데 올봄에는 비가 많이 오네요. 며칠 있으면 24절기 중 8번째인 소만인데 소만은 농사가 본격적으로 시작되는 때라지요. 그러니 요즘 오는 비는 그야말로 적기에 내리는 비인 셈이지요. 자연이 시간의 흐름에 따라 저절로 정해진 이치대로 변해 가듯이, 사람들도 나이를 먹어감에 따라 자연히 늙어 가지요. 하지만 요즘은 100세 인생을 노래하잖아요~ 아버지도 그동안 열심히 일하셨으니까 이번 기회에 쉬시면서 치료하신 뒤 100세 인생을 누리시기 바라요. 아버지는 아무것도 짚지 않고 화장실도 가신다는데, 저희 어머니는 두 달 정도 디근 모양 보행기 없이는 서지도 못하셨어요. 그러니 아버지는 훨씬 빨리 회복되실 거예요. 식사 잘하시고 오늘도 즐거운 마음으로 하루를 보내세요~

2016. 5. 17. (화) 오전 7:18:36

아버지~ 안녕히 주무셨어요? 오늘은 날씨가 화창하네요. 송홧가루도 비에 씻겨 다 날아가고, 이제 나무마다 새순을 내놓느라 뾰족하게 끝을 세우고 있네요. 미세먼지도 없는 오늘 같은 날 병원에 계시니 답답하시죠? 이제 곧 아버지 마음대로 걸으실 수 있을 테니 조금만 더 기다리세요. 활동 안 하시니까 변비가 더 심해지실 거예요. 저희 어머니도 변비가 심해서 좋다는 건 이거저거 다 해도 나아지지 않아 화장실에서 쓰러지신 적이 몇 번이나 있었어요. 언젠가는 쓰러지다 부딪혀서 머리에서 피가 난적도 있거든요. 아버지는 혈압이 높으시니까 특히 더 조심하셔야 할 거예요. 그런데 생청국장을 갈아서 드렸더니 변비 증세가 가셨다고 하시더라구요. 그 이야기를 우리 자매들이 함께하는 카톡창에 써넣었더니 언니가 해다 드린다고 했어요. 청국장 같은 것을 꾸준히 잡숴보셨으면 좋겠어요. 바나나 한 개와 같이 드시면 더 좋아요. 누워 계시고 활동을 안 하시면 아무래도 신체 리듬이 깨지니까 이런저런 증상들이 나타나지요. 얼른 퇴원도 하시고 활동하시게 되었으면 좋겠어요. 오늘도 많이 웃으세요~♡

2016. 5. 18. (수) 오전 8:34:27

아버지~ 안녕히 주무셨어요? 오늘은 아직 일기예보를 보진 않았지만, 창밖이 어제보다 좀 뿌연 게 미세먼지 농도가 높을 것 같네요. 사람들은 제대로 된 생활습관만 갖고 있어도 병에 걸리지 않는다고 해요. 그런데 건강하지 않은 체질을 타고 난 사람도 있다고 해요. 영실이를 치료해 주신 선생님 자신은 워낙 약한 체질로 태어났지만 건강한 생활습관으로 그것을 극복해서 지금은 아주 건강한 체질을 지니게 되었다고 해요. 아버지는 연세에 비해서 건강하신 게 부지런하시고 운동도 꾸준히 하시기 때문이기도 하지만, 원래 건강한 체질을 타고나신 게 아닌가 싶어요. 저도 건강한 체질을 타고났다고 하는데 아버지를 닮아서 그런 것 아니겠어요? 하지만 좋은 기계도 오래 쓰면 손을 봐줘야 하듯이 아버지는 더 건강한 노후를 보내시기 위해 잠시 몸을 가다듬고 계신 것이지요. 병원생활이 답답하시겠지만 조금 더 참으세요~ 오늘도 행복한 마음으로 많이 웃는 하루 보내세요~~♡

2016. 5. 20. (금) 오전 6:20:49

아버지~ 안녕히 주무셨어요? 날씨가 마치 여름날같이 무더운 느낌이 드네요. 그래서 오늘 비가 올 줄 알았더니 날씨가 화창해요. 아버지 입원하신 지 벌써 2주가 넘었네요. 다행히 많이 좋아지셨다니까 소식만 듣고 뵙지 않아도 마음이 너무 좋아요. 저는 어머니께서 회복되시는 것을 보았기 때문에 잘 알지만, 그래도 걱정이 컸어요. 형부와 오빠가 병원 잠을 자는데 주말엔 저희들도 가서 하루 아버지 곁에서 지내다 오려 해요. 어머니께서 웬만하시면 가서 주말에 아버지랑 하루 보낼게요~ 얼른 집에 가셔서 편히 잠을 주무셔야 될텐데~ 오늘도 어제보다 나은 하루를 보내세요~~

2016. 5. 21. (토) 오전 9:38:12

아버지~ 오늘은 어제하고 어떻게 다르세요? 어제도 말씀드렸지만, 아버지께서 병원에 계신 지 2주가 넘었어요. 2주는 그리긴 시간이 아닌데 마치 2달은 된 것 같아요. 그동안 많은 차도가 있으셨지요? 매일 침을 맞으시니까 허리뿐이 아니라 온몸의 기가 원활하게 돌게 되어서 전보다 몸이 훨씬 더 건강해지실 거예요. 양방치료는 병을 치료할 때 약을 먹게 되면 그 병은 치료되지만, 약으로 인해 간에 부담이 간다든지 부작용이 있지요. 하지만 한방치료는 그 병을 치료해주면서 온몸의 기를 원활하게 하고 돋아주니, 연세 드신 어른들은 한방치료를 하시는 게 좋은 것 같아요. 아버지도 앞으로 양약 드시는 걸 좀 줄이시고 대신 한방치료를 받으셔요. 때 이른 폭염주의보로 병원생활이 더 지루하실지 모르지만 조금만 참으세요. 오늘도 즐거운 마음으로 하루를 보내세요~♡

2016. 5. 23. (월) 오전 8:58:56

아버지~ 어젯밤도 편안히 주무셨어요? 유난히 새소리가 시끄러운 아침이네요. 봄이 되면 본능적으로 종족 번식을 위해 짝을 찾느라 저리 울어대는 거라네요. 사람들도 배우자를 만나는 것에 따라 인생이 바뀌잖아요. 사람이 살다 보면 병에 걸리게 되는데 치료방법을 선택하는 것은 배우자를 선택하는 것만큼 중요하다고 해요. 치료방법에 따라 그 치료 효과에 큰 차이가 있으니까요. 아버지께서 이번에 한방병원으로 가신 것은 참 잘하신 것 같아요. 아버지께서 지난번에 매우 아프셨기 때문에 걱정이 될 것도 같지만, 병원에서 퇴원해도 된다고 하면 걱정 마시고 퇴원하세요. 병원생활이 답답하고 힘드셨을 텐데~ 이젠 집에 가셔서 편안히 쉬세요. 아버지~ 많이 좋아지신 것 같다고들 하니, 가서 뵙지 못해도 마음이 가벼워요~ 오늘도 편안한 하루 보내세요~♡♡

2016. 5. 24. (화) 오전 11:19:04

아버지~ 올봄에는 비가 많이 오네요. 마치 여름장마 때 같이 비가 와서 후텁지근하고 빗소리도 굵어서 산의 나뭇가지에서 후두둑 소리를 내며 떨어지네요. 오늘은 아침에 이거저거 일이 많아서 이제야 아침 일을 끝냈네요. 오늘은 어떠셔요? 걷는 운동은 하고 계시지요? 오늘 비도 오는데 따뜻한 국물 좀 드세요~ 오늘도 편안히 보내세요~♡

2016. 5. 25. (수) 오후 7:39:46

아버지~ 저녁 진지 잘 드셨어요? 어제 낮부터 뻐꾸기가 울기 시작했어요. 뻐꾸기가 울면 저는 항상 아버지가 생각나요~ 목소리가 크셔서 온 집안이 쩌렁쩌렁 울리잖아요~ 뻐꾸기의 청아한 울음소리가 온 산, 온 동네에 울려 퍼지네요. 저도 따라서 뻐꾹~뻐꾹~ 소리를 내보지요. 그동안 어머니도 편찮으셔서 공부하러 못 가다가 오늘은 모처럼 공부하고 왔어요. 선생님 말씀을 듣고 돌아오면 왠지 잘 살아야겠다는 생각이 들어서 웬만하면 빠지지 않고 나가려는데 잘 안되네요. 아버지께 가 뵙지도 못하고 이래저래 마음이 불편하지만, 여전히 바쁘게 지내요. 어머니가 어제 저녁부터 식사를 좀 하시네요. 아버지께서 지팡이 짚고 잘 걸으신다고 엄마가 좋아하시네요. 다리에 근력 떨어지지 않게 걷는 운동을 하셔요~ 오늘도 편안히 주무세요.♡♡

2016. 5. 27. (금) 오전 7:33:09

아버지~ 안녕히 주무셨어요? 낮엔 그리 더운데 아침 공기는 서늘해요. 올여름은 더울 거라는데, 얼마나 더우려고 5월부터 이리 더운지 모르겠어요. 밤에 침대에 불을 넣고 자면 자다 이불을 차기도 하지만 아침엔 이불을 푸욱 덮고 자는 걸 봐도 알 수 있지요. 아버지께서는 더위를 많이 타시니 벌써부터 더워하시는 것 아닌지 모르겠네요. 제가 공부하러 다니는 한학 수업은 복지관에서 교실을 하나 빌려 운영되고 있는데, 시설이 어찌나 잘 되어있는지 춥거나 덥거나 교실에서 마음대로 에어컨 조절을 할 수 있어요. 우리나라 복지 정책이 나날이 좋아지고 있는 걸 직접 경험하고 있지요. 오늘은 미세먼지 농도가 평상시 두 배가 넘는대요~ 병실이 답답해도 창문 열지 마세요~ 오늘도 즐거운 마음으로 많이 웃는 하루 보내세요~

2016. 5. 28. (토) 오후 4:43:48

아버지~ 오늘은 종일 뻐꾸기가 울어대네요~ 청명한 날씨에 청아한 뻐꾸기 소리가 마음을 상쾌하게 해요. 조금 전에 경희가 아버지 걸으시는 모습을 사진 찍어서 올렸는데, 아버지께서 정말 잘 걸으시네요. 허리도 꼿꼿하시고. 저희 어머니는 두 달 정도 허리를 펴지 못하시고 겨우 걸으셨는데~ 정말 다행이에요~ 화요일에 퇴원하신다니까 이제 며칠 있으면 집에 가셔서 편안히 주무시겠네요~ 저희는 나중에 집으로 가서 뵐게요. 못 가 봬서 죄송하지만 저희 어머니는 제가 혼자 돌보아드리니까 집 떠나기가 쉽지 않네요. 남은 며칠 치료 잘 받으시고 오늘도 편안하게 보내세요~~

2016. 5. 30. (월) 오전 10:52:04

아버지~ 어젯밤도 편안하셨어요? 아침에 자욱했던 안개가 걷히고 햇살이 밝게 비추네요. 이제 저 햇살이 뜨거워지는 계절이 되겠지요. 내일이면 퇴원하실 거라지요? 처음 입원하셨을 때 걱정과 통증으로 입맛까지 잃으셨었는데, 퇴원하신다니 많이 기쁘네요. 저희 어머니는 체력이 따라주지 못해 침 맞는 것도 힘드셔서 매일 못 맞고 하루 걸러 맞으셨어요. 아버지는 체력도 좋으시니까 잘 이겨 내셔서 빨리 나아지신 거 같아요. 앞으로는 조심조심 하시고 꾸준히 한방치료를 받으시면 별문제 없을 거예요. 걷는 운동은 게을리 하시면 안 되는데, 러닝머신 같은 기계 말고 그냥 평지를 살살 걸으세요. 저희 어머니는 식사하시고 응접실을 왔다 갔다 걸으셨어요. 아버지께서 입원해 계시는 동안 저는 잘 가지 못했지만, 오빠를 비롯해 모든 자식이 앞서서 아버지 간호하기를 자처했다니 아버지는 참 복도 많으신 분 같아요. 이제 병원에서 지내는 마지막 하루 웃으시며 잘 보내세요~~

2016. 5. 31. (화) 오후 8:50:31

아버지~ 저녁 진지 잘 드셨어요? 오랜만에 집에 돌아오셔서 아버지 자리에서 주무시게 되어, 생각만 해도 마음이 편하네요~ 근 한 달 가까운 시간을 고생 많으셨어요. 전에도 그러셨겠지만, 밤에 화장실 가실 때 침대에서 일어나자마자 가지 마시고 침대에 살짝 걸터앉았다가 살살 일어나셔요. 어느 할머니가 지팡이에 의지해서 걸어 다녔는데 어느 날 그 아들이 보니까 지팡이를 안 짚고 막 걸어 가시더래요. 그래서 아들이 어머니 지팡이는 어쩌고 맨손으로 걸어 가시느냐고 했더니 그제야 놀라시며 지팡이를 찾으셨대요. 지팡이가 필요 없을 만큼 나아지신 거지요. 아버지도 지팡이 짚는 것을 잊어버 리실 만큼 나아지실 거예요. 오랜만에 편안한 잠자리에서 편히 주무 세요~~♡

2016. 6. 1. (수) 오후 9:00:29

아버지~ 오늘은 어떠셨나요? 모처럼 아버지 자리에서 주 무시니까 편하지요? 제 마음이 다 편해요. 이제 병원으로 통원치료 하러 다니시겠네요. 일주일에 2~3번 다니시면 되지 않나요? 침을 맞는 게 워낙 힘든 일이라고 해요. 아버지 체력이 좋으시지만 연세가 있으시니까 매일 맞는 것보다 일주일에 2~3회 맞는 게 더 효과적일 거예요. 한의원 의사들 말씀에 따르면 노인이나 면역력이 떨어진 사 람은 침 맞는 간격을 좀 늘리는 게 좋다고 해요. 무엇이든지 과유불 급(過猶不及)이라고 지나친 것은 못 미치는 것과 같다고 하지요~ 내 일부터 회사에 출근하신다니까 부디 조심하시고 살살 걸으세요. 오 늘 밤도 편안히 주무세요~~

2016. 6. 4. (토) 오전 6:53:01

새벽에 문자 편지 가는 소리에 놀라지나 않으셨는지 모르겠어요. 영실이가 8월 말에 시험을 봐서 요즘 늦게까지 자지 않고 공부하니까 수험생 엄마들이 다 그렇듯이 간식 챙겨주려고 소파에서 쪽잠을 자다가 나중에 방으로 들어가 자거든요~ 어제도 아버지께 문자 편지 쓰려다가 저도 모르게 잠이 들었어요~

2016. 6. 7. (화) 오전 9:50:18

아버지~ 월요일 같은 화요일이네요. 이곳 새벽녘엔 제법 굵은 빗줄기가 시끄럽더니 지금은 가늘게 조용히 비가 내리고 있어요. 산에는 밤꽃이 만발해서 온통 하얀 눈이 내린 듯 환하네요. 이렇게 자연은 순서대로 차례차례 꽃 피우고 열매 맺지요. 집에서 걷는 운동은 계속하시지요? 경희가 아버지께서 못 걸으실까 봐 걱정하신다는 말을 하던데요~ 아버지 걱정 안 하셔도 돼요~ 저희 어머니는 두 달 넘게 잘 서지도 못하셨는데 지금은 잘 걸어 다니셔요. 저희 어머니에 비하면 아버지는 너무 양호하신 거라 걱정 안 하셔도 돼요. 다리에 힘을 기르기 위한 걷기 운동만 열심히 하시면 돼요~ 오늘도 출근하시나요? 너무 무리하지 마세요. 회사에는 경자가 있어서 아버지 불편하시지 않게 잘 보살펴드리니 염려는 안 되지만요~ 식사도 잘하시고요~ 오늘도 많이 웃는 하루를 보내셔요~

2016. 6. 10. (금) 오후 4:58:39

햇볕은 참 좋은 것 같아요. 이불솜뿐만 아니라 사람에게도 말할 나위 없이 좋지요. 몸에 면역력도 길러주고 뼈도 튼튼하게 해주니까요. 사람의 신체는 스스로 치유할 수 있다고 해요. '의사들은 병에 대해서는 해박하지만 건강에 대해서는 무지하다'나 '현대의학은 진정한 치유의 열쇠인 인체의 자연치유 시스템을 도리어 파괴하는 치료행위를 하고 있다'라고 주장하는 사람들이 있어요. 자연치료를 돕는 강장제로는 마늘을 꼽을 수 있는데, 요즘 마늘이 나오는 철이잖아요~ 마늘을 많이 드시고 양약은 좀 줄이시는 게 좋을 것 같아요~ 양약 대신 크게 웃으시는 게 더 나을 듯해요~ 경자가 농장에서 수확한 양파를 보내주었는데 아주 맛있네요. 마늘은 안 심으셨나요? 마늘을 구워서 꾸준히 드시면 면역력 증강에 아주 좋대요~ 하루하루 나아지시지요? 오늘도 남은 시간 편안히 보내세요~~♡

2016. 6. 12. (일) 오전 8:45:38

아버지~ 안녕히 주무셨어요? 비도 안 오고 날씨만 후텁지근하네요. 이렇게 기압이 낮으면 신체 리듬이 깨져서 머리도 아프고 몸이 찌뿌둥하지요. 이럴 때 죽염을 따뜻한 물에 타서 자주 마시면 좋다고 해요. 우리 몸은 소변, 대변, 날숨, 땀을 통해 불필요한 물질을 제거하게 되는데, 그러기 위해서는 충분한 물을 마시고 충분한 섬유소를 섭취하고 호흡을 잘하고 사우나 등을 통해 땀을 흘려야 한대요. 그리고 자연치유력을 높이기 위해서는 낮에는 걷고 밤에는 깊은 휴식을 취하는 것이 좋다고 해요. 항생제는 미생물에 의한 감염을 억제하는 매우 강력한 도구지만, 자주 사용하면 감염이 잦아지고, 만성적일 때에는 저항력이 떨어진대요. 항생제에 대응하는 세균은 더 공격적으로 변하기도 한대요. 한방치료는 약물보다는 침이나 물리치료를 통해 치료하는 경우가 많고 약을 쓴다 해도 약초를 이용하니까 인체에 해가 덜 가지 않나 싶어요. 오늘도 길게 숨을 내쉬시면서 크게 웃으셔요. 즐거운 하루 보내세요~~♡

2016. 6. 16. (목) 오후 8:46:09

아버지~ 오늘은 날이 서늘하네요. 어젠 모처럼 비도 많이 와서 가뭄 해갈에 도움이 되었을 것 같아요. 이번 주는 보일러와 세탁기가 한꺼번에 이상이 생겨서 서비스를 받았는데, 세탁기는 교체해야 할 것 같아서 여기저기 이틀 동안 보러 다녔어요~ 옛날에 엄마는 그 많은 빨래를 다 손으로 하셨는데, 저희들은 세탁기가 고장 나니까 빨래를 잔뜩 쌓아놓은 채 세탁기 사러 다니는 데만 신경을 쓰니 웃을 일이지요~ 걷는 운동은 잘하고 계시지요? 이틀에 한 번 회사에 나가고 계시다는데, 운동도 하실 겸 회사 일도 보실 겸 좋은 것 같아요~ 저녁이 되니 오히려 춥기까지 하네요~ 편안히 주무세요~~

2016. 6. 19. (일) 오후 4:10:08

아버지~ 오늘은 유난히 새소리가 시끄럽네요. 새소리뿐만 아니라 마치 시골같이 밤에는 앞산에서 고라니가 꽥 꽥 울어대서 잠을 설치기도 하지만, 도시의 소음과 다른 정겨운 느낌이 들어요. 그래서 자다가 깨도 짜증이 나는 게 아니고 '아이구, 고라니들아~ 잠 좀 자자' 하곤 다시 잠들곤 하지요. 아범은 이번 주에 종강했어요. 이번이 3학기째이지만 이미 학점은 다 취득하여 학위를 받을 수 있게 되었어요. 학교 측에서 다음 학기에 박사과정으로 들어오는 게 좋겠다고 해서 석사 과정은 수료하는 걸로 하고 다음 학기에 박사과정으로 들어가기로 했어요. 그 때문에 서류와 논문 준비를 해야 해요. 일을 다 끝낸 다음에 아버지께 가 뵐게요. 오늘은 일요일이라 식구들이 모두 있어서 낮에 콩나물밥을 해먹었어요. 가끔씩 엄마가 해주셨던 콩나물죽이 생각나요. 그때는 쌀을 아끼려고 하셨던 것 같은데 참기름에 콩나물을 볶아서 하셨는지 기름이 동동 뜨고 고소했던 콩나물죽이 비 오는 날 뜨끈한 음식이 먹고 싶을 때면 생각나요. 오늘은 콩나물죽 대신 콩나물밥을 해 먹었지요. 햇볕이 좋은 날이라 빨래를 두 번 하고 모처럼 여유로운 오후를 보내고 있어요. 기온이 올라가니까 아무래도 몸을 움직이시는 게 힘드시겠지만 걷는 운동은 꾸준히 하셔야 해요~ 남은 오후 시간도 즐겁게 보내세요~~♡

2016. 6. 21. (화) 오전 7:56:14

아버지~ 안녕히 주무셨어요? 어제 잠깐 비가 오는 듯하더니 다시 맑은 하늘이에요. 오늘도 꽤 햇볕이 따가울 것 같아요. 저희집이 남서향이라서 겨울에는 부엌까지 햇살이 깊게 들어와 따뜻해요. 그런데 여름엔 지는 해가 창을 뜨겁게 달궈서 저녁 무렵엔 제법 후끈대지요. 그래도 해가 지고 나면 곧 산에서 불어오는 바람이 더위를 식혀주지요. 오늘도 오후엔 제법 따끈하겠네요~ 오늘은 하지, 일년 중 낮이 제일 긴 날이지요~ 초등학교 시절 단골 시험문제였었지요. 나중에 한자를 배우고 난 다음엔 춘분(春分)과 추분(秋分)이 저절로 구별이 되었지만, 한자를 모르던 초등학교 시절엔 춘분과 추분은 헷갈리기 일쑤였지요. 받침 있는 것과 없는 것 이렇게 외우곤 했으니까요. 이제 낮의 길이가 조금씩 짧아진다고 하지만 저는 정작 진짜 여름은 7월과 8월이 아닌가 싶어요. 낮 길이도 지금보다 7월과 8월이 더 긴 것 같이 느껴지기도 하고요~ 오늘은 회사에 나가시나요? 날이 더우니까 땀을 많이 흘리실 테니 물을 많이 드셔요. 병원에서 치료를 계속 받으시니까 의사 선생님이 주의사항을 계속 이야기해 주실 거예요. 더워도 약간 미지근한 물을 드시는 게 좋다니까, 너무 찬 거 많이 드시지 마세요~ 오늘도 걷는 연습 하시고 많이 웃는 하루 보내세요~♡

2016. 6. 25. (토) 오전 7:37:52

아버지~ 안녕히 주무셨어요? 일교차가 매우 심하네요. 어제는 오전에 비가 많이 오더니 저녁에는 서늘해서 창을 모두 닫았어요. 요즘은 활동을 많이 안 하시니까 날씨 영향을 아무래도 덜 받지요? 이번 주엔 어머니 모시고 치과 다니느라 바빴어요. 나이가 들게 되면 잇몸이 약해져서 풍치도 생기고, 치주염도 생겨요. 그래서 자주 치과 치료를 받게 되지요. 어머니는 젊으셨을 때 이가 안 좋으셔서 치료를 받으셔야 했는데, 값이 싸니까 야미로 이를 하셨대요. 그런데 그렇게 한 이는 탈이 없는데 나중에 치과에서 한 이가 계속 말썽을 부리네요. 저희들 자랄 때만 해도 치과병원이 그렇게 많질 않고 치과에 잘 가지 않았는데, 요즘은 어릴 때부터 치아관리를 하지요. 그래서 우리 애들은 나중에 저희들 같이 이 때문에 고생은 덜할 것 같아요. 오늘 꽤 더울 거라는데 찬 거 너무 많이 드시지 말고, 엄마랑 함께 맛난 점심 드세요~ 어디서든 윗사람이 불탐(不貪), 불노(不怒), 불급(不急)하면 아랫사람들에게 존경받는 어른이 된다네요. 여유로운 마음으로 편안한 주말을 보내세요~~♡

2016. 6. 26. (일) 오전 10:23:18

아버지~ 아침진지 드시고 지금쯤은 오빠랑 바둑을 두고 계실 시간인가요? 창가에서 바둑 두시는 모습이 눈에 선하네요. 오늘도 기온이 높다네요. 저희가 이 집으로 이사 온 지가 올해로 만 10

년이 되었어요. 그동안 숲이 많이 우거져서 푸르름이 날로 진해져서 고개를 들고 창밖을 보면 눈이 시원해요. 오늘은 일요일이라 좀 늦게 일어나서 식구들 아침을 챙기고 세탁기를 돌려놓고 여유로운 시간에 아버지께 문안인사 드려요. 아범이 다음 주 화요일까지 학교 서류를 준비해야 하고 수요일과 목요일에 전에 다니던 연구소에서 일이 있다네요. 그래서 수요일에 저만 혼자 다녀가려고 해요. 가서 아버지, 엄마 뵙고 올게요. 어젠 어머니가 저녁을 드시면서 노인정 할머니 이야기를 하셨어요. 할아버지가 편찮으셔서 병간호를 하시는 할머니가 힘들다면서 빨리 돌아가셨으면 좋겠다고 해서, 그런 말 하지 말라고 펄쩍 뛰셨대요. 배우자를 잃어보지 않으면 그 마음을 절대 모를 거라고 하시면서요. 뭐니뭐니해도 부부가 함께할 때가 제일 좋을 때라는 말씀도 하셨대요. 그 할머니께 나중에 후회하지 말고 잘하시라고 말도 잊지 않으셨대요. 다른 사람들이 모두 아버지를 무섭다고 하지만, 엄마한테 아버지는 늘 다정한 애처가시죠. 저는 아버지께서 엄마를 항상 보듬으시는 모습을 떠올려요. 아버지는 엄마의 든든한 버팀목이 되어주시니 어디서든 제 자랑거리이지요. 오늘도 엄마랑 맛난 것 드시고 즐거운 시간 보내세요. 두 분이 손잡고 걸을 수 있는 날이 오길 늘 기도하고 있어요~~

2016. 7. 2. (토) 오전 9:21:18

아버지~ 오늘은 출근하시는 날이지요? 지금쯤 출근 준비를 하고 계시겠네요. 여긴 잔뜩 흐렸어요. 원래 아범과 오늘 인천 가

기로 했는데 많은 비가 올 거라는 예보 때문에 못 떠났어요. 내일 갈
게요. 이래저래 가고는 싶은데 못 가니까 공연히 심통이 나네요. 사
람이 자기 마음 다스리는 게 제일 힘들다고 하잖아요. 오늘같이 마음
이 편치 않은 날은 평상시에 별스럽지 않게 지나가던 일들이 꼬투리
가 되어 큰소리를 내게 되니까 조심해야겠다고 생각하고 있어요. 지
난주에 과학관에서 공부하던 것이 이번 학기 종강을 했어요. 같이 강
의를 듣는 아버지하고 연세가 같으신 91세 된 분이 공자가 그 제자
증자에게 전한 효경(孝經)을 세필로 쓴 다음 족자를 만들어 과학관에
기증하셨어요. 우리 아버지도 어서 나으셔서 저희들에게 저렇게 좋
은 글을 써 주실 수 있기를 기도했어요. 기증식 때 아버지 생각이 나
서 가슴이 뭉클해져 박수를 더 세게 쳤어요. 날은 궂어도 환한 마음
으로 하루를 보내세요. ~♡

2016. 7. 4. (월) 오전 7:34:51

아버지~ 안녕히 주무셨어요? 앞산이 안 보일 정도로 비가
많이 오네요. 어제는 아슬아슬하게 비를 피해서 집에 돌아왔어요. 조
금씩 떨어지기 시작한 비가 저희가 도착한 후 쏟아지기 시작했거든
요. 오랜만에 아버지와 엄마 뵙고 와서 기분이 너무 좋아요. 게다가
두 분 모두 건강해 보이셔서 더 좋고요. 어제 친구들과 카톡을 했는
데, 인천에 가서 부모님을 뵙고 왔다니까 이구동성으로 부럽다고들
해요. 앞으로 부모님을 더 자주 찾아 뵈야겠다는 생각이 들었어요.
친구들 대부분이 부모님이 안 계셔요. 아버지와 엄마 두 분 모두 우

리들 곁에 건강하게 오래오래 계셔주세요~ 오늘은 출근하시는 날이지요? 따뜻한 차를 많이 드시고 틈나는 대로 종아리 주무르세요. 오늘도 많이 웃는 하루 보내세요^~^

2016. 7. 5. (화) 오전 8:23:49

아버지~ 안녕히 주무셨어요? 어제 대전은 호우 경보가 내리니 주의하라는 긴급재난 문자가 휴대전화로 여러 차례 왔었어요. 저희가 인천 주안에 살 때 두 번이나 침수된 적이 있어서 물에 잠기는 게 얼마나 기가 막힌 일인지 잘 알지요. 그래서 아파트에 살면서도 비가 많이 오면 긴장하게 돼요. 오늘은 경기와 인천 쪽에 비가 많이 온다던데, 회사 안 나가시는 날이니까 집 안에서 비 구경하세요. 오늘 신문을 보니, 우리와 다른 문화 속에서 산 일본 새댁이 문화를 잘못 이해해서 울었다는 글이 나왔어요. 남편이 저녁에 보러 가겠다고 해서 자기가 생각하는 저녁은 5~6시쯤이라 4시부터 기다렸는데 8시가 다 돼서 온 남편을 보고 울었대요. 그 글을 보니 저도 아범하고 결혼하기 전에 했던 약속이 기억나네요. 서울에 꽃꽂이 자격시험 보러 간다니까 아범이 그럼 서울서 만나자고 해서, 덕수궁 앞에서 만나기로 했어요. 꽃꽂이 자격시험이 늦게 끝나서 약속시간을 두 시간이나 지나서 갔는데, 층계에 앉아 있던 아범이 늦었다고 화를 낼 줄 알았더니 무슨 일이 생긴 줄 알아 걱정했는데 아무 일 없이 왔다고 반가워했어요. 요즘 같으면 휴대전화가 있어서 바로 전화를 해댈 텐데 그때는 걱정하며 기다리는 낭만이 있었지요. 반면에 요즘은 너나

할 것 없이 참을성이 없어져서 금방 화내고 싸우는데, 그게 다 발달된 기계문명 탓이 아닌가 하는 생각이 들어요. 그렇지만 그 덕분에 우체국에 가지 않아도 버튼만 누르면 이렇게 아버지께 편지를 보낼 수 있어 얼마나 좋은지 모르지요. 경자가 감자를 보내주었는데 아침마다 삶아서 먹는데 아주 맛있네요. 아버지께 항상 감사해요~ 텔레비전 보실 때 종아리 주무르세요~ 오늘도 맛난 거 많이 드시고 행복한 하루 보내세요~♡♡

2016. 7. 6. (수) 오전 8:23:23

아버지~ 안녕히 주무셨어요? 어제 인천도 비 많이 왔지요? 여기도 소나기가 여러 차례 쏟아지고 바람이 세게 불어서 창가에 놓았던 화분이 쓰러져 깨졌어요. 하늘이 점점 어두워지고 후텁지근한 것이 비가 더 오려나 봐요. 오늘은 쓰레기 분리수거하는 날인데 비가 오니 우산을 들고 쓰레기를 끌고 가자니 불편하기 짝이 없네요~ 그래도 쓰레기 분리수거 문화는 자리를 잡아, 국민의식도 높아지고 다른 나라에서도 본보기로 삼는다니 열심히 동참해야지요. 가르쳐야 할 때 혼내면 마음에 남는다는 말이 있는데, 우리가 도원동 살때 긴 책상을 놓고 저희들 공부 가르치셨잖아요~ 어느 날인가 제가 졸았나 봐요. 아버지께서 혼을 내셔서 울음이 나왔는데 저를 업고 마당에 나가셨지요. 그때 본 하늘의 별은 아버지를 생각할 때마다 떠오르지요. 가르칠 때 혼내고 보듬어 안아줄 수 있어야 한다는 말이 옳은 것 같아요. 잘못한 걸 가르치는데 어떻게 이성적으로만 되겠어요? 늘 저희들 큰소리로 훈육하신 아버지 덕분에 어디 가서도 못 배웠단 소리 안 듣고 사는 것 같아 감사하지요. 비가 계속 오니 습하네요. 길게 길게 숨을 내쉬시고 따뜻한 물 많이 드세요. 오늘도 즐겁게 하루를 보내세요~♡♡

2016. 7. 7. (목) 오전 8:51:04

아버지~ 안녕히 주무셨어요? 장마다운 장마철인 것 같아요. 어제는 밤새 폭우가 쏟아지더니 아침엔 햇살이 환히 비추네요. 그런데 또 비 예보가 있는 걸 보면 곧 다시 흐려질 것 같아요. 어젠 학당에 가는 날인데, 비가 많이 와서 길을 일부 막아 놓았기에 할 수 없이 집으로 되돌아왔어요. 대전에는 도시 한가운데로 대전천, 갑천, 유등천, 이렇게 3개의 하천이 흐르는데, 이 세 줄기가 합쳐서 금강으로 흘러들어 가지요. 어제같이 비가 많이 오면 강이 넘쳐서 도로를 차단할 때가 있어요. 이번 주말에도 태풍의 영향으로 비가 많이 올 거라는데, 가뜩이나 불어난 하천물이 넘칠까 걱정되네요. 오늘은 소서(小暑)예요. 본격적인 여름 더위가 시작되는 날이지요. 더운 날에도 따뜻한 차를 마시면 땀이 살짝 올라오면서 서늘한 기운을 느낄 수 있어요. 너무 찬 음식 많이 드시지 마시고 따끈한 물을 많이 드세요. 오늘도 ^~^ 이렇게 웃는 하루 보내세요~

2016. 7. 8. (금) 오후 3:19:09

아버지~ 점심 진지 잘 드셨어요? 저는 오전에 학당에 공부하러 갔다 와서 점심을 먹고 빨래를 한 다음 이제 좀 쉬고 있어요. 햇볕이 하도 따가워서 좀 전에 널어놓은 빨래가 벌써 부승부승해요. 아까 아버지께서 전화하셨는데요~ 저는 우편물이 오면 무조건 다 회사로 보내요. 그런데 아까 말씀하신 건 아직 도착하지 않았어요. 오게 되면 즉시 보낼게요. 오늘은 집안에서 여자가 얼마나 중요한가를 배웠어요. 남자가 바로 서면 자기 몸 하나를 세우지만, 여자가 바로 서면 집안을 세운다네요. 우리나라 사람들이 남존여비(男尊女卑)라는 말을 하는데, 그것은 남자는 하늘이고 여자는 땅이라고 하는 데서 유래된 것이지 여자가 남자보다 못해서 하던 말은 아니라네요. 게다가 전에는 남자만 공부와 사회활동을 하고 여자는 못 배운 채로 집에서 살림만 하다 보니 더욱이 여자를 비하하는 말로 굳어버렸지만, 요즘은 여자도 똑같이 교육받고 똑같이 사회활동을 하니 지금 시대에 맞지 않은 말이지요. 말 그대로 집안에 여자가 잘 들어오면 집안이 흥하게 되지만 그렇지 않으면 모든 게 다 엉망이 된다는 것은 그만큼 여자의 역할이 중요하다는 말이겠지요. 저희 애들이 그 역할을 잘하도록 가르치는 것이 이제 제가 할 일이겠지요. 날씨가 더워도 이열치열(以熱治熱), 따끈한 탕을 드시는 것도 좋을 듯하지요?

2016. 7. 12. (화) 오전 7:27:55

　　아버지~ 안녕히 주무셨어요? 주말에 그렇게 덥더니, 북상하는 태풍의 영향 때문인지 날이 흐리고 서늘하네요. 우리나라에 닿게 될 즈음엔 태풍이 약해져서 바람은 덜 하겠지만 비가 좀 올 거라고 하네요. 비 오는 날 차에 타고 내리실 때 미끄러지지 않게 조심하세요. 모기가 따끔하게 물면 무의식적으로 탁 쳐서 피를 빨고 있는 모기를 죽이게 되는데 그게 아주 위험한 일이라네요. 모기가 침을 사람의 살 속에 넣고 피를 빨고 있을 때 그대로 쳐서 죽이면 모기가 침을 꽂은 자리로 모기에 있던 나쁜 바이러스가 침투해서 면역력이 약한 사람은 병에 걸리게 되기 쉽다고 해요. 날은 흐려도 기분은 상쾌하게 하루를 시작하세요 o(^-^)o

2016. 7. 13. (수) 오전 11:37:47

　　아버지~ 안녕히 주무셨어요? 기상청 예보가 계속 안 맞네요. 비는 오지 않았고 날만 좀 흐리고 무덥기만 하네요. 이제 본격적인 여름 더위가 시작되는 것 같아요. 저희 집은 바로 앞이 산이라서 서늘한 산바람 때문에 밤이 되면 더운 줄 모르는데, 남서향 집이다 보니까 지는 해가 창을 뜨겁게 달궈줘서 가끔 에어컨을 켜 놓고 저녁 식사를 할 때가 있어요. 수요일 아침은 바빠요. 쓰레기 분리수거 하는 날이고 또 공부하러 가는 날이니까요. 오늘은 새벽 일찍 눈이 떠져서 일을 일찍 마쳐 좀 여유롭네요.

2016. 7. 15. (금) 오전 7:34:23

아버지~ 안녕히 주무셨어요? 오늘 저녁부터 비가 많이 올 거라는데, 그래 그런지 날이 잔뜩 흐렸네요. 오늘과 내일 많이 오고 일요일은 활짝 개었으면 좋겠네요. 어제 신문에 이명래 고약에 대한 이야기가 실렸어요. 그러고 보면 이명래 고약은 옥도정기라 부르는 머큐롬과 함께 저희들 어린 시절 대표적인 가정상비약이었지요. 그런데 요즘은 생활방식이 청결해진 탓도 있지만 새로운 약들이 많이 개발되어서 그런지 전같이 고름이 나오는 일 같은 것이 없어진 것 같지요? 이명래 고약 기사를 읽으면서 잠시 추억에 잠겼어요. 오늘은 회사 나가시지 않는 날이지요? 엄마랑 낮에 맛난 거 드세요~~♡

2016. 7. 16. (토) 오전 9:05:44

어젯밤부터 비가 내리기 시작했는데 아직까지 주룩주룩 내리고 있네요. 앞산에 물안개가 피어올라 깊은 산 속에 들어온 듯한 느낌이 드네요. 내일은 그치겠지요. 어제는 주역 공부를 하러 가는 날이었어요. 주역은 64개의 괘가 있는데 어제는 그중 37번째인 풍화가인(風火家人)괘를 배웠어요. 일명 부부괘라고도 하는데, 선생님 말씀이 부부 사이에도 예(禮)가 중요한데 사람들이 허물이 없다고 아무렇게나 대하다 보니 부부싸움도 하게 되고 이혼도 하게 된다네요. 선생님 말씀이 부부지간에도 남에게 하듯이 예의를 갖추고 서로 존중하면 편안한 가정을 이루게 된다고 해요. 그런데 그게 말처럼 쉽지 않잖아요. 그래도 그런 마음을 갖고 있으면 그런 마음 없이 하는 부부싸움하고 다르다니까 노력해야 되겠지요. 후텁지근한 것이 비가 더 올 것 같아요. 이렇게 기압이 낮은 날은 숨을 더 길게 길게 내 품어 쉬세요. 훨씬 편안하실 거예요. 오늘도 편안한 하루 보내시고 내일 봬요~^~^~

2016. 7. 19. (화) 오전 9:04:22

아버지~ 안녕히 주무셨어요? 장마 끝자락이라 그런지 날이 화창한데도 습도가 높아 그런지 찌뿌둥한 느낌이네요. 어제가 아버지 생신날이잖아요. 음력 6월 보름~ 어젯밤엔 거실 불을 끄고 방으로 들어가는데 방안까지 달빛이 들어와서 훤했어요. 그제가 초복이었는데 복날 삼계탕을 먹잖아요~ 옛날엔 지금보다 인삼이 귀했나 봐요. 서민들이 인삼을 구하기 어려우니까 삼계탕 대신 계고(鷄膏)를 즐겼대요. 영계 대신 묵은 닭에다가 인삼 대신 도라지를 넣고, 생강, 계피, 산사, 밤을 넣어 푹 끓인 일종의 닭곰탕이라네요. 아마 요즘 한방 삼계탕이 거기서 유래된 것이 아닌가 생각되네요. 조선시대에 서민음식이었던 계고는 사실 궁중에서는 약선 음식으로 변모하여 장수한 것으로 유명한 영조는 계고를 특히 즐겨 먹었다고 해요. 복중인 요즘 아버지도 계고를 해서 드셔 보시면 어떨까요? 오늘도 스마일~~하시고 즐거운 하루 보내세요~

2016. 7. 21. (목) 오전 6:25:38

아버지~ 안녕히 주무셨어요? 일어나서 창을 여니 시원한 바람과 새소리가 아침을 상쾌하게 맞게 하네요. 저희 집 앞산에는 고라니가 많아서 가끔은 고라니가 집 앞 길가로 나와 돌아다니기도 하는데요~ 요즘이 발정기인지 밤에 어찌나 시끄럽게 꽥꽥대는지 자다가 깨곤 해요. 저는 이런 자연의 소리를 좋아하기도 하고 자다가 깨도 이내 잠이 들기도 해서 괜찮은데, 잠을 잘 못 자는 사람들은 짜증스럽다고 해요. 저희 아파트가 들어서기 전부터 산기슭에 살고 있던 사람이 닭을 길렀었는데, 그 닭이 새벽만 되면 꼬끼오하고 울어대는데 저는 이 소리 또한 듣기 좋더라구요~ 그런데 사람들이 새벽잠 설친다고 항의해서 닭을 다 없애버렸어요. 자연과 더불어 사는 것이 자연스러운 것인데 현대사회의 흐름에 맞추어 살아가려니 그런 것들이 방해요소가 되는가 봐요. 어제는 재난경보 알림 문자가 올 정도로 기온이 높았는데 오늘도 기온이 높다네요. 물을 많이 드세요~~ 오늘도 많이 웃으세요~~♡

2016. 7. 26. (화) 오후 4:53:44

정말 덥네요~ 연일 폭염주의보가 내려질 정도로 날씨가 더운데 어찌 지내시나요? 오늘 아침에 좀 흐리길래 비가 오려나 했더니 역시 해가 쨍쨍하네요. 이럴 때 혹 지칠 수 있으니까 물을 많이 드시는 게 좋을 거예요. 저희 어머니는 에어컨이 있는 노인정으로 피서 가셨어요. 날씨가 너무 더우면 노인들이 걱정이지요. 원래 사람의 몸에는 수분이 70% 이상인데 나이가 들면서 수분이 빠져나가 피부에 주름도 생기게 되고 기운도 없어진다고 해요. 적당한 수분만 잘 섭취해도 건강을 잘 유지할 수 있다고 해요. 저녁엔 이열치열(以熱治熱), 뜨끈한 국물 드시고 더위를 쫓으세요~~

2016. 7. 28. (목) 오전 8:27:10

아버지~ 안녕히 주무셨어요? 바람이 부는데도 습한 느낌이라 덥네요. 어제가 중복이었는데 복달임은 뭘 하셨나요? 저희는 어머니는 구청에서 노인정으로 닭을 보내줘서 저녁까지 드시고 오셨고, 아범은 연구소 직원들하고 회식이 있어서 나갔어요. 그래서 저희는 지난번에 아버지 댁에도 갖다 드렸던 오리고기로 샐러드를 해서 먹었어요. 예전에는 생활이 모두 어려워서 무슨 날이라고 정해진 날 특별한 음식을 먹었지만, 요즘은 평상시에도 잘 챙겨 먹으니까 복날 복달임의 의미가 없지요. 그래도 더운 여름날에 보양식으로 먹는 복달임 음식은 기력회복에 좋지요. 오늘도 땀 많이 흘리실 텐데, 물 많이 드세요. 차를 드시는 것도 좋고요. 오늘도 비는 오지 않을 것 같네요. 매미 소리만 시끄럽네요~ 오늘도 많이 웃는 하루 보내세요 ~^~^~

2016. 7. 30. (토) 오후 4:39:23

오늘은 매미도 울지 않네요. 아마 너무 더워서 매미도 지쳤나 봐요. 저희 집은 산 밑이라 웬만하면 더운 줄 모르는데 정말 덥네요. 더위에 몸조심하시고, 편안한 저녁 시간 보내세요~~

2016. 8. 1. (월) 오전 8:35:17

아버지~ 아침진지 잘 드셨지요? 대전은 벌써 며칠째 폭염경보가 내려져 있어요. 달구어진 땅이 밤에도 식지를 않아 열대야로 이어져, 밤에 선풍기를 틀어야 잠을 잘 수 있을 정도예요. 오늘도 만만치 않겠는 걸요~ 그래도 세상이 좋아져서 에어컨을 틀면 전기세가 많이 나와 그렇지 금방 시원해져요. 또 냉장고에서 편히 얼음을 꺼내 더위를 시킬 수 있으니 다행이죠. 게다가 외식 문화가 발달하여서 어제도 저녁에 시원하게 막국수를 먹자고 해서 식당에 갔어요. 그랬더니 더위를 피해 식당으로 온 사람들로 가득 차 있더군요. 한마디로 살기가 참 편해 진 거지요. 그렇지만 저는 새끼줄에 물 뚝뚝 흐르는 얼음을 사와 바늘로 깨서 수박화채 해서 먹던 시절이 그리워요. 아버지~ 빙수 좋아하시지요? 요즘은 전과 달리 빙수가 다양한 맛으로 나와요. 엄마랑 같이 빙수 가게로 나들이하셔서 새로운 빙수 맛을 보세요~ 오늘도 시원하게 하루를 내세요~♡♡♡

2016. 8. 5. (금) 오전 6:45:58

아버지~ 안녕히 주무셨어요? 연일 폭염경보로 정신이 없을 정도로 더운데 어떻게 지내시나요? 여기 대전은 일주일 전부터 폭염경보가 계속되고 있어요. 밤에도 후끈한 공기가 가시질 않고 또 달궈지니까 도시 전체가 탁한 느낌이에요. 이럴 때 저희는 본의 아니게 병원에서 피서하고있어요. 아범이 전립선비대증 수술을 했어요. 월요일에 입원해서 화요일에 수술하고 아마 내일쯤 퇴원할 것 같아요. 남자들에게 흔히 생기는 병인데, 특히 책상에 오래 앉아있는 사람들에게 많이 생긴다네요. 오빠도 책상 앞에 앉아 있는 시간이 많으니 주의해야 할 것 같아요. 저는 병원과 집을 왔다 갔다 하다 보니 바빠서 아버지께 문안인사도 못 올렸네요. 아버지, 물 많이 드시고 더위 잘 이기세요~

2016. 8. 8. (월) 오전 6:03:05

아버지, 안녕히 주무셨어요? 연일 찜통더위가 기승을 부리는데 더위를 많이 타시는 아버지는 어찌 지내시는지요. 아범은 주말에 퇴원을 못 하고, 아마 오늘 퇴원할 것 같아요. 덕분에 병원에서 더운 줄 모르고 지냈지요. 물이 얼마나 중요한가 이번에 또 한 번 절실히 느꼈어요. 하루에 물 2 ℓ 를 마시면 순환기 계통 질환이나 비뇨기 계통 질환은 쉽게 예방할 수 있다고 해요. 수술 후 회복에 물은 아주 중요한 역할을 한다고 해서 의사가 매일 물 먹는 양을 체크하더라구요. 아버지께서도 물을 충분히 드시도록 하세요. 이때 그냥 물보다는 죽염을 조금 넣어서 드시면 마시기도 좋고 건강에도 좋아요. 요즘같이 폭염이 계속될 땐 특히 물은 더 필요한 것 같아요. 충분한 물 섭취하시고 오늘도 평안히 보내세요~~

2016. 8. 9. (화) 오전 8:23:58

오늘도 전화기를 켜니 '폭염!'이라고 안내 문자가 나오네요. 올해 대전이 유난히 더운 것 같아요. 인천은 바닷바람이 불어서 좀 낫겠지요? 게다가 송도는 바다를 메우기 전을 생각하면 바다 한가운데에 있는 거니까 더 시원하겠지요~ 일주일 동안 병원에서 쪽잠을 자다 집에서 자니 잠자리가 편해서 그런가 모처럼 푹 잤어요. 그래서 몸도 개운하네요. 아침부터 쓰르라미가 울어대고 절기상으로는 입추도 지났으니 가을인데 아직도 일주일 정도는 지나야 더위가 가실 거라네요. 물을 많이 마시면서 버텨야지요. 오늘도 물 많이 드시고 많이 웃는 하루 보내세요~☆~

2016. 8. 12. (금) 오후 8:51:18

아버지~ 많이 더우시죠? 오늘은 햇살이 더 따갑네요. 대전은 지금 36도라는데 실제로는 더 높은 것 같아요. 아마 이렇게 지속적으로 기온이 높은 건 처음인 것 같아요. 이열치열~ 뜨끈한 민어 매운탕을 해 먹었어요. 이럴 땐 밥을 해 먹는 것도 큰일이에요. 요즘도 한의원에 침 맞으러 다니시지요? 오늘 신문을 보니까 항생제 오남용으로 내성이 생겨서 목숨을 잃는 사람이 일 년에 천 명이 넘는다고 해요. 그런 의미에서도 부작용이 별로 없는 한방치료가 좋은 것 같아요. 아범도 병원에서 항생제 들어간 링거를 계속 꽂고 있으니까 입맛도 없고 하더니 집에 돌아오니 입맛이 조금씩 돌아오고 있어요. 이렇게 더운 날씨에 보양식은 바로 물이라고 해요. 주무시기 전에 물 한 잔~ 꼭 드시고 주무세요~~

2016. 8. 16. (화) 오후 7:52:40

아버지~ 저녁 진지 잘 드셨어요? 오늘도 35도를 넘나드는 기온 탓으로 어쩔 줄을 모르겠네요. 대전은 7월 23일부터 내려진 폭염특보가 아직까지 이어지고 있어요. 그동안 짧게 소나기 두 번 온 거 말고 비도 안 오고요. 이런 더위는 처음 겪는 것 같네요. 그래도 뉴스를 보면 인천은 바닷가라 그런지 대체로 조금씩 낮은 듯해요. 그래도 생활하기엔 더운 날씨이지요. 이럴 때는 물이 보약이라니까 물을 많이 드셔요. 저도 일부러 물을 병에 담아놓고 마시고 있어요. 오늘은 말복이에요. 복달임으로 지난번에 산 민어를 구워서 먹었어요. 입추, 말복 다 지났는데도 더위는 이번 주말이나 되어야 꺾일 거라고 하네요. 비 소식을 기다리며, 물 한잔 마시고 펌프하고 자야겠어요. 아버지께서도 물 한 잔 드시고 펌프 하시고, 종아리 마사지도 하시고 안녕히 주무세요~^^~♡

2016. 8. 21. (일) 오전 7:18:48

아버지~ 더운 데 진료받으러 다니시느라 힘드시지요? 서울은 109년 만에 8월 기온이 최고로 높았다고 해요~ 암튼 최고로 더운 여름을 보내고 있는 것 같아요. 뉴스에서 1994년 여름을 거론하는데, 저희들에겐 웃지 못할 추억도 있어요. 그때 저희 집에 에어컨이 없었는데, 저녁에 애들이 너무 더워하니까 애들을 데리고 차에 가서 에어컨을 틀어놓고 앉아 있었어요. 그때는 에어컨 있는 집이 드물던 때지요. 지금은 에어컨이 있으니 그래도 더위를 견딜 만하지요. 9월까지 더울 거라고 하니까 더위 끝나려면 아직 멀었네요. 느긋하게 마음먹고 더위를 견뎌야겠어요~ 물론 오늘도 덥다네요~ 물 많이 드시고 몸을 보하는 음식 드세요~~

2016. 8. 23. (화) 오전 8:43:21

아버지~ 안녕히 주무셨어요? 오늘이 처서인데 아침부터 후텁지근한 게 이따가 낮엔 또 불볕더위가 기승을 부리겠지요. 물 많이 드시고 계시죠? 이번에 아범 치료받으면서 평상시 물을 많이 마시면 비뇨기과 질병은 자연스레 예방하게 된다는 것을 알았어요. 요즘같이 더운 때는 말할 나위도 없지요. 조선시대 왕들이 더위를 이기는 방법에는 여러 가지가 있었는데, 그중 영조임금은 온산보중(溫散補中)법으로 몸을 다스렸다고 해요. 배탈 설사가 잦았는데, 원인을 살펴보니 덥다고 찬 음식을 많이 먹었기 때문이었다네요. 온산보중법

이란 온기로 몸의 한기를 훑고 내부를 보호해준다는 뜻이래요. 또한 영조임금은 배탈 설사를 예방하기 위해 섣달에 마분을 말려서 달인 마통차라고도 하고 마분차라고도 하는 차를 마셨다고 해요. 임금도 그걸 마시는 걸 좋아하지 않았지만, 폭염에 탈 나는 걸 예방하기 위해 할 수 없이 마셨다고 해요. 지금으로 말하자면 일종의 백신 같은 거라네요. 암튼, 차도 좋지만 차지 않은 물을 많이 드시면 더위도 견디고 모든 장기도 편안케 한다니까 물을 많이 드세요. 오늘도 날은 덥지만 즐거운 하루를 보내세요.~~♡~~

2016. 8. 26. (금) 오전 8:32:51

아버지~ 안녕히 주무셨어요? 오늘 드디어 폭염경보가 해제되었네요. 대전은 7월 23일부터 하루도 안 빼고 어제까지 폭염경보가 내렸었으니까 한 달이 넘도록 35도 내외의 기온이 계속되었던 거지요. 오늘은 날도 잔뜩 흐린 게 비가 올 것 같네요. 기온이 높으면 노인들이 체온조절이 잘 안 되어 기력이 떨어지고 탈진 증세가 나타난다고 해요. 저희 어머니는 종일 에어컨을 틀어 놓는 노인정에 가셔서 다행히 여름을 잘 지내셨네요. 아버지와 엄마도 잘 지내셔서 모두 모두 감사하다는 생각이 들어요. 이제 일주일만 있으면 오크벨리에서 뵙게 되겠네요. 빨리 뵙고 싶어요~ 인천도 흐렸나요? 이런 날은 뜨끈한 국물을 드시면 좋겠지요? 오늘도 스마일~~, 많이 웃으세요~^^~

2016. 9. 5. (월) 오전 8:44:55

아버지~ 편안히 주무셨어요? 여행은 즐겁고 다녀오면 기분은 전환되어 좋지만, 몸은 좀 피곤하지요. 모처럼 부모님을 모시고 저희들이 다 함께하니 얼마나 좋았는지 모르겠어요. 유난히 더웠던 여름을 잘 보내고 춥지도 덥지도 않은 때에 사랑하는 가족과 함께하니 뭘 더 바라겠어요~ 어제 점심을 같이 못 하고 와서 아버지께서 섭섭해 하셨겠지만, 명절 전에 벌초하고 성묘를 미리 하는 사람들 때문에 시간이 조금만 지나면 길이 많이 막힐 것 같아 일찍 떠났어요. 아버지와 엄마가 건강하셔서 또 이런 자리가 마련되면 좋겠어요~ 아버지, 전화기를 새로 바꾸셔서 적응하시려면 시간이 좀 걸리겠네요. 우리 아버지는 참 대단하셔요~ 사람이 나이를 먹게 되면 변화하는 걸 힘들어하고 두려워하는데, 새로운 전화기에 적응하기 위해 노력하시는 모습은 존경스럽기까지 해요. 오늘은 날씨가 흐렸네요. 비가 올 것 같아요. 오늘은 편안하게 여독을 푸시면서 하루를 보내세요 ~♡ ♡

2016. 9. 7. (수) 오전 8:24:14

아버지~ 안녕히 주무셨어요? 낮엔 한여름같이 더운데 아침저녁엔 공기가 제법 차네요. 이럴 때 감기 걸리기 쉬우니까 조심하셔야 해요. 오늘은 절기상 백로(白露)에요. 이슬이 내리기 시작하고 본격적인 가을이 시작되는 때라고 하지요. 제주도 속담에 '백노전미

발(白露前未發)'이라고 해서 백로 전에 패지 못한 벼 이삭은 끝내 패지 못한다는 말인데, 올해는 기온이 하도 높아서 한참 더 있어도 못 팬 벼 이삭들이 잘 팰 것 같아요. 아버지께서 전화기를 바꾸시고 익히시느라 힘드신 것 같네요. 저희들도 전화기 새로 바꾸면 한참 지나야 익숙해지는데 아버지는 더 하시겠지요. 그래도 대단하세요~ 새로운 것에 도전하는 게 쉽지 않으실 텐데~ 아버지께서 제가 편지 보냈나 살피신다는 말씀을 듣고 정신 차려 아버지께 편지 올려야겠다고 생각했어요~ 부지런하게 움직여 아침 일을 끝내고 여유롭게 아버지께 편지도 쓰고 있어요. 이제 날 좋은 가을이니 햇볕 많이 쬐시고 걷는 운동 많이 하세요~ 오늘도 즐겁게 하루 보내세요~^^~

2016. 9. 10. (토) 오후 4:43:35

아버지~ 오늘도 회사에 다녀오셨나요? 일교차가 심하네요. 환절기 되면 재채기가 시작되면서 알레르기 증상이 나타나는데 올해도 여지없이 아침만 되면 재채기를 하게 되네요. 낮에 햇살이 퍼지면 괜찮아지는데~ 환절기 때마다 거르지 않고 그러니, 계절 변화는 매스컴보다 제 몸이 더 정확하게 알아내는 것 같아요. 오늘은 추석맞이 대청소를 했어요. 모두들 힘을 합쳐 유리도 닦고 베란다 물청소도 했더니 아주 개운하네요. 참, 새 전화기에는 하루하루 익숙해져 가시지요? 익숙해지시면 제게 문자도 보내보세요~ 저녁 진지 잘 드시고 편안한 저녁 보내세요~~

2016. 9. 12. (월) 오전 9:37:40

아버지~ 아침진지 잘 드셨어요? 아침은 공기가 제법 싸~ 하네요. 낮엔 또 어제만큼 덥겠지요. 올핸 날씨 덕분에 예년에 없었던 대풍(大豊)이라네요. 햇볕이 뜨겁고 태풍도 없어 풍년이지만, 사람들이 전같이 밥을 많이 안 해 먹어서 쌀 소비가 주는 것이 문제라네요. 밥을 안 먹으니까 고기 소비량은 는 반면 반찬으로 먹는 나물류는 소비가 줄어서 나물 파는 사람들이 울상이라네요. 옛날에 나막신 장사하는 아들과 짚신 장사하는 아들을 둔 어머니가 비 오면 짚신 장사하는 아들 걱정을 하고, 해 나면 나막신 장사하는 아들 걱정을 했다는 이야기가 있잖아요~ 양지와 음지는 항상 있는 법이지요~ 일교차 심하니까 감기 안 걸리시게 물 많이 드세요~~

2016. 9. 14. (수) 오전 9:26:15

아버지~ 오늘은 출근 안 하시지요? 새소리가 시끄러운 아침이에요. 게다가 제가 재채기를 계속해대니까 식구들이 시끄러워하네요. 새소리에다가 제가 해대는 재채기 소리에 시끄럽기도 하겠지요. 햇살이 퍼지면 그치는데 아버지도 요즘 제채기 많이 하시나요? 결혼하기 전에 아침에 잠에서 깰 때쯤이면 엄마가 부엌에서 재채기하시는 소리가 났던 생각이 나요. 엄마 닮아 그런가 했더니, 올케 말이 아버지께서 재채기를 더 많이 하신다네요. 아버지를 닮아 그런가요? 오늘은 날이 흐렸네요. 추석 연휴 끝자락에 태풍의 영향으로 비가 많이 올 거라더니 그래 그런가 봐요. 어제 장을 다 보고 오늘은 음식 준비하는 날이지요. 저희는 음식을 조금 하니까 얼른 해놓고 달 구경 나가야지요~ 저희는 늘 그랬듯이 명절 지내고 찾아뵐게요~ 맛있는 음식 많이 드시고 행복한 하루 보내세요~~♡

2016. 9. 19. (월) 오전 8:45:19

아버지~ 안녕히 주무셨어요? 긴 명절 연휴가 끝났네요. 연휴 동안 길이 여기저기 다 막히니까 길 나설 생각도 못 하고 꼬박 집에서 집안 정리를 했어요. 이젠 제법 가을 같네요. 이틀 동안 비가 많이 내리고 나더니 더운 공기를 다 밀어내 버렸나 봐요. 청명한 가을 하늘에 구름도 예쁘네요. 그래도 낮 기온은 높아서 일교차는 여전히 심하니까 감기 조심하셔야 해요. 지난번에 뵈니까 제가 생각한 거보다 아버지께서 훨씬 잘 걸으시던데 계속해서 걷는 운동을 하셔요. 앞으로 훨씬 더 잘 걸으실 거예요. 햇볕도 바람도 좋은 계절이 왔으니 실내보다는 밖에서 걷는 운동을 하시는 게 좋을 것 같아요~ 오늘도 기분 좋게 하루 시작하세요~♡~

2016. 9. 22. (목) 오전 9:23:21

아버지~ 아침진지 잘 드셨어요? 요즘은 춥지도 덥지도 않아서 활동하기 좋은 때인 것 같아요. 햇살이 따가워도 그늘 속으로 들어가면 금방 시원해지니까요~ 오늘이 추분(秋分)이니까 이제 하루

하루 해가 짧아지겠지요. 벌써부터 해 뜨는 시간이 늦어져서 아침에 눈을 뜨면 어두컴컴하긴 했지요. 그래도 앞으로 한 달 정도가 활동하기 제일 좋은 때이니 밖에서 걷는 운동 계속하시는 게 좋을 것 같아요. 오늘은 과학관으로 공부하러 가요~ 요즘은 버섯요리가 좋은 때래요. 오늘은 버섯전골찌개 드세요~ 오늘도 스~마~일~^~^~하세요.

2016. 9. 24. (토) 오전 8:54:48

오늘도 청명한 가을 날씨에요~ 이젠 환절기를 지나 완전한 가을이 된 듯하네요. 오늘 아침엔 재채기를 한 번도 안 했거든요~ 제 몸이 반응하는 것이 기상청만큼 정확한 것 같아요. 환절기 때마다 겪는 알레르기성 비염이 올해는 여름이 더워서 그랬는지 다른 때보다 좀 더 심했던 거 같아요~ 암튼 오늘 아침에는 재채기도 안 하고 코도 편안하네요~ 요즘 지진이 일어나서 모두들 불안해하고 있잖아요~ 우리나라에서는 기상청하고 아범 다니던 연구소의 지진 센터 이렇게 두 곳에서 관측하고 연구하는데 앞으로 더 큰 지진 일어날 가능성은 희박하다고 하니 걱정 마세요. 날씨가 좋으니까 엄마랑 집 앞 공원 산책하세요~ 맛난 것도 드시고요~ 오늘도 즐겁게 하~하~하~ 웃으세요~~♡

2016. 9. 27. (화) 오전 8:48:21

아버지~ 안녕히 주무셨어요? 오늘은 비가 내리네요. 전국 적으로 다 온다니까 인천에도 비가 오고 있겠지요~ 비가 오면 저희 집 창밖은 경치가 정말 좋아요~ 우거진 숲에 물기가 물안개를 피우면 마치 깊은 산중에 와 있는 듯해요. 도심에서 이런 경치를 보며 살 수 있음에 감사하지요~ 저희는 아침에 밥을 안 먹고 미숫가루, 생식, 청국장을 우유에 타서 마시는데, 우유가 떨어진 걸 모르고 있다가 이른 아침에 우유를 사러 갔었지요. 비가 온 뒤 코끝을 스치는 가을 냄새에 기분이 상쾌해져서 돌아왔어요. 특히 달콤한 계수나무 냄새는 입맛까지 다시게 해주네요. 비가 그치면 공기가 맑아지니까 비 그친 후에는 꼭 산책하러 나가시는 게 좋겠어요~ 오늘도 많이 웃는 하루 보내셔요~^^~

2016. 10. 2. (일) 오후 4:18:52

아버지~ 오늘은 집에서 쉬시겠네요~ 날씨가 며칠째 흐리고 비도 오네요~ 날씨가 음침하니까 몸과 마음이 다 가라앉는 것 같아요. 이번 주말에 아버지와 엄마를 뵈러 가려고 했는데, 결혼을 하게 된 영신이의 사촌이 할머니께 인사하러 오겠다고 해서 이거저거 준비하느라고 못 갔어요. 다음 주 토요일에 갈게요~ 며칠간 문안인사 못 드려서 저녁 준비하기 전에 잠시 문자 올려요~ 날이 쌀쌀하니 따뜻한 옷 입으세요~ 따끈한 국물 드시고요~ 편안한 저녁 시간 보

내세요~~~

2016. 10. 4. (화) 오전 9:01:36

아버지~ 오늘은 출근하시는 날인가요? 아침에 일어나니 앞산에 안개가 잔뜩 끼어서 아무것도 안 보이더니 이제 안개 걷히고 남은 물기들이 나뭇잎에서 빛나서 마치 흰 꽃이 핀 듯 아름답네요. 새로운 태풍이 우리나라에도 크지는 않지만 영향을 미쳐서 내일은 또 비가 올 거라는 예보가 있네요. 비 오면 차를 타거나 내리실 때 특별히 조심하셔요. 비 맞는다고 서두르지 마시고 비 좀 맞으셔도 평상시와 같이하시는 게 몸 놀리기 불편하신 어른들에겐 맞는 거 같아요~ 옛날에 여우와 지네가 만났대요. 여우가 지네에게 묻길 "나는 발이 네 개밖에 안되는데도 가끔씩 발이 서로 꼬여서 쓰러지기도 하는데, 지네, 자네는 그 많은 발을 갖고도 어째 발 한번 안 꼬이고 잘 걸어 다니나?"라고 하니 지네가 "글쎄, 그냥 하던 대로 걸어서 잘 모르겠는데. 잘 생각해보고 내일 아침에 말해줄 게"라고 했대요. 다음 날 지네가 일어나서 걸으려고 하면서 자기 발이 어느 순서대로 움직이나 살펴보았대요. 어느 발 다음에 어느 발이 나가나 따지다 보니 서로 엉키기 시작해서 한 발도 앞으로 나가질 못하고 있는데, 만나기로 한 장소에 지네가 안 나오자 기다리던 여우가 지네의 집으로 가보니 발들이 꼬여서 서지도 못하고 있더라는 우스개 이야기가 있어요. 아버지께서도 이제 연세가 드셨으니 뭐든지 하시던 대로 하시는 게 편할 거예요. 간병인이 그만두었다면서요? 지금까지 있던 간병인 중 엄마한테 제일 성실하셨고, 그래서 엄마 몸이 눈에 띄게 좋아지신 것 같아 늘 고맙게 생각했는데~ 새로운 간병인 오면 또 서로 적응해야 하는 등 힘드니까, 아버지께서 엄마를 설득하셔서 그 간병인이 다시 왔으면 좋겠네요. 사람이 몸이 아프면 마음도 병 들어서 옆에 있는 사람에게 트집 잡고 화내지요. 그래서 다른 집들을 봐도 간병인들이 대체적으로 자주 바뀌는 편이니, 엄마가 간병인과 갈등이 있는 건 크게 흉될 게 없는 것 같아요. 그리고 다른 집 간병인 이야기를 들어봐도 다 거기서 거기예요. 이번 간병인은 엄마한테 많은 변화를 가져다 주셔서 그냥 보내기가 아쉽네요~ 모두 의견을 모아서 다시 데려오는 방법을 찾았으면 좋겠어요. 저도 주말에 가서 엄마께 잘 말씀드릴 게요~ 날이 궂을 땐 뜨끈한 탕이 제격이지요? 오늘도 환하게 웃으세요~♡~

2016. 10. 9. (일) 오전 8:52:45

아버지~ 아침진지 잘 드셨어요? 아침에 창을 여니 기온이 뚝 떨어진 걸 느낄 수 있네요. 낮엔 햇볕이 좋아 기온이 올라가면 일교차가 심해질 것 같네요. 어제 저희는 잘 내려왔어요. 길이 막혀서 평상시보다 시간이 좀 더 걸리긴 했지만, 쉬엄쉬엄 내려오니 괜찮았어요. 엄마와 간병인도 편안해 보여서 엄마께 아무 말씀도 안 드리고 왔어요. 사람의 감정이라는 건 참 미묘해서 한번 밉게 보기 시작하면 걷잡을 수 없이 미워 보이고 끝내 그 감정을 입 밖으로 쏟아내다 보면 되돌릴 수 없는 결과가 생기게 마련이지요. 엄마와 간병인 사이의 감정도 그러할 테니 엄마가 간병인을 눈에 거슬려 하실 때 엄마 마음을 잘 다독거려서 화를 가라앉혀 드리면 좋겠어요. 아버지, 엄마~ 두 분 모두 좋아 보이는 모습 보고 내려와서 오늘은 마음이 더 행복하네요. 주말 편안히 보내세요~~♡♡~~

2016. 10. 12. (수) 오전 8:26:58

아버지~ 안녕히 주무셨어요? 날씨가 별안간 차가워져서 감기 걸리실까 걱정되네요. 저희 어머니도 감기 걸리셔서 누워 계셔요. 제가 옆에서 잘 챙긴다고 챙겼는데도 감기 걸리시는 건 연세가 있어 면역력이 떨어지신 탓일 거예요. 아버지께서도 물 많이 챙겨 드시고 조심하셔요. 오늘은 쓰레기 분리수거하고 공부하러 가는 날이라 바빠요~ 병원에도 감기 환자로 꽉 차 있으니 걱정이 돼요. 따끈한 차와 뜨끈한 국물 있는 음식 드세요. 오늘도 스~마~일~하세요 ~~^^~~

2016. 10. 14. (금) 오전 8:15:46

아버지~ 안녕히 주무셨어요? 가을이 성큼 다가온 듯 싸~한 공기가 아침을 상쾌하게 하네요. 오늘 원래는 공부하러 가야 하는데, 학교 가는 시간이 늦은 아범 뒤치다꺼리 하다 보니 시간이 어중간해서 당분간은 금요일 주역 공부는 못 갈 것 같네요. 수요일의 맹자 공부만 가야겠어요. 이번 주 맹자 시간에는 인륜(人倫)의 중요성에 대해서 배웠어요. 옛날 중국의 요순시대(堯舜時代)에는 임금들이 정치를 잘해서 태평성대를 맞이하게 되는데, 이때 순임금은 효성이 지극해서 살인을 한 아버지를 살리기 위해서 천자(天子)의 자리도 버리고 아버지를 업고 아무도 없는 섬으로 도망갔다는 이야기가 있네요. 부자유친(父子有親)을 설명할 때 항상 나오는 이야기지요. 순임금 아버지는 아들을 죽이려고 온갖 나쁜 짓을 일삼았건만 순임금은 살인죄를 저지른 아버지를 위해 왕위도 버렸으니, 후대 사람들에게 추앙받아 마땅하지요. 아버지께서도 순임금만은 못하지만 부모님을 사랑하는 자식들이 곁에 있음에 자부심 갖으셔도 돼요. 저희 어머니는 아직 감기가 다 낫질 않아 누워 계세요. 아버지와 엄마도 감기 조심하세요 ~~♡~~

2016. 10. 18. (화) 오전 6:04:37

아버지~ 안녕히 주무셨어요? 요즘은 날씨가 아주 좋아요. 걷기에 아주 좋은 것 같아요. 어제는 저녁을 먹고 천변을 걸었는데 둥근 보름달이 훤하게 떴어요. 보름달을 보니 백중사리 때보다 바닷물이 더 많이 밀려올 거라는 뉴스가 생각났어요. 집에 들어와서 뉴스를 보니 소래포구가 물에 잠겼다고 하네요. 저희가 주안 살 때 비가 많이 온데다가 사리 때와 겹쳐서 집이 물에 잠겨, 영신이를 업고 근처 학교로 피신했던 생각이 났어요. 자연재해는 사람들이 자연현상에 미리 대비하지 않는 데서 오는 인재(人災)라고도 하는데, 사람들 건강도 마찬가지일 거예요. 운동을 꾸준히 한다든지 음식을 잘 섭취

한다든지 해서 미리 병에 걸리지 않게 예방해야겠지요. 요즘 낮엔 햇볕도 좋고 하니 햇볕 받으며 엄마하고 함께 산책하세요. 오늘도 ~^^~ 스마일~ 많이 웃는 하루 보내세요~~

2016. 10. 24. (월) 오전 8:51:48

아버지~ 아침진지 잘 드셨어요? 어제 상강(霜降)도 지나고 대관령 기온은 영하로 내려갔다더니, 아침에 창문을 여니 공기가 제법 싸하네요. 가을비가 오고 나면 나뭇잎 색은 더 고아지고 날씨는 추워지지요. 벌써부터 김장배추 주문을 받기 시작해서 저희도 오늘이나 내일쯤은 날짜를 정해서 신청해야겠어요. 이제부터 김장을 해서 통에 넣을 때까지 조금씩 준비를 해야지요. 오늘은 한 주가 시작되는 월요일이에요. 기분 좋게 한 주 시작하세요~♡♡~

2016. 10. 25. (화) 오전 9:21:53

아버지~ 오늘은 출근 안 하시는 날인가요? 아침에 일어나니 비가 내리고 있네요. 이 비가 그치고 나면 날이 더 추워지겠지요 ~ 오늘 신문을 보니 '강원도는 벌써 겨울'이라는 기사와 함께 수확하여 텅 비어버린 밭 사진이 나왔어요. 겨울 맞을 준비를 할 때이지요. 이불도 바꿔야 하고요. 저희 동네는 산 밑이라 대전 평균기온보다 많게는 2~3도씩 차이가 나기도 해요. 어려서부터 추위를 잘 타서 아버지께서 아랫목을 잘 내주시곤 하셨는데 요즘은 입성도 좋아지고 웬만한 곳은 난방도 잘 되는 등 시절이 좋아진 탓에 추위를 잘 모르고 겨울을 나지요. 저희는 19일에 김장하기로 했어요. 앞이 안 보이게 쏟아지는 비 때문에 가을이 더 운치 있게 느껴지는 아침이에요~ 오늘도 행복한 하루를 보내세요~♡~

2016. 10. 27. (목) 오전 9:01:59

아버지~ 아침진지 드실 시간일까요? 아침에 일어나니 안개가 가득 끼어 앞산도 안 보이더니 이제 조금 걷히네요. 오늘은 특히 일교차가 더 심하다고 하네요. 감기 안 걸리시게 조심하세요. 저는 오늘 아침 여유롭게 아버지께 편지를 쓰고 있어요. 사람이 살면서 잘못을 하고 나면 항상 그것을 생각하고 반성해야 하는데, 자기가 잘못한지도 모르는 사람은 끝내 반성도 못 하니 더 큰 죄를 짓는 거와 같다고 하네요. 두 여인이 도인을 만나게 되어 이야기를 나누는데, 한 여인이 자기는 죄가 무거워 늘 마음이 불편하다고 말하자 다른 한 여인이 자기는 별로 잘못하고 살지 않은 것 같다고 말을 했대요. 그러자 그 도인이 죄가 많다는 여인에게는 무거운 돌덩이를 가져오라 하고 죄가 없다는 다른 여인에게는 잔돌을 여러 개 주워오라 했대요. 그리고는 다시 원래의 자리로 돌을 옮겨놓으라고 하니, 무거운 돌덩이를 갖고 왔던 여인은 얼른 먼저 있던 자리에 갖다 놓았지만 여러 개의 작은 돌을 갖고 온 여인은 어느 게 어디서 갖고 온 것인지 헷갈려서 제때 갖다 놓지를 못했대요. 그러자 도인이 사람은 살면서 알게 모르게 잘못을 저지르고 살게 되는데 조그만 잘못은 그냥 지나쳐버려서 잘못했는지도 모르고 살게 된다고 했대요. 그리고 큰 죄를 지었다고 생각하는 사람은 늘 참회하지만 그렇지 않은 사람은 자기도 모르는 새로운 죄가 쌓인다고 말하면서, 늘 남에게 상처 주지 않는 삶을 살도록 노력해야 한다고 했대요. 저야말로 몰랐는데 애들이 커서 말해주기를 어머니가 저를 힘들게 하시면 제가 애들에게 화내고 소리 지르고 그래서 마음의 상처를 많이 받았다고 하더라고요~ 그런데 커 보니까 엄마를 이해하겠다는 말까지 해서 저를 감동시켰어요. 저는 당연히 애들에게 미안하다고 사과했지요. 그런데 저는 제가 애들한테 그렇게 화내고 소리 지른 걸 몰랐어요. 그래서 이젠 애들에게 화를 안 내려고 노력하고 있어요. 오늘도 마음에 사랑 가득한 하루 보내세요~ 아버지~ 사랑해요♡♡♡

2016. 11. 2. (수) 오후 7:45:16

아버지~ 저녁을 먹고 창밖을 보니 초승달이 어찌나 예쁘던지~ 얼른 거실의 불을 끄고, 산 밑으로 성큼성큼 내려가는 초승달을 카메라로 찍었어요. 오늘은 아침에 기온이 많이 내려간 것 같아서 옷을 잔뜩 껴입고 공부하러 갔더니 다른 사람들은 춥다고 히터를 틀어야 하는 거 아니냐고 하는데 저는 하나도 안 추워서 가만히 앉아 있었어요. 아직은 좀 이르지 않나 하면서 히터를 틀지는 않았는데, 모두가 추워서 잔뜩 웅크리고 수업을 듣는 동안 저만 여유롭게 있었지요. 뭣이든지 대비를 잘하면 어려움이 없지 않나 하는 생각을 또 한 번 하게 되었지요. 특히 건강은 미리미리 대비하는 게 정말 중요하지요~ 참, 아버지께서는 저녁을 잘 안 하신다고 하던데 오늘은 저녁을 잘하셨는지요~ 주무시기 전에 물 한 잔~ 주무시다 소변이 마려우시면 일어나서 침대에 잠깐 앉아 계시다 화장실에 가셔요. 노인분들은 잠결에 움직이시다 넘어지는 경우가 많대요~ 오늘도 편안한 주무세요~♡

2016. 11. 7. (월) 오전 8:12:44

아버지~ 안녕히 주무셨어요? 오늘은 날씨가 잔뜩 흐렸네요. 그런데 흐린 날 단풍 들어가는 나뭇잎은 더 예뻐 보여요~ 앞산에 소나무가 많아서 단풍이 그리 예쁜 편이 아닌데도 소나무 사이사이로 물들어가는 나뭇잎들이 더 예쁘게 보이는 아침이에요. 주말 잘 보내셨어요? 영신이도 출장에서 돌아오고 모처럼 다섯 식구가 다 모여서 주말을 보냈어요. 다시 시작하는 한 주~ 오늘은 흐렸지만 해가 나면 햇살이 아주 좋은 계절이에요~ 틈나는 대로 햇볕을 많이 쬐세요~ 여름 무더위 때문에 배추농사나 과일 수확하는 데에 지장이 클 거라더니, 가을에는 비도 적당히 오고 햇볕도 좋아서 배춧속도 잘 차고 과일들도 햇볕을 잘 받아서 맛도 좋다고 하네요. 이 세상에 전부 좋은 것도 없고 전부 나쁜 것도 없다는 말이 옳은 것 같아요. 더웠던 여름 탓에 볕을 잘 받은 벼도 풍작이고요~ 저는 요즘 김장준비를 하느라 마늘을 까고 있어요. 김장해 놓고 나서 찾아뵐게요~ 오늘은 흐린 날씨에 어울리는 뜨끈한 탕을 드시면 좋겠네요~~ 오늘도 즐겁게 보내세요~^^~♡

2016. 11. 11. (금) 오후 5:02:32

아버지~ 햇살이 좋은 가을이에요. 아침에는 비가 조금씩 오더니 낮에는 마치 봄이 오는 듯 날이 활짝 풀려서 덥기까지 하네요. 가을비가 내리고 나면 날씨가 급격히 추워져서 몸을 웅크리게 되는데, 날이 얼마나 푹한지 햇볕이 좋은 양지쪽에는 철도 모르고 철쭉꽃이 활짝 피었어요. 저도 옷을 잔뜩 껴입고 장 보러 나갔다가 더워서 목에 둘렀던 머플러도 풀었어요. 그런데 때아닌 황사가 온다네요. 밖에서 들어오시면 손 닦으시고 가글하세요. 이제 저녁 준비를 해야지요. 아버지께서도 저녁 진지 잘 드시고 편안히 잠자리에 드세요~~~

2016. 11. 14. (월) 오전 8:27:42

아버지~ 안녕히 주무셨어요? 전국적으로 비가 올 거라는데 날씨는 좋기만 하네요. 아침에 또 우유가 떨어져서 우유를 사러 갔다 왔는데, 밤새 떨어진 낙엽이 가을 분위기를 한껏 자아내고 있네요. '지금도 마로니에는~~' 이런 노래 알고 계시지요? 마로니에라는 나무는 잎이 7개라서 칠엽수(七葉樹)로 불리기도 하는데요, 잎이 넓고 커서 떨어지면 유난히 더 많은 낙엽이 떨어진 것처럼 느껴지지요. 저희 아파트에도 마로니에가 여러 그루 있어서 경비 아저씨들이 낙엽 쓰느라 이른 아침부터 바쁘게 움직이셨어요. 요즘은 낙엽을 재활용해서 거름으로도 쓰기도 해서, 전에는 그냥 버리던 것을 이젠 모아서 농장 같은 곳에 보낸다고 하네요. 그런데 저는 그냥 쓸지 말고 내둬서 낙엽을 밟고 다녔으면 좋겠어요. 그러다 나중에 쓸면 좋겠다고 했더니 그러면 바닥에 들러붙어서 치우기가 힘들고 재활용하기도 어렵다네요. 가을은 과일도 풍성하고 하늘도 맑고 단풍과 낙엽도 아름다운 계절이지요. 이렇게 좋을 때 햇볕 많이 쬐세요. 그리고 오늘도 즐겁게 스마일~ 하세요~^^~♡

2016. 11. 21. (월) 오전 6:14:56

아버지~ 안녕히 주무셨어요? 입동(立冬)이 지난 지도 한참 됐어요. 이제 소설(小雪)이 내일인데도 날씨가 계속 포근하네요. 저희는 토요일에 김장했어요. 애들 데리고 모두 함께 김장을 하다 보니, 이젠 각자 자기 할 일들을 알아서 해요. 그래서 이번에도 쉽게 끝냈어요. 올케가 울금을 보내줘서 울금을 넣고 김장을 했는데 울금 넣은 김치는 처음엔 쌉싸름하지만 익으면 아주 맛있다고 해요. 익은 다음 김치 맛이 기대되네요. 오늘도 포근하다니까 낮에 햇볕 쏘이시면서 산책하세요~ 오늘도 즐겁게 크게 웃는 하루 보내세요~~~

2016. 11. 25. (금) 오전 6:26:32

아버지~ 안녕히 주무셨어요? 날씨가 별안간 싸늘해졌어요. 오늘 오후부터 풀린다고 하지만 계속 포근하다 별안간 기온 차이가 5도 이상 나면서 추워지니까, 보통 때 겨울이면 그렇게 춥다고 느낄 날씨가 아닌데도 춥게 느껴지네요. 날씨가 별안간 추워지면 순환 기계통에 영향을 미치게 되니까 조심하셔야 하겠지요? 그런데 엊그제 경희랑 통화를 했는데 아버지 발이 매우 차다고 걱정하던데요~ 아무래도 연세가 있으시니까 혈액순환이 원활하지 않아서 그런 것 같은데, 온몸의 혈액순환을 원활하게 하는 데는 발목펌프만큼 좋은 것이 없다고 해요. 예전에 마당에 있던 펌프 생각나시죠? 계속 펌프 질을 하면 처음엔 안 나오다 나중에는 콸콸 물이 쏟아져 나오잖아요? 그 원리를 생각하시면 될 거예요. 발목펌프를 하게 되면 혈액순환에도 도움이 되고 다리에 힘도 길러지니 일석이조의 효과를 볼 수 있지요. 그리고 수시로 어디서든 할 수 있으니까 좋고요. 아침저녁은 물론 수시로 하면 할수록 좋으니까 자꾸 하세요~ 오늘 아침부터 우선 시작해 보세요~ 오늘도 많이 웃는 하루를 보내세요~~^^~~♡

2016. 11. 29. (화) 오전 7:24:12

　　아버지~ 안녕히 주무셨어요? 이제 날씨가 제법 차져서 몸이 저절로 움츠러드네요. 그래도 햇살이 드는 낮에는 따뜻하지요. 요즘은 김장 후 이거저거 뒷마무리 하느라 쉴 틈 없이 보내고 있어요. 바쁜 때 다 지나면 아버지 엄마 뵈러 갈게요. 펌프는 잘하고 계세요? 꾸준히 하셨으면 좋겠어요. 오늘도 즐겁게 하루를 보내세요~~

2016. 12. 3. (토) 오전 10:21:05

아버지~ 오늘 출근하시나요? 오늘은 아침 기온이 쌀쌀한가 봐요. 아침에 일어나 보니 유리창에 김이 서린 듯 물방울이 맺혀 있는 것이 밖의 기온과 실내 온도의 차이가 크게 나나 봐요. 이번 주 맹자 시간에는 다른 학파에 갔다가 유교로 돌아온 사람들을 따뜻하게 받아들이는 것이 바로 인(仁)이라는 것에 대해 배웠어요. 사람들은 누구나 잘못을 저지를 수 있는데 잘못을 뉘우치면 용서해 주어야 한다는 것이지요. 부모가 자식을 사랑하는 마음으로 용서를 해주면 용서 못 할 일이 없다는군요~ 요새 대통령 때문에 시끄러운데 대통령도 얼른 마음을 내려놓아 정국이 편안해졌으면 좋겠어요. 오늘은 햇살도 좋고 주말이니까 엄마하고 맛난 것 드시러 나가세요~ 오늘도 스마일~~하세요.

2016. 12. 7. (수) 오전 8:34:04

아버지~ 안녕히 주무셨어요? 수요일 아침은 일주일 중 제일 바쁜 때에요. 쓰레기 분리수거도 해야 하고 아범도 일찍 학교에 가는 날이고 저도 공부하러 가야 하는 날이거든요. 바쁘게 움직이다 별안간 아버지와 엄마 생각이 나서 편지를 쓰네요. 요즘 아버지 혈압이 잡히질 않는다고 해서 걱정했는데 다행히 잘 잡혔다고 해서 한시름 놓았어요. 발목펌프는 고혈압 환자들에게도 큰 효과가 있다고 해요~ 펌프를 하면 정체되어 있던 혈액을 순환시켜주는 역할을 해주어서 고혈압 환자들에게 효과가 좋다고 해요. 오늘은 비 오고 날은 잔뜩 흐리고 그러네요. 따뜻한 물을 많이 드시고 몸을 따뜻하게 하세요~ 저희는 다음 주에 가서 뵐게요~ 오늘은 뜨끈한 찌개랑 밥을 드시면 좋을 것 같네요~ 오늘도 스~마~일~~♡♡

2016. 12. 11. (일) 오후 3:36:04

아버지~ 어제 일찍 잤더니 오늘 일찍 눈이 떠졌네요. 꼭두새벽에 일어나니 하루가 정말 기네요. 요즘 해가 짧아져서 아침에 눈을 뜨면 깜깜해서 다시 눈을 감곤 했는데, 오늘은 어제 워낙 일찍 자서 그런지 잠이 확 깨버려서 그냥 일어났어요. 그리고 이거저거 한참을 했는데 그때야 훤히 아침이 밝아왔어요. 무슨 일이든 원인 없는 결과는 없다고 하지요? 잠마저도 그렇네요~ 사람들 삶은 물론 말할 것도 없지요~ 노년이 편안하시다면 그건 살아오면서 많은 德(덕)을 베풀어 온 탓이라고 해요. 아버지와 엄마 모두 편안한 노년을 보내고 계시니 저희들도 본받아서 덕을 베풀며 살아야겠다는 생각이 드는 오후에요. 오늘은 유난히 햇살이 따사롭네요. 그래도 밖의 바람은 차가우니 창을 통해서라도 볕바라기를 하세요~ 저는 이제 펌프를 하고 좀 있다가 저녁 준비를 해야겠어요. 아버지께서도 쉬고 계신다면 펌프를 하시면 좋겠네요.

2016. 12. 15. (목) 오전 6:05:27

아버지~ 안녕히 주무셨어요? 일찍 눈이 떠져서 거실에 나오니 둥근 보름달이 마치 불을 켠 듯 환하게 비추고 있네요. 어렸을 때 불렀던 노래가 생각났어요~ '달달 무슨 달 쟁반같이 둥근달~~' 정말 쟁반같이 달이 둥그렇네요. 그런 달을 보며 우리 가족 모두 건강하기를 기도했어요. 오늘은 기온이 뚝 떨어진다네요. 그래도 아직 땅이 얼지 않은 탓인지 그리 춥지 않은 것 같아요~ 하긴 아직 동지도 안 지났으니까 본격적인 추위는 시작도 안 한 거지요~ 펌프를 잘 하신다니까 마음이 놓이네요. 별안간 추워진 날씨에 감기 걸리지 않게 조심하셔요~~ 오늘도 즐거운 마음으로 하루를 시작하세요~~ ♡~~

2016. 12. 16. (금) 오전 7:52:14

아버지~ 오늘은 정말 추운 것 같네요. 아침에 영신이 출근할 때 쓰레기를 버리려고 같이 나갔는데, 덧옷을 안 입고 나갔다가 어찌나 추운지 깜짝 놀랐어요. 오후부터는 풀리기 시작한다네요. 아침에 신문을 보니 '아버지 자랑'이라는 시와 함께 그 시에 대한 글이 있었어요. 탄광촌에 있는 학교에 처음 부임한 선생님이 아이들에게 아버지 자랑을 해보라고 시켰는데, 광부인 아버지를 자랑스럽게 생각하지 않던 아이들이 아버지의 자랑스러운 모습을 생각해내는 시를 썼대요. 그 시를 읽으면서 아버지를 항상 자랑스럽게 생각하고 살게 해주신 아버지께 '고맙습니다'라고 인사를 했어요. 어렸을 적부터 기억되는 아버지 모습은 항상 포마드 발라서 단정하게 빗으신 머리가 생각나요. 부지런하시고, 아내에게는 애처가이신 아버지, 자식을 끔찍하게 사랑하시는 아버지, 어려운 일가친척을 잘 보살펴 주시는 아버지, 일일이 열거하기가 힘들 정도로 아버지를 자랑할 게 많네요. 시를 읽으면서 새삼 아버지께 고마운 마음이 들었어요. 우리들의 자랑스러운 아버지! 내내 건강하셔서 저희들 곁에 오래오래 계셔주세요~ 차가운 날씨에 건강 조심하시고 오늘도 맛있는 거 많이 드시고 즐겁게 하루 보내세요~~☆☆

2016. 12. 20. (화) 오전 8:52:22

아버지~ 안녕히 주무셨어요? 앞산에 안개가 잔뜩 끼어서 앞이 하나도 안 보이네요. 마치 겨울이 지나고 봄이 오는 것처럼 나무들이 물기를 잔뜩 머금은 것 같아 보이네요. 저희는 잘 내려왔어요.

2016. 12. 20. (화) 오전 8:56:46

편지를 쓰다가 경희 전화를 받았어요. 아버지께서 병원에 입원하신 거 알고 전화했더니 안 받으시네요. 엊그제 편안하신 것 같은 모습을 뵙고 왔는데 입원하셨다고 해서 깜짝 놀랐어요~ 병원에 계시면 의사가 지시하는 대로 따르면 되니까 걱정 마세요. 아범이 연구소 일로 집을 비웠는데, 내일이나 돌아와요. 아범 오면 같이 찾아 뵐게요.

2016. 12. 21. (수) 오전 7:58:28

아버지~ 편히 주무셨어요? 전화 통화는 불편해하셔서 일어나서 전화하려다 안 했어요~ 일어나자마자 아버지 치료가 잘 되기를 기도했어요. 아버지는 누구보다 정신력도 강하시고 평소 운동을 꾸준히 하시는 등 건강관리를 잘하셨으니까 치료 잘 받으시면 나아지실 거라고 믿어요. 아버지~ 사랑해요~♡~

2016. 12. 23. (금) 오전 7:42:54

아버지~ 편안히 주무셨어요? 아침에 쓰레기를 버리러 내려갔더니 눈발이 날리고 있네요. 어제 비가 눈으로 변할 거라는 예보가 있어서 떠나기를 망설였는데 오늘은 눈이 올 거라고 해서 이래저래 미루다가 얼른 아버지를 뵙고 오는 게 마음이 편할 것 같아서 갔었는데, 다녀오길 잘한 것 같네요. 편안해 보이시는 모습 뵙고 와서 저희도 마음이 편안해졌어요. 오늘 세브란스병원으로 옮기신다니 저희는 다음에 세브란스 병원으로 찾아뵐게요. 지미 카터가 91세의 나이에 뇌종양 치료를 받았지만, 지금 93세의 나이에 사회봉사 활동을 열심히 하고 있대요. 아버지도 체력이나 정신력 면에서 카터보다 뒤지지 않기 때문에 어떤 치료도 거뜬히 잘 받고 일어나시리라 믿어요.

아버지~ 힘내세요~ 저희가 있잖아요~~~

2016. 12. 24. (토) 오전 8:18:12

아버지~ 안녕히 주무셨어요? 잠자리가 바뀌어서 불편하시겠지만 모든 걸 병원에 믿고 맡기시고 편안히 쉬세요. 매번 병원에 입원하실 때마다 아버지는 평생 열심히 사셨으니까 쉬어가시라는 의미가 아닐까 하는 생각이 들어요. 이번에도 90이 넘도록 일하셨으니까 쉬었다가 다시 일어나 일하시라고 이런 일이 생기는 것 같아요. 편안히 쉬시다 나오세요~ 저희는 조만간 병원으로 갈게요~♡~

2016. 12. 25. (일) 오후 9:35:38

아버지~ 안녕히 주무셨어요? 기온이 많이 내려갔나 봐요. 공기가 싸아~하네요. 매일 아침 일어나면 세수하고 우리 가족을 위해 기도하고 아침 식사를 준비하는데, 요즘은 아버지를 위한 기도가 우선이에요. 우리 아버지께서 하루속히 나아지시기를 간절히 기도합니다. 입으로 숨을 길게 길게 내쉬세요. 죽염은 항상 입에 물고 계시고요.

2017년

2017. 1. 1. (일) 오전 9:36:00

아버지~ 편안히 주무셨어요? 새해 첫날 해돋이를 보면서 소원을 빌면 이루어진다지요? 새벽에 대청댐 해맞이 행사장에 갔다가 차가 너무 많아 그 근처에서 해 뜨는 거 보고 아버지 쾌유를 빌고 돌아왔어요. 오늘 기분은 어떠세요? 아버지께서 더운 걸 싫어하셔서 온열 매트를 달가워하지 않으실까 봐 걱정했는데, 다행히 잘 사용하신다니 마음이 놓이네요. 몸속의 독소가 다 빠져나올 때까지 꾸준히 사용하셨으면 좋겠어요. 그런데 영실이도 경험했지만 처음에는 명현 반응이 와서 몸이 좀 더 힘들게 느껴지실 수도 있어요. 그때 왜 더 아파지는 거 같냐고 불평하지 마시고 '요걸 잘 넘겨야 되겠구나' 생각하시고 마음 다잡으세요. 숨을 길게 길게 내 품으시고요~ 내일모레 갈게요~~

2017. 1. 2. (월) 오전 7:13:52

아버지~ 편히 주무셨어요? 아직 이른 아침은 어둡네요. 어제 경희가 전화해서 매트 온도조절기 타이머 때문에 매트가 식어서 아버지께서 밤에 깨셨다는 말을 했는데, 구형은 타이머 조절이 12시간까지 되는데 신형은 8시간까지밖에 안 되어서 그랬던 거예요. 구형 타이머를 구해준다고 했으니까 내일 제가 갈 때까지 못 구해지면 저희 거라도 빼서 갈게요. 오늘 하루만 조절기를 잘 조절하셔서 주무시다 깨시는 일이 없도록 하세요. 매트는 꼭 깔고 주무셔야 해요. 내일 가서 더 자세한 설명 드릴게요. 오늘은 병원 가시는 날이네요. 치료 잘 받으시고 오세요~ 내일 뵐게요.

2017. 1. 4. (수) 오전 7:13:40

아버지~ 편안히 주무셨어요? 겨울 같지 않게 날이 포근하네요. 어제도 가는 길은 안개가 잔뜩 끼어서 마치 봄날 같은 느낌이었어요. 저희는 어제 잘 내려왔어요. 전에도 말씀드렸지만 새로 생긴 43번 국도 때문에 인천 가는 길이 훨씬 수월해졌어요. 아버지께서 매우 긍정적으로 치료를 받으시니 좋은 결과가 있을 거라고 생각해요. 오늘은 병원 가시는 날이지요. 병원에 잘 다녀오시고 편안한 하루 보내세요.

2017. 1. 5. (목) 오전 8:25:38

아버지~ 어젯밤도 땀을 많이 흘리셨나요? 오늘은 최고로 추운 때라는 소한(小寒)인데 포근한 날씨가 될 거라네요. 차를 타고 다니시니까 추위의 영향을 잘 안 받으시겠지만, 그래도 타고 내리실 때 추우면 아무래도 움츠러들게 되는데 덜 추우니 다행이에요. 치료는 치료 자체로도 중요하지만 '이걸 하면 내가 낫는다'라는 긍정적인 생각이 병을 낫게 하는 데 효과가 있다고 해요. 부디 꼭 나을 거라는 긍정적인 생각을 하시고 치료받으시길 바래요. 오늘도 편안히 하루를 보내세요.~^~^~

2017. 1. 7. (토) 오전 6:36:13

아버지~ 편안히 주무셨어요? 어제는 병원에 잘 다녀오셨지요? 연일 봄날같이 따뜻한 날들의 연속이네요. 창을 통해서 들어오는 햇볕을 등으로 받으며 책을 읽으면 글씨도 잘 보이고 등도 따뜻해서 참 좋아요. 햇볕은 비타민 D 형성에 큰 도움을 주는데 골다공증은 물론 면역력 증강에도 큰 도움이 된다고 하네요. 직접 오래 햇볕을 쬐는 건 피부에 해롭지만 하루에 10~20분 정도의 햇볕은 아주 이롭다니까, 차를 드실 때도 창가에서 햇볕을 받으시며 드시면 좋겠어요. 습관이 되어야 하지만 의식적으로 숨을 길게 길게 내뿜어 주세요~ 몸에 산소를 많이 집어넣는 방법이래요. 아버지 주변에 사람이 많은 것도 병이 낫는 데 큰 도움이 될 거라고 하네요. 연일 수고하는 다른 형제들이 있어 저는 맘 편히 있지만 늘 미안하지요. 오늘도 편안한 마음으로 엄마와 함께 웃는 하루 보내세요~~

2017. 1. 8. (일) 오전 6:36:41

아버지~ 편안히 주무셨어요? 아직도 밖은 캄캄하네요. 어제 아버지께서 회사에 출근하셨다는 말을 듣고 뛸 듯이 기뻤어요. 그냥 감사하다는 말이 절로 나왔어요. 역시 우리 아버지의 정신력은 누구도 따라갈 수가 없지요. 그래도 무리하지 마시고 천천히 하세요. 그래서 저도 어제는 종일 기분이 좋았어요. 음식은 거친 음식을 드시라지요? 단백질은 종양이 아주 좋아한다니, 단백질이 많은 고기 종류는

피하시는 게 좋겠어요. 오늘도 기분 좋게 하루를 보내세요~♡~

2017. 1. 11. (수) 오전 9:13:10

아버지~ 아침진지 잘 드셨어요? 날씨가 제법 쌀쌀하네요. 아침에 쓰레기 분리수거하는 날이라서 밖에 나갔더니 싸한 것이 코 끝이 시리더라구요. 오늘 병원 가시는 날인데 잠깐 동안이겠지만 차를 타고 내리실 때 조심하세요. 어제는 종일 표 나게 한 일도 없으면서 바쁘게 왔다 갔다 했어요. 집안일이 다 그렇지만 유난히 그런 날이 있어요. 아버지께서 편찮으신 동안 제 마음도 경직되어 아무 생각이 안 나더니, 이제 아버지께서 회사도 나가시고 기력을 조금씩 차리시니 저도 기운이 나는 것 같아요. 가족이라는 것이 보이지 않는 끈끈한 정(情)으로 이어져 있다는 걸 새삼 깨달았어요. 오늘도 치료 잘 받으세요. 그리고 마음속으로 '나는 꼭 이 병을 이기고야 말겠다'라고 다짐하세요. 우리 아버지~ 파이팅~~

2017. 1. 12. (목) 오전 7:35:22

아버지~ 안녕히 주무셨어요? 아직도 밖은 어둡네요. 하루하루 해가 길어지듯이 아버지께서도 조금씩 조금씩 회복되어 가시겠지요~ 어제 병원에 가셨을 때 휠체어 타지 않으시고 걸어 들어가셔서 경희가 깜짝 놀랐다고 하더라구요. 우리 아버지의 정신력은 젊은 누구도 따라오기 힘든 거 같아요. 그 정신력이 아버지를 우뚝 서실 수 있게 할 거라고 믿어요. 요즘 아버지께서 매트를 사용하실 때 입을 바지를 광목으로 만들고 있어요. 천을 재단하고 재봉질을 하노라면 전에 엄마가 재봉질하시면 그 옆에서 눈여겨보며 신기해했던 것이 생각나요. 그 많은 식구들 살림을 하시면서 짬짬이 재봉으로 이거저거 만드시던 엄마는 요즘도 뜨개질로 솜씨를 발휘하고 계시지요. 아버지의 강인한 정신력과 엄마의 손재주 유전자를 물려받은 저희들은 감사해야 할 것 같아요. 오늘도 평안히 보내시는 하루 보내세요.♡♡♡

2017. 1. 19. (목) 오전 8:00:51

아버지, 안녕히 주무셨어요? 서울엔 미세먼지 때문에 낮에도 전조등을 켜야 할 정도로 뿌옇던데, 오늘 아침 저희 집 앞산은 안개가 잔뜩 끼어서 바로 앞도 안 보이네요. 연일 날씨가 활짝 개이지 않아서 마음도 흐린 듯해요. 그제는 혼자 가서 아버지하고 오붓한 시간을 가져보려고 했는데 결국 아버지 얼굴도 못 뵙고 왔네요. 다행히 단순히 감기로 인한 거였다니 한시름 놓았지요. 오늘은 아범이 연구소에서 자문위원회의가 있고 토요일에는 아버님 제사를 모셔야 해서, 그 후에나 가서 뵙겠네요. 얼른 퇴원하시면 좋겠어요.~~

2017. 1. 22. (일) 오후 3:42:37

아버지~ 오늘은 날씨가 정말 변덕스러운 것 같네요. 눈이 쏟아지다 해가 나다 산에는 바람이 많이 부는지 나무들이 춤을 추네요. 지금 또 눈이 펑펑 와요. 오늘은 집에 오셔서 편안히 주무시겠네요~

2017. 1. 23. (월) 오전 9:01:04

아버지~ 편안히 주무셨어요? 오늘도 날씨가 끄물대네요. 날씨가 끄물대니까 몸도 따라서 늘어지는 것 같아요. 어제 집에서 편안히 주무실 줄 알았더니 퇴원을 못 하셨네요. 아침에 신문을 보니 책 쓰는 택시기사 이야기가 나왔어요. 벌써 두 권째 책을 낸다네요. 제가 언젠가 그 기사에 관한 글을 읽고 아버지께 말씀드린 적이 있는데, 그 기사는 처음에 빚을 갚기 위해서 택시기사 일을 시작했대요. 처음엔 무례한 손님들 때문에 곤욕을 치르는 등 힘들었지만, 운전하면서 손님들과 생긴 일을 글로 쓰면서부터는 그런 일이 자기 글의 소재가 된다고 생각하니 하나도 힘들지 않았다고 해요. 무슨 일이든지 생각하기 나름인 것 같아요. 아버지께서도 지금 힘든 시기인데 이 시기를 잘 보내시면 더욱 편안한 노후를 보내실 거라고 믿어요. 어제 경희가 아버지 귀 뒤에서 비지 덩어리를 짜냈다고 하던데, 그런 덩어리들이 몸의 혈액순환에 장애가 되어 여러 가지 증상을 일으키니, 다음에 또 짜내라고 하세요. 저희는 원래 어제나 오늘 아버지 뵈러 가려고 했는데, 어머니가 장염 증세로 2주 정도 고생하시다 나은 것 같더니 어제부터 다시 배가 아프다고 하셔서 못 갔어요. 마음은 아버지께 가 있지만 가 뵙지 못하니 죄송한 마음뿐이네요. 그렇지만 곁에서 수고하는 오빠 내외와 언니와 경자가 있어서 걱정은 덜 되지요. 식사 잘하시고 얼른 퇴원하셨으면 좋겠어요.

2017. 1. 24. (화) 오전 8:26:57

아버지~ 편안히 주무셨어요? 영하 10도를 넘나드는 추위가 기승을 부리고 있네요. 윗목에 있는 걸레가 얼어버리던 어릴 적에는 이렇게 사는 날이 올 줄 몰랐는데, 밖의 날씨가 아무리 추워도 애들은 반소매를 입고 생활을 할 정도로 우리 주택 문화가 바뀌었네요. 앞으로는 또 어떤 변화가 생기려는지 궁금하시죠? 입으로 길게 길게 숨을 내놓으세요. 오늘은 퇴원하시면 좋겠네요.

2017. 1. 29. (일) 오전 7:48:54

아버지~ 안녕히 주무셨어요? 이제 해가 길어지는 게 눈에 보이네요. 이맘때쯤이면 캄캄해서 아무것도 보이지 않던 창으로 산 능선이 보이네요. 명절 연휴 기간이지만 늘 그랬듯이 길이 막혀서 떠날 엄두를 못 내고, 어제부터 인터넷만 살펴보고 있어요. 토요일에 아이들 데리고 가겠어요. 마음만 아버지께 가 있네요~~

2017. 1. 30. (월) 오전 10:39:04

아버지~ 지금 병원에 가고 계신가요? 날씨가 다시 추워져서 걱정하고 있어요. 그래도 아침에 일어나니까 나무에 하얗게 쌓였던 눈이 녹아서 초록색을 내보이는 걸 보면 기온이 아침보다는 오르고 있나 봐요. 아버지를 직접 못 뵙고 마음으로만 걱정하다 아버지 목소리를 들으니 힘이 나네요. 그렇게 큰소리로 호령하세요~ 명절 연휴가 오늘 끝나니 길이 좀 한산해지겠죠.

2017. 2. 1. (수) 오전 5:36:03

아버지~ 편안히 주무셨어요? 매번 초하루부터 초닷새 정도에는 저녁달이 어찌나 예쁜지 몰라요. 옆에서 같이 반짝이는 금성과 함께 마치 한 폭의 그림을 보는 것 같아요. 혼자 보는 것이 아까워서 식구들을 다 불러 함께 보곤 하지요. 어제도 예쁜 초승달과 그 옆을 지켜주는 금성을 보면서 이제 하루하루 커질 달처럼 우리 아버지 왼쪽 팔다리에 힘이 생기게 해달라고 기도했어요. 지난 올림픽에서 펜싱으로 금메달을 딴 우리나라 선수는 하위권의 선수이지만 세계 1위의 선수를 물리치는 이변을 냈죠~ 경기가 거의 상대편 선수 승리 쪽으로 기울었을 때 우리나라 선수가 혼자 입으로 '할 수 있어, 할 수 있어'를 되뇌었대요. 그렇게 해서 그 경기를 승리로 이끌 수 있었대요. 아버지도 '할 수 있어, 할 수 있어'를 끝없이 되뇌시고 힘을 내셔서 병마를 이겨내세요. 우리 모두 아버지께서 쾌유하시길 간절히 기도합니다.

2017. 2. 1. (수) 오후 7:29:58

아버지~ 저녁 진지 잘 드셨어요? 오늘도 달이 아주 예쁘네요. 신문에는 오늘 금성과 화성과 달이 나란히 보일 거라고 하던데, 제 눈에는 눈썹같이 예쁜 달과 금성만 보이네요. 아버지는 달 옆을 지키는 금성같이 늘 저희들을 지켜주셨지요. 이렇게 침대에 누워 계시는 건 아버지께 안 어울려요. 제가 아픈 영실이를 일으켜 세운 것도 모두 정신력 덕택이었을 텐데, 누구를 닮아 그럴 수 있었겠어요~ 아버지를 닮아 그랬겠지요. 아버지의 강한 정신력이면 어떤 병마도 이겨내시리라 믿어요. 아버지~ 힘내세요!!!~

2017. 2. 2. (목) 오전 7:49:02

아버지~ 안녕히 주무셨어요? 오늘 아침에는 체감온도가 영하 13도까지 내려간다지만 낮에는 평년 수준을 넘는 기온이 될 거라네요. 오늘은 세브란스병원에 가시는 날이지요. 어제 인터넷을 보니, 엄마 뱃속에서 뇌가 흘러나와 세상에 태어나자마자 대뇌의 70% 소뇌의 90%를 잘라내어 다들 얼마 살지 못할 거라고 했던 아기 이야기가 나왔네요. 그 아기가 지금 25살 청년이 되어 텔레비전 프로그램에 나와서 노래를 부르는데 어찌나 노래를 잘하는지 모두들 눈물을 흘리면서 듣고 있는 거예요. 물론 6번의 대수술을 거치고 여러 가지 장애도 갖고 있지만, 뇌가 거의 없는 상태에서도 저렇게 잘 성장할 수 있구나 하고 생각하니, 아버지께 대한 희망이 더 커지는 걸 느겼어요. 한방치료와 물리치료, 그리고 뜸과 비타민, 그리고 우리 가족들의 정성과 아버지의 강한 의지가 아버지를 낫게 하리라고 믿어요. 오늘도 병원 잘 다녀오세요~~

2017. 2. 3. (금) 오전 7:28:23

아버지~ 안녕히 주무셨어요? 오늘도 제일 먼저 아버지 쾌유를 기원하면서 하루를 시작했어요. 오늘은 어제보다 기온이 오를 거라네요. 병원 가시는데 차에서 오르고 내리실 때 날이 추우면 아무래도 몸 움직임이 편치 않으실 텐데. 병원 가시는 날 기온이 내려간다는 예보를 들으면 걱정이 되어요. 두 딸을 잘 길러서 한 명은 국제변호사로, 한 명은 세계적인 피아니스트로 활동하게 한 아버지 이야기가 화제인데요~ 그 아버지가 딸들에게 인생의 지침이 되는 한마디를 전해주었는데, 그건 '뒤돌아보지 마라'였대요. 그 말과 함께 항상 힘이 되는 글로 편지를 써서 보내주었대요. 아버지께서도 '내가 왜 이런 병이 걸렸나'하고 탄식하지 마시고 '이걸 이기고 말겠다'는 각오를 새롭게 하셨으면 좋겠어요. 오늘도 꼭 낫고 말겠다는 각오를 다지면서 병원에 잘 다녀오세요. 아버지를 무지무지 사랑하는 둘째 딸 올림~

2017. 2. 4. (토) 오전 7:36:58

아버지~ 편안히 주무셨어요? 주말엔 날씨가 춥지 않은 대신 눈이나 비가 온다고 하네요. 오늘 신문에 '용기와 승리'라는 제목으로 쓴 글이 제 눈길을 끌었어요. 인류 역사에 등장했던 위대한 탐험가들에 관한 이야기인데요, 용기가 없다면 모험은 불가능하지요. 용기를 발휘해서 생경한 세계에 도전하고 그곳을 사람들이 살 수 있는 터전으로 만들지요. 아버지께서는 지금 새로운 세계로 모험을 떠나신 거예요. 아버지께서는 여러 가지로 불편해지신 몸과 함께 힘든 투병생활이라는 모험을 하고 계신 겁니다. 잘 이기시어 반드시 쾌차하시리라 믿으니 꼭 일어나겠다는 다짐의 끈을 놓지 마시길 당부드립니다. 마음은 늘 아버지 곁에 있는 둘째 딸 올림~

2017. 2. 5. (일) 오전 7:35:42

아버지~ 안녕히 주무셨어요? 입춘이 지났으니 이제 내리는 비는 봄비일까요? 비가 촉촉이 내리고 있네요. 어제는 '감사하는 마음'이라는 시를 읽었어요. 감사하는 마음을 가지면 정말로 감사할 일이 생긴다는 내용의 시인데요, 저도 그걸 경험했어요. 영실이가 아팠을 때 매일 조금씩 좋아질 때 아직 갈 길이 먼 걸 알면서도 항상 '오늘도 감사~, 또 오늘도 감사~'라는 말을 되뇌었어요. 그랬더니 정말 조금씩 조금씩 나아져서, 눈이 안 떠져서 책을 볼 수도 없었던 애가 이제 책상에 앉아서 공부를 하게 되었으니 정말 감사한 일 아니에요? 아버지를 생각하면 너무 속상하지만, 그래도 왼쪽이 불편하신 게 오른쪽 불편하신 것보다 생활하는 데 나으니 그것도 감사한 일이고, 아버지께서 평생 열심히 살아오신 덕분에 원하시는 치료를 충분히 받으실 수 있으니 그것도 감사한 일이지요. 또 입맛 안 떨어지지 않으신 채 식사를 잘하시니, 그것도 감사한 일이고요. 그 시를 읽으면서 앞으로 아버지를 위한 기도 제목은 '감사합니다'로 하기로 정했어요. 생각나시는 대로 숨을 길게 길게 내쉬세요~♡~ 아버지 감사합니다~♡♡♡~

2017. 2. 6. (월) 오전 5:38:10

아버지~ 안녕히 주무셨어요? 연일 날이 흐리더니 오늘은 화창한 날씨가 예보되어 있네요. 오늘도 이렇게 아버지께 편지를 쓰면서 하루를 시작할 수 있음에 감사드립니다. 오늘은 병원 가시는 날이지요? 치료하는 의사도 중요하지만 치료받는 아버지 마음이 더 중요하니까 이 치료를 받고 꼭 낫고야 말겠다는 긍정적인 마음을 잃지 마셔요. 잘 다녀오세요~~♡♡

2017. 2. 7. (화) 오전 7:24:57

아버지~ 편안히 주무셨어요? 날씨가 춥다지만 창을 여니 싸한 것이 오히려 상쾌한 기분이 드네요. 예전에 저희들을 깨우시고 창을 활짝 여시면 너무 추워서 구석으로 도망가곤 했던 생각이 나네요. 그냥 넘기던 글들이 요즘엔 아버지 생각으로 인해 모두가 가슴에 와 닿네요. 어제는 '다시 시작'이라는 시를 읽었어요. 무너진 자리에서 늘 새로운 첫걸음이 시작된다. 혹시 잠시 무너지셨나요? 길이 막

막하고 답답하신가요? 끝이 아니에요. 잠시 쉴 시간이 생긴 거예요. 조금만 쉬었다가 우리 다시 시작합시다. 아버지와 우리 가족에게 보내는 메시지 같아서 읽고 또 읽었어요. 우리 다 함께 힘내야 할 때지요~ 아버지 힘내세요~ 저희가 있잖아요~~♡♡

2017. 2. 10. (금) 오전 7:46:16

아버지~ 안녕히 주무셨어요? 오늘은 한파주의보가 내리고 체감온도도 낮다네요. 병원 가시는 날 이렇게 추우면 걱정이 되네요. 옆에서 올케랑 오빠가 잘 챙기겠지만요~ 오늘도 병원 잘 다녀오세요~~

2017. 2. 13. (월) 오전 4:54:44

아버지~ 문득 잠에서 깨어 거실에 나왔더니 달빛이 어찌나 밝은지 눈이 내린 줄 알았어요. 달님을 바라보며 아버지 쾌유하시길 기원했어요. 아버지께서는 반드시 나으실 거라고 믿어요. 자나 깨나 마음은 아버지 곁에 있어요~ 저희 어머니가 영 기운을 못 차리신 채 노인정에도 못 나가시고 누워만 계시니, 아버지를 찾아가 뵙지도 못하고 죄송스럽기만 하네요. 아버지, 힘내세요~~♡♡~~

2017. 2. 16. (목) 오전 7:58:43

아버지~ 안녕히 주무셨어요? 두꺼운 이불이 답답하게 느껴져서 자다 깨보니 발을 이불 밖으로 내놓고 자고 있었네요. 날씨가 봄 날씨일 거라네요. 아마 오늘은 따뜻하려나 봐요. 몸에 상처가 나면 약을 먹기도 하고 바르기도 하지만 마음에 상처가 나면 어떻게 할까요? 기도밖에 답이 없지요~ 요즘의 저희들 마음을 이야기하는 것 같아요~ 아버지 발병하시고 나서 저희들 마음에는 너무나도 큰 상처가 생겼지요~ 모두들 아버지께서 쾌유하시길 간절히 기도하지요. 그러다 삼성병원에 가셔서 치료받으시게 되셨단 말을 듣고 '감사합니다'라고 저도 모르게 소리쳤지요. 오늘도 이렇게 아버지께 편지를 쓰면서 하루를 시작할 수 있음에 감사드리네요. 병원에 잘 다녀오세요~~♡

2017. 2. 17. (금) 오전 7:39:39

아버지~ 편안히 주무셨어요? 어젯밤부터 내리기 시작한 비가 아침까지 내리고 있네요. 창가가 밝아지면서 앞산 나뭇가지들 끝으로 물오른 모양이 너무 예쁘게 보이네요. 삼성병원에서 치료를 하시게 되었는데 아무쪼록 긍정적인 마음을 지니시고 치료받으시어 꼭 나으시기를 우리 모두 기원합니다~~ 오늘도 일어나서 '감사합니다~'라고 외치며 하루를 시작했어요. 아버지~ 치료 잘 받으시고 오세요~~♡~~

2017. 2. 19. (일) 오전 6:04:34

　아버지~ 편안히 주무셨어요? 이제 우수(雨水)도 지나고, 날이 풀리려고 그러는지 다음 주는 계속 비 예보가 있네요. 비가 내리면서 날이 풀리듯, 좋은 의사 선생님을 만나게 되어 치료를 받으시니 아버지 병환도 차도가 있으셔 눈에 띄게 좋아지신다니 얼마나 기쁜지요~ 이 힘든 시간이 얼른 지나 꽃피는 봄에 아버지와 엄마 모시고 꽃구경 갔으면 좋겠어요~~

2017. 2. 21. (화) 오전 5:08:56

　아버지~ 안녕히 주무셨어요? 변덕스러운 봄 날씨가 종잡을 수 없네요. 내일부터 또 날씨가 안 좋아진다고 하고, 어머니께서도 일어나셔서 노인정에 나가신다기에, 오늘은 아버지를 뵈러 가려고 해요. 그제 올케가 보낸 아버지 자전거 타시는 영상을 보니 너무 감사하고 좋아서 눈물이 나왔어요~ 간절히 바라면 이루어진다~ 저는 멀리 있어 못했지만, 옆에서 수고한 언니와 오빠네 내외와 경자 그리고 좋은 의사 선생님께 진료받을 수 있게 애쓴 경희, 모두에게 뭐라고 감사의 말을 해야 할지 모르겠네요. 그리고 잘 이겨내신 아버지께 감사드립니다~~

2017. 2. 28. (화) 오전 4:32:49

　아버지~ 문득 잠에서 깨었지만 아직 이른 시간이라 화장실을 다녀온 뒤 다시 누웠어요. 그런데 잠이 깨버렸나 봐요. 그래서 올케가 보내준 아버지 걸으시는 동영상을 몇 번이나 봤어요. 아버지께서 제가 편지를 보내드리면 그렇게 좋아하셨고, 저도 아버지께 편지를 쓰면서 옛날을 추억하곤 했는데~ 몸이 너무 괴로우시니까 다 귀찮아하시는 것 같아서 편지쓰기를 머뭇거렸던 것 같아요. 그래도 이렇게 아버지께 편지를 쓰면서 하루를 시작할 수 있음에 감사드려요. 오늘은 삼성병원 가시지요? 병원 잘 다녀오세요~~♡

2017. 3. 1. (수) 오전 6:21:48

아버지~ 안녕히 주무셨어요? 날씨가 더워지고 있는지 이불 속에서 더운 느낌이 드는 것이 이제 이불을 바꿔야 할까 봐요. 어제 삼성병원 진료결과를 듣고 얼마나 감사한지~ 병이 더 이상진전이 안 된다는 것은 치료가 잘 되고 있다는 뜻이니까요. 경자 네가 이 근처에 직장을 얻게 된 김 서방을 위해 마련한 아파트 근처에 우리나라에서 제일 크고 예쁜 영산홍이 있어요. 얼른 일어나셔서 엄마랑 함께 꽃구경 오세요~~

2017. 3. 2. (목) 오전 8:02:07

아버지~ 안녕히 주무셨어요? 밤새 비가 내려서 공기는 깨끗해진 듯하고 라디오에서는 봄을 알리는 음악이 계속 흘러나오는데다 이제 3월도 되니 진짜 봄이 온 것 같네요. 오늘도 병원에 잘 다

녀오세요.~

2017. 3. 13. (월) 오전 6:29:54

아버지~ 안녕히 주무셨어요? 일어나서 창밖을 보니 아직 동이 트지 않은 하늘이 뿌옇네요. 요즘 미세먼지 농도가 높다더니 그 영향인 것 같아요. 날로 병세가 나아지신다니 제 마음이 얼마나 기쁜지 모르겠어요. 저는 자주 못 뵈니까 편찮은 모습을 한번 뵙고 오면 그 모습이 오랫동안 기억에 남아 마음을 무겁게 하는데, 지난번에 걷고 계신 동영상을 보내주셔서 그걸 보고 또한 어찌나 기쁘던지요. 아버지는 좋은 치료 덕택에 나아지기도 하셨지만, 그보다 강한 정신력이 아버지를 일으켜 세운 게 아닌가 하는 생각이 들어요. 저도 아버지를 닮아서 매사에 강한 정신력을 잃지 않으려 해요. 오늘도 편안히 지내셔요~ 아버지~ 엄마~ 사랑해요~~♡~~

2017. 3. 16. (목) 오전 6:07:48

아버지~ 안녕히 주무셨어요? 일어나서 거실로 나와 보니 달빛에 거실이 환하네요. 오늘이 음력 19일이니까 아직까지 보름달이 덜 이지러져 그런가 봐요. 오빠가 아버지 손을 잡고 걷는 모습을 찍은 사진을 보내주었어요. 언제 몸을 못 가누시었던가 싶은 생각에 저절로 '감사합니다'하고 외쳤어요. 오빠 내외를 비롯한 가족 모두의 정성과 아버지의 강인한 정신력의 결과 아닌가 싶네요. 저희도 노모를 모시고 있어 자유롭지 못해 자주 가서 뵙지 못하지만, 마음은 늘 아버지와 엄마 생각뿐이에요~ 요즘 바깥나들이도 하신다니까 대전으로 꽃구경 오시길 기대해보네요. 걷는 모습의 아버지를 뵈면서 어려운 일이 있을 때 운명이라고 주저앉지 말고 헤쳐나가 극복하는 게 옳다는 생각을 또다시 하게 되네요. 오늘도 행복한 마음으로 하루를 보내세요~~♡

2017. 3. 20. (월) 오전 10:11:38

아버지~ 오늘은 앞이 뿌연 게 날이 흐린 탓인지 아님 미세먼지 때문인지 잘 모르겠어요. 저희 동네는 앞에 산도 있고 공기도 깨끗해서 청정지역이라고 하는데도 주위가 뿌연 것을 보면 다른 곳은 오죽할까요. 아버지께서는 지금 면역력이 떨어진 상태라 특히 더 주의하셔야 할 것 같아요. 병원 다녀오시면 꼭 손 닦으시고 가글하세요. 좀 전에 오빠가 아버지 이번 주 수요일에 방사선 치료가 끝난다고 알려줬어요. 아버지~ 참 대단하세요. 젊은 사람들도 힘들어한다는데 거뜬하게 치료를 잘 받으시니 말이에요. 요즘 잇몸이 아프셔서 식사를 제대로 못 하신다는데 죽염을 계속 입에 물고 계세요. 여러 면에서 좋지만 특히 잇몸은 직접 소금이 닿아서 잇몸 질환에 좋아요. 저도 잇몸이 약해서 이가 흔들리고 시큰했었는데 죽염을 계속 물고 있으니 잇몸 질환이 없어졌어요. 이제 치료 끝나시면 매화꽃 구경하러 오세요~~♡

2017. 3. 23. (목) 오전 9:18:22

아버지~ 오늘 날씨가 또 흐렸네요. 비가 오고 나면 뿌연 하늘이 맑아지려나~ 이런 생각을 하며 하늘을 보았네요. 어제 아버지께서 '반찬 보내니 기특하다' 하고 전화 주셔서 얼마나 기뻤는지 몰라요~ 몸이 괴로우시니 매사가 다 귀찮고 짜증 나고 이거저거 신경 쓸 겨를이 없으실 텐데 칭찬을 해주셔 기뻤어요. 사실 칭찬을 들어서라기보다 아버지께서 이젠 정말 다 나으셨다는 생각에 기뻤어요. 모두들 아버지 간호하느라 힘든데 저는 잘 가지도 못하니 그렇게라도 힘이 되어 드리고 싶은 거지요~ 이번에 아버지 발병하시고 나서 식구들이 마음을 모아서 아버지 간호하는 것을 보고 우리 아버지와 엄마가 자식들 잘 키우셨다는 생각을 했어요~ 아버지, 엄마, 고맙습니다~ 우리 형제자매들 사랑해요~~♡

2017. 3. 27. (월) 오전 6:18:57

아버지~ 안녕히 주무셨어요? 봄비가 조용히 내리고 있네요. 해가 많이 길어졌는데도 날이 흐린 탓인지 아직 밖은 어둡네요. 밤에 머리는 안 아프셨어요? 병원에서 괜찮다고 했다니까, 크게 걱정하지 마셔요~ 회복하시는 아버지를 생각하면서 인과응보(因果應報)라는 말을 떠올려 보았어요. 그 말처럼 원인 없는 결과는 없다고 하지요. 아버지께서 많이 베풀고 살아오신 덕분에 좋은 인연들을 만나 어려운 병에 걸리셨는데도 잘 치료받게 되지 않으셨나 하는 생각이 들어요. 자식이라면 끔찍하셨으니 그 자식들이 또 아버지를 잘 간호하여 좋은 결과를 이끌어냈으니 말이에요~ 우리 가족 모두에게 박수를 보내고 싶어요~~ 오늘도 편안한 마음으로 하루를 보내세요~~

2017. 3. 28. (화) 오전 6:02:50

아버지~ 안녕히 주무셨어요? 비 오고 나니 마치 겨울을 앞둔 가을날같이 스산하네요. 봄볕에 새잎이 돋는 게 수채화 그리는 붓끝에 연두색 물감이 묻은 듯 예쁘더니, 그것마저도 을씨년스러워 보이네요. 똑같은 풍경인데 그렇게 달라 보이는 건 그것을 바라보는 제 마음 탓이 아닐까요? '예쁘게 보면 예뻐 보인다~'고 하지요? 나이가 들면 젊어서 보이지 않던 것들이 저절로 보인다고 하는데, '보고도 못 본 척 듣고도 못 들은 척~'하는 게 또 하나의 미덕이라고 하지요? 날이 활짝 개었으면 좋겠는데 오늘도 흐릴 거라네요~ 변덕스런 날씨에 감기 걸리실까 걱정되네요. 저희 어머니는 감기에 걸리셔서 밤새 기침을 하셨어요~ 오늘도 즐거운 마음으로 하루를 보내시길~~

2017. 4. 12. (수) 오전 10:45:24

아버지~ 오늘은 조금 쌀쌀할 거라네요. 날마다 기온이 오르내리니, 면역력이 약한 사람들은 감기 걸리기 딱 좋은 날씨인 것 같아요. 저희 어머니도 감기가 심해서 지난주에 병원에 입원했다 퇴

원하셨는데, 기력이 없어서 일어나질 못하시네요. 고르지 못한 날씨에 감기 걸리지 않게 조심하세요~~♡

2017. 4. 26. (수) 오전 8:15:52

아버지~ 안녕히 주무셨어요? 이젠 완연한 봄 날씨네요. 분리수거하는 날이라 일찍 밖에 나갔다 왔는데 아침 공기가 차지 않고 상쾌하네요. 아침마다 또는 아버지 생각날 때마다 편지를 쓰곤 했는데, 아버지 아프시고 나서는 재미있는 이야기도 재미가 없네요. 그렇다고 '아버지 편찮으시니 마음이 너무 슬퍼요~'라고 쓰기도 그렇고~ 아버지께서 편지 읽는 것도 귀찮아하지 않으실까 하는 생각에 편지를 쓰지 않은 지도 꽤 되었네요~ 앞산에 새잎이 나오면 새잎 나왔다고 말씀드리고, 비가 오면 비가 와서 앞산 경치가 너무 좋다고 말씀드리고 싶은데~ 상쾌한 아침 바람을 맞고 들어오면서 오늘은 아버지께 편지 써야겠다고 생각했어요~ 아버지~ 사~랑~해~요~♡

2017. 5. 5. (금) 오후 2:14:59

아버지~ 점심 잡수셨어요? 어제 한 달여 만에 아버지와 엄마를 뵈었는데 아버지께서는 주무셔서 인사도 못 하고 왔어요. 그렇지만 아버지와 엄마 뵙고 와서 좋았어요~

2017. 5. 15. (월) 오전 5:19:01

아버지~ 안녕히 주무셨어요? 일찍 눈이 떠져서 거실에 나갔더니 앞산에 아카시아 꽃이 활짝 피어서 마치 산에 눈이 온 것 같아요~ 저녁에 산책하려고 나가면 향기도 만만치 않지요. 온 동네에 향기로운 냄새가 가득해요. 토요일에 세종시에 다녀가셨는데, 그처럼 근처까지 오셨는데 가서 뵙지도 못했네요. 걸음이 불편하신 저희 어머니를 모시고 나갈 일이 있었어요. 다음에 오시면 좋은 곳으로 안내해 드릴게요.

2017. 5. 20. (토) 오전 8:37:49

아버지~ 오늘은 날씨가 화창하네요. 5월에 폭염주의보가 내린 것은 극히 드문 일이라는데, 어제 대구는 30도가 넘어서 폭염주의보가 내려졌다지요~ 벌써부터 여름이 걱정되네요. 빙수를 좋아하시는 우리 아버지~ 빙수를 먹을 때마다 아버지가 생각나지요. 그래도 너무 많이 들지 마세요~ 주말 즐겁게 보내세요~

2017. 5. 23. (화) 오전 6:00:15

아버지~ 안녕히 주무셨어요? 오늘은 비 예보가 있어 그런지 하늘이 잔뜩 흐리네요. 언젠가 말씀드렸듯이, 뻐꾸기가 울면 아버지 생각이 나요. 소리가 어찌나 큰지 청아하다기보다는 우렁차서 온 산이 쩌렁쩌렁 울려서 마치 아버지 호령하시는 것 같아요. 아침부터

뻐꾸기 소리가 요란하네요~ 아버지께서도 어서 일어나셔서 큰소리로 호령하세요~~

2017. 5. 25. (목) 오전 7:16:45

아버지~ 편안히 주무셨어요? 비 예보가 있어서 비가 오려나 기다렸는데, 조금 오다 말았어요. 날이 너무 가물어서 농사짓는데 지장이 많다니, 이제 머잖아 여름작물들을 수확해야 하는데 저희들 먹거리와 직결되는 문제라 걱정이 되네요. 특히 대기가 건조하고 먼지가 많이 떠다니니, 외출하고 돌아오시면 꼭 손 닦으시고 가글하세요. 많이 웃는 하루 보내셔요~~

2017. 5. 26. (금) 오후 3:51:34

아버지~ 오늘은 하늘이 마치 가을 하늘 같이 맑고, 바람 또한 서늘한 것이 여름을 훌쩍 넘어 가을이 된 듯하네요. 편지를 쓰고 있다가 아버지와 화상통화하면서 아버지 얼굴을 뵙고 제 마음이 어찌나 기뻤는지 몰라요. 전보다 훨씬 좋아 보이셔서 말이에요. 아버지 병원 안 가시는 날에 찾아뵐게요~

2017. 5. 27. (토) 오후 2:08:37

아버지~ 점심 맛있게 잘 드셨어요? 햇볕이 참 좋네요. 돈 주고도 못 사는 햇볕 공짜로 많이 즐기세요~ 햇볕이 우리 몸에 좋은 점은 말로 설명할 수 없을 만큼 많으니 엄마랑 함께 햇볕을 많이 즐기시기 바래요. 그런데 저희 집은 남서향이다 보니 오후 늦은 시간에도 집 속까지 해가 들어와서 겨울엔 좋은데, 벌써부터 블라인드로 창을 가리곤 해요. 그런데 된장, 고추장 항아리에 햇볕이 많이 들다 보니 장이 다 말라버려서 오늘은 다른 통에 옮겨 그늘에 놓기로 했어요. 이래저래 하루해가 어찌 가는지 모르겠네요.

2017. 5. 28. (일) 오후 1:34:44

아버지~ 지금쯤 점심을 드시고 계시겠군요. 지금 여기는 바람이 미세먼지를 다 날려버렸는지 공기가 맑은 것 같아요. 이럴 때 햇볕 속을 걸어야 하는데, 점심 먹고 어쩌다 보니 여름옷 다림질한다고 다림질 거리를 잔뜩 내놓았어요. 다림질을 다 하려면 두어 시간은 족히 걸릴 것 같아서, 산책은 저녁 먹고 해야겠네요. 아침, 점심, 저녁, 이렇게 매 끼니 먹는 것도 참 일이지요? 아버지께서 입맛이 전과 같지 않은 것 같다 하시는데, 연세 들면 원래 식욕이 떨어지는 데다가 아버지께서는 힘든 치료까지 받으셨잖아요. 그 후유증일 거예요. 그런 생각을 하면서도 식사 때가 되면 '아버지 식사 잘하고 계실까' 하는 걱정이 되네요. 입맛에 맞으시는 것 생각하시어 맛나게 잘 드세요~~~

2017. 5. 29. (월) 오후 3:52:48

아버지~ 오늘은 날씨가 제법 덥네요. 오전에 코스트코에 가서 장을 봐 왔어요. 갈 때는 그리 덥지 않더니 올 때는 더워서 에어컨을 켜고 왔어요. 코스트코에 가면 먹거리가 많으니까 코스트코 다녀온 날은 저녁에 뭐하나~하고 걱정하지 않고 있는 거로 아무거나 해 먹어야지 하며 가벼운 마음으로 뒷정리를 하지요. 사람 마음이 시간이고 물질이고 간에 여유로울 때 따라서 너그러워지고 그러는데 건강은 말할 것도 없는 것 같아요. 아버지께서 지금 건강을 잃으셔서 힘드시지만, 곧 예전 이야기하시듯 오늘을 말씀하시리라고 믿어요. 가뭄이 심해서 공기도 탁하니 외출에서 돌아오시면 꼭 손 닦으시고 가글하세요.

2017. 5. 30. (화) 오전 7:32:04

아버지~ 안녕히 주무셨어요? 연일 뜨거운 햇볕 때문에 작물이 타들어 간다니 농부들 걱정이야 말할 것도 없겠지만, 우리 식생활하고 직결되는 만큼 저도 걱정이 되네요. 오늘 신문에 행복지수에 대한 기사가 났는데요, 부탄에 사는 사람들의 행복지수가 가장 높다고 하네요. 가난하고 화장실도 없어 용변도 아무 데서나 봐야 하는 나라가 행복지수 일등이라니 믿기 어렵지요? 그렇지만 행복은 일정한 잣대로 재서 평가되는 것이 아니지요. 다른 사람의 시선으로 봤을 때보다 내가 행복하다고 느끼는 게 중요하다고 생각해요. 아버지~

요즘 몸이 괴로우시니까 행복하다는 느낌이 잘 들지 않지요? 사실 아버지야말로 행복한 분이세요. 무엇보다 아버지를 아주 많이 사랑하는 자식들이 있잖아요~ 아버지를 얼른 회복하시게 하려고 애쓰는 자식들 손을 꼭 잡으시고 많이 웃으세요. 그리고 주문을 외우세요, 나는 행복하다~~~

2017. 6. 4. (일) 오전 7:50:05

아버지~ 안녕히 주무셨어요? 새소리와 바람이 상쾌한 아침이에요. 앞산에 밤꽃이 하얗게 피었어요. 밤꽃 차례가 된 거지요. 이렇게 자연은 다툼 없이 차례로 잎이 나고 꽃이 피지요. 저희 선생님 말씀이 이것이 바로 예(禮)의 근본이라고 하시며, 사람들이 예가 없어 서로 다투는 바람에 사회가 어지러워진다고 하셨어요. 저희 집안에는 아버지께서 기강을 굳게 잡으셔서 예가 바로 서 있지 않나 싶어요. 아버지~ 요즘 편찮으시어 자식들의 보살핌을 받으시지만, 예전의 강하셨던 모습으로 돌아오셔서 큰소리로 호령하시는 모습을 보고 싶어요~ 비가 안 와서 걱정이지만, 햇볕이 좋은 요즘 햇볕 많이 쬐세요. 그리고 그냥 웃으세요~♡♡♡

2017. 6. 10. (토) 오전 6:56:06

아버지~ 편안히 주무셨어요? 날씨가 잔뜩 흐렸네요. 흐린 날이면 저희 집 앞산은 좋은 기운을 품어내는 것 같이 느껴져서, 제가 자꾸 창 앞으로 끌려가지요. 오늘이 그런 날이에요. 새소리와 그윽한 느낌의 산 때문에 한참을 창 앞에 서 있었어요. 아버지께서 제가 보내는 글을 지금은 읽지 못하실지라도 나중에 읽으시면서 미소 지으시리라고 생각하면서 이 글을 쓰네요. 우리나라에서 손꼽는 의사를 만나게 되셔서 마음이 든든하네요. 매일 아침 올리는 경희의 간절한 기도대로 아버지께서 훌훌 털고 일어나시기를 바랍니다~~♡

2017. 6. 13. (화) 오전 7:35:37

아버지~ 안녕히 주무셨어요? 비가 온다는데~ 그래서 날은 흐렸는데 비가 올 것 같지 않아요. 그래도 밤꽃은 만발했네요~ 날이 흐려서 밤꽃이 더 희게 빛나는 것처럼 보이네요. 얼른 일어나셔서 공주 쪽으로 나들이 오셔요~ 온산이 밤꽃으로 뒤덮인 광경을 구경하러 오세요~

2017. 6. 15. (목) 오전 6:59:17

아버지~ 밤새 편안히 잘 주무셨어요? 오늘은 일교차도 크고 낮에는 제법 더울 거라고 하네요. 일어나서 라디오를 트니 가뭄이 제일 심한 서산지역에 기우제를 드리는 박수의 주문 외우는 소리가 흘러나오네요. 저도 그 박수무당의 장단에 맞춰 아버지께서 얼른 일어나시어 햇볕 속으로 나가시기를 기원했어요~

2017. 6. 29. (목) 오전 6:10:30

아버지~ 아버지~ 아버지~ 아버지는 사랑하는 할머니 곁으로 가셨는데 아버지를 사랑하는 저희들은 너무 슬프네요. 아버지 마지막 모습, 오랫동안 기억될 거예요. 아버지~ 아버지~ 저는 아버지를 정말 좋아해요~ 세상에서 제일 존경하고 제일 사랑하는 우리 아버지~ 하늘나라에서 편안히 지내세요~~~♡

2017. 7. 1. (토) 오전 4:59:19

아버지~ 편안하신지요? 빗소리에 잠이 깨어 전화기와 마주하니 또 아버지 생각에 가슴이 뭉클해지네요. 친구들이 부모님은 언젠가 우리 곁을 떠나시게 마련이라며, 또 자기들에게는 부모님이 이미 다 돌아가시고 안 계시다며, 슬퍼하지 말라고 위로하네요. 작은 아버지가 아버지께서 제가 보낸 편지를 보여주시며 자랑하셨다고 해서 또 눈물이 났어요. 하늘나라에서도 자랑하시게 편지 자주 쓸게요. 어제 삼우제 때는 왠지 아버지께서 편안하신 것 같아 보였어요. 비가 내리고 나면 흙이 단단해져서 아버지 계신 자리가 더욱 아늑해지겠지요? 부디 평안히 계시길~

2017. 7. 3. (월) 오전 4:58:03

아버지~ 비가 많이 오네요. 저희 집은 바로 앞이 산이니까 오늘같이 굵은 비가 오는 날이면 나뭇잎에 떨어지는 빗소리에 잠이 깨곤 하지요. 간밤에 아버지를 뵈었어요. 늘 오빠랑 바둑을 두시더니 꿈속에서는 염 씨 아주머니와 바둑을 두고 계셨어요. 아마 가시기 전 염 씨 아주머니께서 정성으로 주물러 드린 게 고마우셨나 보네요. 그제 새벽에 무심히 아버지 생각에 편지를 썼는데 좀 있다가 답장이 와서 얼마나 놀랐는지 몰라요. 오빠가 답장을 보내주었는데 아버지 이름으로 온 편지 때문에 눈물이 주르륵 흘렀어요. 절에서 제를 주관하는 보살이 이제부터 눈물을 흘리면 아버지께서 그 자식을 돌아보느라고 좋은 곳으로 못 가신다고도 했고, 아범과도 이젠 울지 않기로 약속도 해서, 옆에 있는 아범이 눈치채지 못하게 몰래 눈물을 훔쳤어요. 꿈에 아버지를 뵈었는데도 깨고 나서 아버지 손도 한번 못 잡은 게 아쉬웠지만 정작 꿈속에서는 늘 바둑 두시던 자리에 계셔서 돌아가셨다는 생각을 못 했어요. 다음에 꿈속에서 뵈면 달려가서 아버지 꼬옥 안아드릴게요. 이젠 춥지도 덥지도 않은 그곳에서 편안히 계세요~~